Acteur et humoriste né en 1963, Stéphane Guillon a fait ses débuts sur la chaîne Comédie. Chroniqueur et portraitiste aux côtés de Stéphane Bern dans « Le Fou du roi » (France Inter), il doit sa grande notoriété à l'émission « 20 h 10 pétantes » (Canal +), où il a animé une chronique de 2003 à 2006. Il anime actuellement une chronique humoristique sur France Inter, « L'humeur de… ».

DU MÊME AUTEUR

Stéphane Guillon aggrave son cas
Canal +, 2006
et « Points », n° P2126

On m'a demandé de vous calmer
Stock, 2009

Stéphane Guillon

JUSQUE-LÀ... TOUT ALLAIT BIEN !

Canal + Éditions

TEXTE INTÉGRAL

ISBN 978-2-7578-1691-2
(ISBN 2-226-14422-6, 1re publication)

À ma grand-mère,
Pauline Laffaille (1905-2005)

MES EXCUSES !

Je tiens à présenter mes excuses pour l'ensemble de ma saison à Canal + : 215 portraits d'invités, environ 150 fâcheries, dont 10 définitives. Je ferai mieux l'année prochaine. Deux mois sans écrire, ça va être dur ! Alors, retrouvez-moi sur mon site : « guillon-langue-de-pute.com ». Tous les jours, je balancerai deux, trois vacheries, histoire de ne pas rouiller pendant les vacances. Mes excuses d'abord à Nadine de Rothschild qui, après mon papier, avait dit : « Mr Guillon, je passerai à la postérité avant que vous ne soyez connu. » Mme la baronne, pour honorer cette promesse, dépêchez-vous de mourir. Tous nos invités de cette année sont encore vivants : un record ! Par prudence, avant la canicule d'août, je voudrais saluer : Juliette Gréco, Annie Cordy et Moustaki. Nous ferons les comptes en septembre. Mes excuses ensuite à Orlando, frère de Dalida. Donner votre date de naissance à l'antenne fut indélicat. Le fait que vous soyez né en 1928 n'intéresse personne. Mille pardons également à Emmanuelle Seigner qui n'était pas très contente. Je m'excuse pour le principe : vu l'état dans lequel elle a fait l'émission… *(Prendre l'air très légèrement bourré)* elle ne se souvient certainement plus de l'avoir faite. Spéciale dédicace à J.-C. Vandamme, persuadé, lui, d'avoir fait l'émission, le même syndrome qu'Emmanuelle Seigner. Pardon à vous, patron, pour mes plaisanteries répétées sur la coupe de vos vestes et celle de vos cheveux. C'était bête et inutile : il suffit de vous filmer pour que les gens rigolent.

On passe maintenant aux remerciements. Merci à tous ceux qui, grâce à leurs écrits, nous ont fait découvrir une littérature de qualité : Loana, pour sa fabuleuse autobiographie *Miette*, Greg le Millionnaire, pour ses mémoires, et Steevy, pour ses comptines... Ou comment bousiller le cerveau d'un enfant. Pardon à Sylvie Vartan : j'ai dit que son livre ferait un formidable marchepied pour une caravane. Depuis, j'ai vérifié, certaines caravanes disposent d'un escalier pliant... *Mea culpa.* Qui dit grande littérature dit aussi grande musique : merci à Jonatan Cerrada et à Priscilla. Merci aussi à Vincent Delerm, qui a chanté pendant une émission. Émission jamais terminée, l'ensemble du plateau s'était endormi pendant. Dans les mentions spéciales, les mentons les plus proéminents : les frères Bogdanoff. Les plus belles lunettes : Nana Mouskouri. Le plus petit QI : Steevy. La plus grosse : Rocco Siffredi. La plus petite... Je ne vais pas en rajouter, j'ai déjà donné sa date de naissance. *(Certains peuvent être nominés plusieurs fois, c'est le jeu !)* Coup de chapeau sincère à Arielle Dombasle, pour la plus belle réponse à l'un de mes papiers : « Il n'a qu'à sucer sa plume, il ira en enfer ! » Merci, enfin, à vous public, pour votre soutien indéfectible. *(Je suce ma plume)*

À l'année prochaine !

ANEMONE

Nom véritable : Bourguignon. Vos parents étaient fondus. Père psy, mère traductrice d'Eschyle. Pseudo : « Anémone », vous prenez le titre de votre premier film. Heureusement que vous n'avez pas démarré dans « Pousse pas même dans le cactus ». Une sœur infirmière en gérontologie, cet été, elle a énormément bossé. Là, y a un petit coup de mou, faudrait une vague de froid, que les affaires reprennent.

Anémone, caractère tranché, forte tête, but dans la vie : devenir célèbre pour niquer l'émission de Fogiel le 8 février dernier. Tout le monde a paru surpris, il suffisait de regarder dans le dico. Anémone de mer : animal marin, carnivore, à tentacules paralysants. Ça ne se domestique pas et c'est pas une petite fouine du service public qui va y arriver ! Comment devient-on une rebelle du PAF ? Analysons le fabuleux destin d'Anémone Bourguignon, inscrite à 10 ans à Sainte-Marie-des-Invalides. Pour y entrer, être croyant, si possible en fauteuil roulant, c'est mieux. Enfance stricte, dès le mois de mars, vos parents vous suppriment les chaussettes, sous prétexte que vous y faites des trous. En chaise roulante, on vous aurait supprimé les rustines. Deux ans plus tard, vous partez en pension. Conséquences de tant d'attention, dès la 6e, vous développez un eczéma purulent qui s'arrête au bac. Trous aux chaussettes + boutons sur la figure, ça fait un rappel, c'est gracieux. Agnes b. n'a pas encore lancé sa mode à pois, dommage ! Malgré cela, vous vous trouvez extrêmement jolie et rêvez de jouer les marquises.

Début chez Hossein, grand spécialiste en marquises, il se les est toutes faites. Vu la complexité du costume, pour en trousser une, faut une licence d'histoire. Dès que vous montez sur scène, le public se gondole. Retour à Paris, sept ans de galère : « Si je ne réussis pas à 25 ans, je me suicide. » Le 9 août 1975, vous sautez par la fenêtre, vous habitez un rez-de-chaussée : échéance repoussée. Mike Brant avait fait une promesse similaire, mais il habitait au 6e. Début au cinéma dans *Je vais craquer*, quelqu'un a lu dans vos pensées. Vous passez de l'état de chômeuse à star. Vous rêviez de jouer les marquises, les princesses, on vous distribue les moches et les idiotes. Alors, quand le cinéma vous récompense, fatalement, ça part en vrille. Vous refusez les César, les Molière n'en parlons pas. Vu l'âge de l'assistance, faudrait que votre sœur, gérontologue, vous accompagne. Anémone, première star que nous recevons, élevée à aucune distinction. Si ce n'est un prix d'interprétation pour une marque de camembert. Un qui coule, à maturité, fait à cœur. On aime ou on déteste Anémone, mais laissons-lui cette authenticité bien de chez nous, moulée à la louche. Cueillez cette fleur fragile, aux couleurs vives, mais surtout ne l'enfermez pas dans un vase.

JEAN - HUGUES ANGLADE

Jean-Hugues, vous êtes né le 29 juillet 1955 et, ce jour-là, en Amérique, c'est l'inauguration de Disneyland, 300 000 personnes présentes. Chez moi, j'ai une *Chronique du XXe siècle*, et quand je sais pas quoi raconter sur l'invité, je pioche dedans. Remarquez, quand on a le cafard, se dire qu'on a le même âge que le premier parc d'attractions américain… C'est réconfortant !

Enfance heureuse, père vétérinaire. Quand vous étiez gentil, il vous grattait la tête entre les oreilles. Le dimanche, vous jouiez à la ba-balle, dès que vous étiez malade, hop : il vous prenait la température. *(Se pincer le « museau »)* Vous avez grandi à Tours : 80 laboratoires de recherche, 250 km d'autoroute par l'A10, une liaison TGV… Quand vraiment je me fais chier, j'ai aussi un *Quid*. En même temps, ils m'ont dit : « C'est le mois de mars, avant le festival de Cannes, on n'a jamais d'invité folichon, folichon… Fais ce que tu peux ! » Et moi, je leur ai répondu : « Anglade, ce sera toujours mieux que Corinne Touzet ! » Je sais que ça vous fait plaisir, c'est un vrai compliment !

À 20 ans, vous arrivez à Paris, vous entrez au Conservatoire. Professeur : Antoine Vitez. Vitez… Éliminez ! (Quand on a tout épuisé, le dernier recours, c'est le jeu de mots.) Cinq ans au Conservatoire… Normalement, c'est trois, vous n'êtes pas très doué. Et puis, vous êtes tourangeau, le mal du pays vous tenaille et parfois vous allez voir vos parents. Là, votre père vous fait une fête à tout rompre : « Il est content le Jean-Hugues, oui, c'est le Jean-Hugues à son papa ! » Vous tournez autour de lui à toute allure, vous vous couchez sur le dos, les quatre fers en l'air, un petit pissou sur le pantalon, papa se fâche pour la circonstance… C'est assez touchant ! Au bout de cinq ans, vous présentez votre concours de sortie aux journées portes ouvertes du Conservatoire… (Les journées portes ouvertes, attention ! Ils en ont fait une, y a quatre ans, sur le *Koursk*, le sous-marin russe… Ça a mal tourné !) Vous allez jouer nu… Une première qui fera des petits. Au cinéma, vous adorez ça, le « Moteur ! Action ! ». Le « Coupez ! » vous glace un peu, vous avez tendance à protéger vos parties. En tout cas, vous avez dépoilé le cinéma français et on vous en sait gré !

Depuis, vous faites une carrière magnifique, plus habillée depuis quelque temps, les années passent… On voit mal Roger Hanin montrer sa quéquette. Votre meilleur souvenir au cinéma reste *37° 2, le matin*. J'ai un copain qu'a une entreprise de pompes funèbres. Dès qu'il fait 37° 2 le matin, il a la banane. Ça veut dire que le mercure va grimper à 45, la journée sera bonne. Dans le jargon, ils appellent ça une « Anglade ». Bon, je vous serre la pa-patte, Jean-Hugues, à bientôt !

ALEXANDRE ARCADY

Alexandre, c'est un pied blanc qui vous parle, un pauvre petit pied blanc, taille 42, né impasse Kléber, Paris 16ᵉ. Ma famille et moi n'avons jamais été expatriés. Le seul bateau que j'ai pris est un ferry pour aller en Angleterre à l'âge de 13 ans. Mon *Coup de Sirocco* à moi s'appelle *À nous les petites Anglaises* ! Quand vous vous exilez en France, c'est pour sauver votre peau. Quand je pars en Angleterre, c'est pour perdre mon pucelage. Là où vous avez réussi… j'ai échoué ! Je n'ai connu ni la faim ni la guerre, mon père est toujours avec ma mère, pour ma communion j'ai eu une montre Citizen, ma vie est une merde ! Malgré tout, j'ai décidé, comme vous, d'écrire le récit de mon enfance ! C'est publié chez Plon : Plomb ! Titre : *Impasse Kléber*. Ça a le mérite d'être concis. Dans l'Alger d'Arcady, entre la casbah et la basse-casbah, avant de comprendre où il habite, bonsoir ! Après, vous avez la grand-mère, appelée « Mémé d'en haut » parce qu'elle habite au-dessus. Si Mémé d'en haut habite dans la basse-casbah, est-ce qu'elle devient « Mémé du milieu » ? Un jour, en plein mois d'août, nous décidons de nous exiler à Levallois-Perret. Maman est en larmes, elle sait qu'elle ne reverra jamais le 16e arrondissement de Paris, ses odeurs de Chanel N° 5, ses boutiques de haute couture et ses crottes de caniches sur le trottoir. La décision fut prise dans la nuit. À 14 h 05, nous nous engouffrons dans une minuscule DS 19. Le boulevard Exelmans disparaît à jamais dans la lunette de la voiture.

En 1986, lors d'un voyage initiatique, maman trouvera la force de retourner dans le 16e acheter un millefeuille chez Hédiard. Chez Arcady, vous avez les côtes algériennes qui s'évanouissent, les îles Baléares qui scintillent, l'arrivée à Marseille, Enrico Macias qui joue de la guitare sur le pont, le capitaine qui lui demande d'arrêter, on est en France maintenant, le pays de Maurice Chevalier. Sa soupe folklorique, terminée ! Dans la vie d'Arcady, chaque journée est une émission de Mireille Dumas. Driffa, sa mère, rêvait d'avoir une fille, du coup, elle a fait cinq garçons. Quand on déménage, pour porter les valises, c'est quand même pratique ! Mémé d'en haut, par exemple, elle est borgne. Ma grand-mère à moi, « Mémé, la villa avec piscine », elle a dix… aux deux yeux ! Démarre un bouquin là-dessus ! Arcady Père, il est légionnaire, hongrois avec du sang bleu : rien que ça, t'as dix pages de roman ! Il est jaloux et il picole : vingt pages ! On ne sait pas s'il est juif ou catholique ? Un roman entier.

Avant de terminer mon papier, je voudrais passer un mot aux habitants du 16e arrondissement… *(Prendre l'accent pied-noir)* Je sais que Canal + est diffusé là-bas… Je voudrais leur dire – c'est bête, j'ai pas apporté ma guitare – que bien que je sois levalloisien depuis trente ans, jamais j'oublierai le bitume du 16e, les ambassades, les loges de concierge et les longues marches pour trouver un épicier ouvert le dimanche. Je voudrais également encourager mes frères du 16ᵉ, du 17ᵉ, banlieue, province, France métropolitaine… Allez voir le merveilleux film d'Alexandre Arcady, *Mariage mixte*, allez-y, courez-y, c'est une merveille. Je vous aime !

JEAN - LOUIS AUBERT

Jean-Louis, à la naissance du groupe Téléphone, j'avais 14 ans, je jouais au flip', je buvais des tangos panachés, je lisais *Rock n'Folk*, vous étiez ma rock star.

D'autres, au même âge, idolâtraient Zitrone, buvaient du thé et lisaient *Point de vue Images du monde*. Pour eux, aujourd'hui est un jour comme un autre ! On peut se laisser pousser les cheveux, poser à poil dans *Match* trente ans après Woodstock, ne devient pas rocker qui veut ! Même sous acide, aucun hippie n'aurait fleuri sa verge avec des fleurs de lys : *Match* n° 2838, page 91. Vous pouvez encore le commander. Jean-Lou, dix ans de bonheur avec Téléphone et en 1986, la ligne est interrompue. Le groupe de rock que vous adulez n'est plus en service actuellement. Depuis, des fans éplorés réclament le come-back du groupe. Tous sont encore vivants, profitons-en ! S'il se reforme, il s'appellera « Téléphone portable ». Pas très rock, voire franchement couillon. L'abonnement sera cher et il ne passera pas partout, pas dans le style de la maison Aubert ! Jean-Louis, PART et surtout ne se retourne pas. (Cette chronique amusera les plus de 40 ans !)

Jean-Louis, votre premier groupe s'appelait Masturbation. Une musique de chambre très intimiste, on écoutait l'album planqué chez soi, sans aller au concert. Votre deuxième groupe s'appelait « ! ». Un son plus rock, après Masturbation, il fallait réveiller un public devenu sourd. Deux ans plus tard, naissance de Téléphone, les oreilles se dressent, plus personne ne décroche. Jean-Louis, très jeune, vous avez été atteint de « Jaggerite aiguë », une maladie qui consiste à se prendre pour Mick Jagger. On chante avec la bouche en cul-de-poule. Un cul-de-poule qui aurait subi l'assaut d'une dizaine de coqs. Il faut également tirer la langue et se caresser l'entrejambe, façon Ophélie Winter. Un tic connu chez les victimes de chirurgie esthétique : vérifier toujours si ses organes sont en place. Cette maladie vous est heureusement passée. Peut-être avez-vous assisté au dernier concert des Stones ? Toutes ces cannes anglaises qui swinguaient en boitant, c'était très émouvant ! Hier, ressembler à nos idoles était gratifiant, ce n'est plus la même musique. Fan de la *Star Ac'*, ma fille s'habille en pouf et chante comme une casserole, je suis meurtri !

À propos du passage de Johnny chez Nikos, vous avez déclaré : « J'ai la chance d'avoir une maison de disques qui m'évite ce genre d'émission. » Seriez-vous un pur et dur ? Ado, avions-nous raison de vous aimer ? Je le pense sincèrement !

LE BACHELOR[1]

Aujourd'hui, nous recevons *The Bachelor*, « le célibataire » en anglais : 30 ans, joli garçon et célibataire, il doit y avoir un loup. Peut-être un problème d'érection ou d'éjaculation précoce ? M6 devrait nous renseigner puisque c'est la chaîne du bon goût. Pourquoi ne pas équiper les foufounes des Bachelorettes de mini-caméras : des camerettes ? Soyons au cœur de l'événement, ça fera grimper l'audimat à défaut d'autre chose ! Le Bachelor sur ce plateau, une demande du CSA après la venue de Siffredi et David Douillet, les sages exigent la présence d'une petite zigounette !

Né à Nantes, américain par sa mère, Steven, c'est son nom, passe son bac chez l'oncle Sam puis débute dans la finance à Wall Street. Très vite, notre canari se fait plumer. Faire son nid au pays de la volaille, pour une cervelle de moineau : c'est dur ! Dès lors, Steven « The Poissard » devient garçon de café. Mettre ses mains dans les épluchures et les vieilles sauces, pour une future star de la télé-

1. *Le Bachelor* : émission de télé-réalité. Un type rencontre une vingtaine de filles pour n'en choisir au final qu'une seule.

poubelle, quelle meilleure formation ? En France, le P-DG de M6 fulmine : « Marre de ces émissions intellos comme le *Loft* où l'on attend trois heures une paire de fesses dans un Jacuzzi, je veux du sexe en vrac ! Trouvez-moi un mâle en rut, exilé aux States depuis quinze ans et qui rêve de rentrer ici tremper son biscuit dans de la foufoune tricolore ! Vous l'enfermez avec vingt greluches dans une villa… Faites un faux casting, ça fait rêver les boudins… Au final, prenez des strip-teaseuses et des anciennes Miss : des filles qu'en ont marre de se donner du plaisir avec une écharpe ! Pour le décor, trouvez-moi une villa à Cannes, avec Jacuzzi, piscine et plumard, un truc de mafieux, la classe ! La ménagère doit mouiller dans un cadre idyllique. C'est à ce prix-là qu'on vendra de la lessive ! » Le casting démarre, les filles défilent, on les mesure comme des bestiaux, l'une jure faire un 95 B, on la croit sur parole : la nature, qui l'a privée de QI, a compensé au niveau des roberts. Une autre, tout de go, propose de montrer son string, comme si elle disait bonjour ou tenait une porte. Commentaire de Stéphane Rotenberg, l'animateur : « Difficile de choisir parmi tant de personnalités ! »

Comme il a raison ! Imaginez que Steven épouse une fille en string, qu'il fonde un foyer et qu'au bout de trois ans, il soit pris d'une fringale de culottes, que dire aux enfants : « Papa en a marre des ficelles de maman, il s'en va ! » Heureusement, Steven, en grand pro, essaye chaque modèle, devant, derrière, comme pour une voiture… La classe, toujours ! « Télé-poubelle », expression finalement un peu trop chic puisque même avec les détritus, aujourd'hui, on fait le tri. « Télé-latrines » conviendrait mieux. Vous pouvez, maintenant, éteindre votre poste et le déposer sur le trottoir, qu'il finisse de sa belle mort. Autant de conneries dans une si petite boîte… Ça l'épuise !

JOSIANE BALASKO

Oui, Josiane, les hommes préfèrent les grosses, rigolotes… Le problème, c'est qu'on nous les pique ! Toutes les filles très fortes et très drôles que j'ai eues se sont tirées ! C'était toujours pareil. On allait en soirée, ma petite boulotte balançait deux, trois vannes bien senties. Le mec avait la langue par terre : « Elle est drôle ta meuf, je pars avec ! »

Alors maintenant j'ai compris ! Je ne sors qu'avec des tops, très belles et très cons ! Autant vous dire que dans le show-biz… j'ai l'embarras du choix ! Et comme je ne peux jouir qu'après une bonne vanne, ou un mot d'esprit… et bah… je me tape des cassettes ! Des spectacles d'humour. L'autre soir, je me ramène à la maison une sorte de grande tige, style Adriana Karembeu, l'horreur… J'ai mis du Muriel Robin. Y a elle, Michèle Bernier et vous qui me faites de l'effet ! Vous, je vous adore. Je vous ai fait quelques infidélités avec Maïté… Mais ça n'a pas duré. Hyper canon, mais pas drôle du tout ! Cela dit, quand une femme est vraiment très drôle et très grosse, je jouis tout de suite. Ça me bloque. Les cassettes de vos films, c'est rare que j'arrive au bout. Excepté *Trop belle pour toi*, j'accroche pas ! Depardieu qui quitte Carole Bouquet pour aller avec vous, c'est on ne peut plus banal. Les gens ont trouvé ça original ! On ne quitte pas Balasko pour une endive ! Faut que le cinéma reste réaliste, un minimun ! Par contre, dans *Crime au Paradis*, je vous adore ! La bouille avinée, la grosse verrue, la tignasse cracra… Je suis fan ! Comme quoi, se pomponner, le matin, avant de partir au boulot, quelle perte de temps ! La tige avec qui je suis, elle met des Wonderbra, faut que ça remonte au pigeonnier. Je lui dis : « Montre pas d'entrée aux gens que t'es aussi con… Laisse-les deviner ! »

Aujourd'hui, je suis un peu déçu, Josy. Je vous regarde, je vous trouve plutôt jolie, du sex-appeal, des formes, mais sans plus ! Je m'en doutais… Je savais que quand on voit une actrice en vrai, par rapport au cinéma, y a une déception… Je suis prêt à faire un effort. Mais faut que vous balanciez deux ou trois vannes… Et des grosses, bien en chair… Que je sois, à nouveau, sous le charme !

FREDERIC BEIGBEDER

Frédéric, le spécialiste en humour noir que je suis a adoré votre livre sur la catastrophe du 11 septembre. J'espère que c'est le premier d'une longue série qui pourrait s'appeler *Les Grandes Catastrophes*, préfacée par Pierre Bellemare. Imaginons ce qu'il y a de mieux ! Alors, dans le top 50 des catastrophes rigolotes à raconter, la palme revient, bien évidemment, aux accidents d'avions !

Le plus important, celui du Ténériffe : 575 morts. Deux Boeing se percutent au décollage ! L'aiguilleur du ciel était bègue : « A-A-Allez-y, c'est à vous ! » C'est la seule tentative de bègue à ce poste. Tout de suite derrière, c'est notre deuxième chouchou de la semaine : la catastrophe du Concorde. 350 Allemands, à la retraite, s'offrent le bel oiseau. Le rêve de toute une vie, bières et saucisses étaient prévues pour le passage du mur du son ! Le commandant, habillé en Tyrolien, devait assurer le service. On leur promettait les Caraïbes, Beigbeder nous raconte leur arrivée dans un deux étoiles miteux de Gonesse. L'accueil détestable, les valises qui volent et cette température de 300 degrés. Qui avait déréglé la clim', ce jour-là ? La femme de chambre ne pourra pas répondre, elle s'est pris le réacteur gauche dans les gencives. Après le succès de *99 F*, voici « 15 000 euros », c'est le prix du billet. L'écueil des bouquins catastrophes, c'est qu'on connaît la fin. Une compagnie ménage très bien le suspens, c'est Égypte Air. Systématiquement, ses Boeing reprennent de l'altitude avant le crash final. Ils font le Yo-Yo : 5 000, 15 000 pieds et ça, pour le lecteur, c'est un régal.

Ultime erreur à ne pas commettre, raconter une catastrophe cheap. L'incendie d'une discothèque à Göteborg, comme celui de 1998… Soixante-neuf petits Suédois grillés, y a un risque de confusion avec la biscotte du même nom, tout le monde s'en tape ! Je ne me fais aucun souci, l'as du marketing que vous êtes, Frédéric, sait flairer le bon filon. Cette histoire de père de famille qui emmène ses mouflets petit-déjeuner au World Trade Center, c'est très bien ! En plus, vous êtes journaliste à *Voici*, les ragots de cafétéria, c'est votre truc. Merci, Frédy, et surtout, revenez pour la suite !

BENABAR

Bénabar, par rapport à ma petite fille de 2 ans qui regarde tous les soirs cette chronique sans la comprendre, laissez-moi, exceptionnellement, vous appeler « Babar », ça lui fera plaisir. Babar, je suis votre cauchemar. Six ans de plus que vous, une femme, trois enfants, un chien qui perd ses poils, une maison à crédit et un monospace… Les pauses pipi tous les cent kilomètres, en montagne, ajoutez la pause vomi, qui ne coïncide jamais avec la pipi, ce serait trop simple. J'incarne à moi seul toutes les phobies de votre nouvel album. On dit souvent : « Avant d'épouser la fille, regarde la mère ! » Bénabar, avant de faire des conneries, regardez-moi ! Vous avez raison d'avoir la pétoche ! Ariel, Muriel et moi avons chacun trois enfants, un total de neuf… Dix, si l'on compte le grand[1] qu'il faut sortir le mercredi après-midi.

Votre vrai nom, c'est Bruno Nicolini, un nom à plastiquer des paillotes. Première trompette à 8 ans, enfance heureuse, puberté très difficile, une acné comme

1. Stéphane Bern.

on n'en fait plus. Quand vous souffliez dans votre trompette, les boutons éclataient. Plus efficace qu'un patch ! Problème de cours préparatoire : « Alors qu'il suffit de trois passages à la *Star Ac'* pour devenir célèbre, combien de concerts faudra-t-il à Bénabar pour être un tout petit peu connu ? / 600 ? / Bonne réponse, Mathilde. » Question de philo : « Dans six semaines, les gars de la *Star Ac'* auront disparu. Dans soixante ans, Bénabar sera toujours là, qui s'est fait couillonner ? » Débuts difficiles, je vous cite : « Qui n'a pas dormi avec six musiciens dans un Formule 1 ignore ce qu'est la préhistoire. » Est-ce que, comme dans *La Guerre du feu*, y a eu des scènes où l'on prend l'autre, par-derrière, sans son consentement ? Votre album s'appelle-t-il *Les Risques du métier* pour cette raison ?

Babar, c'est aussi un humour très noir, quand vous faites la première partie de Salvador, vous dites au public : « J'ai cassé les genoux du vieux, comme ça, on est peinards. » Une langue bien acérée, gare au coup de trompe : « Ces chanteuses qui passent plus de temps à choisir leur robe qu'à faire de la musique. » C'est bien les invités comme vous, j'ai plus rien à faire. On pourrait peut-être faire un spectacle tous les deux ? Une saloperie, une chanson ? L'été, on ferait la tournée des hospices. Dix minutes de spectacle : quinze morts ! Babar, on se voit après l'émission. Vous l'aurez compris, je suis fan. Appelez-moi Cornelius, ça fera plaisir à ma fille !

FRANÇOIS BERLEAND

François Berléand, star à 50 ans, un vrai luxe ! S'il avait été footballeur, personne n'aurait attendu jusque-là ! Barbu, bedonnant et ventripotent, l'international Berléand, dit « Bébère », entre sur le terrain, après avoir parcouru vingt mètres, éructant et crachant, il s'écroule comme une merde sur le banc. Impensable !

Berléand, réussite tardive ? Oui et non ! Si l'on considère la moyenne d'âge de nos derniers invités : Gréco, Salvador, Moustaki, 83 ans, c'est un jeune premier, frais moulu, que nous accueillons ! François aurait pu réussir plus tôt. Seulement voilà, à 11 ans, son père, véritable boute-en-train, émigré russe, lui déclare : « Tu es le fils de l'homme invisible ! » Pour François, enfant parfaitement équilibré, persuadé déjà d'être trisomique, cette nouvelle d'invisibilité est providentielle. Trisomique et invisible : la quille ! On couche avec une fille, elle ne vous voit pas et au moment de jouir, on lui susurre : je suis trisomique. Berléand : une enfance heureuse. Ado, il fait des grimaces aux passants, persuadé d'être incognito. À 20 ans, il force un barrage de police : prison avec sursis. Il s'en fout, pour s'évader, il n'a qu'à enlever ses bandelettes comme à la télé… Psychologiquement, tout va bien ! École de commerce, bitures, paradis artificiels, une nuit raide bourré dans une piscine vide. Une fois sorti, il déclare : « Quand il n'y a pas d'eau, seul l'homme invisible peut plonger ! » Puisqu'on ne le voit pas, Berléand va faire du théâtre. Un flair terrible. Quand Balasko lui propose de rejoindre le Splendid, lui préfère la troupe de Daniel Benouin. Plus anonyme, tu meurs. Invisible, Berléand va le rester jusqu'à l'âge de 48 ans et la sortie du film *Ma petite entreprise*. Avant cela, à chaque fois qu'il fait un film, la critique est la même : « Berléand : totalement transparent ! » Ah ! Vous voyez que j'ai raison, dit-il à ses amis.

Aujourd'hui, François est guéri, il enchaîne les rôles. Trop grande visibilité entend-on ! Tout un paradoxe. Celui qui a longtemps marché à l'ombre, notamment dans le film de Blanc (oui, il y était !), a pris goût à la lumière. François tourne, mais reste fragile. Quand il apprend que Rocco Siffredi partage avec lui l'affiche de *Romance* et qu'on ne lui a rien dit, il s'affole : « Étais-je invisible, ai-je eu des scènes avec lui ? Je me souviens avoir eu mal aux fesses pendant cette période. » Et si Berléand avait toujours existé ? Si cet aveuglement n'avait été le fruit que de producteurs sans imagination ? S'il existait un autre Berléand, un type de 40 ans, chroniqueur à la télé… Quel dommage de ne pas l'utiliser maintenant ! À bientôt, François !

CHARLES BERLING

Charles, vous êtes né à Saint-Mandé, vous avez grandi à Toulon, vécu à Tahiti, étudié à Bruxelles, habité Strasbourg… Pff… Ça va être simple ! Prénom : Charles, idée de vos parents en hommage à de Gaulle. Nom : Berling : petit ours en suédois. Prénom prestigieux, patronyme à la noix : une bonne moyenne. Sur des soirées huppées, c'est assez délicat : monsieur Charles… Tu te dis : « Oh ! Petit ours. » Ça fait « Petite pine ». Y en a d'autres : Mr Stéphane… Bern (« Pine de cochon d'Inde », en luxembourgeois).

Charles de Gaulle… La promesse est dans le nom. Deux gaules : pouvoir régaler sa copine sans avoir recours à des accessoires. De Gaulle comme le porte-avions… En tout cas, vous, Berling, vous n'avez pas de problème d'hélice : question gonzesses, ça turbine. Enfin, ça turbinait, vous êtes casé. Une aventure avec Carla Bruni. Et puis un jour, elle se met à chanter sous la douche… Vous la priez de faire sa valise. Enfance plan-plan à Toulon… Le Toulon d'antan… À l'époque, quand on visitait un paquebot, les échafaudages tenaient… Signalons l'histoire de ce rescapé du *Queen Mary*, parti se refaire une santé en Égypte avec Flash Airlines. Les Petits ours, famille catholique, père : médecin dans la marine, roule en DS, six enfants à l'arrière, deux ont roulé dans le coffre, fatalement. Deux, par la suite, feront du théâtre, devinez qui a roulé dans le coffre ? Charles apprend son métier d'acteur en Belgique, puis débute dans une troupe de travestis : les Mirabelles. À noter qu'une mirabelle dénoyautée est un transsexuel. (Blague préférée d'Amanda Lear) Une expérience déterminante puisque, quelques années plus tard, dans *Nettoyage à sec*, Charles se fait prendre, par-derrière, couché sur une planche à repasser. Quand un fils de marin goûte à la vapeur, l'expression « être à voile » prend tout son sel. À la sortie du film, les ventes de planches explosent. Certains ont attendu des jours, froc baissé… En vain.

Côté vie privée, vous aimez : les femmes, la chute libre et les motos… Bref, vous aimez les gamelles. Une filmographie exemplaire, citons le très beau *Comment j'ai tué mon père*. L'acteur qui joue votre frère est absolument remarquable. Sous-employé, le pauvre garçon est devenu langue de pute à Canal. Aujourd'hui grillé avec une partie de la profession, la carrière de ce magnifique interprète est désormais derrière lui. Ma question, Pine d'ours, est la suivante : que pensez-vous de cette injustice ? À plus tard !

STEPHANE BERN

Cher patron, pour votre anniversaire, c'est décidé, je vais vous faire votre fête. Stéphane Bern, autobiographie, extrait : « Je suis né en novembre 1963, le mois où Kennedy a été assassiné. Les drapeaux étaient en berne. Maman s'est écriée : “On t'appellera comme les drapeaux !” » J'ai également avec moi le rapport du médecin accoucheur : « Bébé minuscule et très laid. » Mme Bern demande quand est-ce qu'elle accouche. Difficile de lui dire que c'est déjà fait ! Taille : 20 centimètres, sorte de rosbif mal ficelé portant une houppette vissée sur le crâne. Un bébé à moumoute, rarissime dans une carrière d'accoucheur. Mélange de Tintin et de Charles Trenet. L'enfant, qui n'a pas pleuré, sourit bêtement au personnel soignant. L'obstétricien déclara : « Je demande qu'on retire tous les miroirs à l'étage, qu'il garde le plus longtemps possible cette naïve bonne humeur ! » Enfance heureuse et sans problème, ses copains lisent *Bob Morane*, lui, *Point de vue Images du monde*. Autant vous dire qu'il est intégré. Je vous fais la suite à la Frédéric Mitterrand, après tout, c'est votre anniversaire… « Quand ses potes le bizutent à coups de bite au dentifrice, Tintin aux pays des têtes couronnées retient ses larmes. Un jour, leur dit-il, on m'en fera une, avec des fleurs de lys, ce sera dans *Match* et vous payerez quinze balles pour pouvoir mater cet organe princier. Ce sceptre immense qui, certainement, aurait fait le bonheur du prince Charles dans la solitude de son palais de Buckingham ! »

Débuts professionnels difficiles, vous êtes la doublure de Zitrone. Quand le vieux s'enrhume, c'est vous qu'on envoie au charbon. Vous aviez hésité avec doublure de Pierre Tchernia, vous avez eu du nez. Période d'errance, vous vous cherchez… Membre de l'action royaliste, sympathisant RPR… Votre activité principale : lecteur attitré du comte de Paris. Son livre préféré : *Oui-Oui fait du vélo*. Un jour, le Comte refuse de faire la sieste et mouille sa chaise pendant un coloriage. Vous vous fâchez ! En 1989, recalé au *Figaro Monsieur*, vous entrez au *Figaro Madame*. Jamais enceinte ni indisposé, Bern devient rapidement rédacteur en chef. Et puis, il y a la métamorphose : quand la chrysalide devient papillon. Aujourd'hui, Steph travaille à Canal, roule en 4 × 4 et vote socialiste. Un portrait d'Elisabeth II trône dans ses toilettes. *Match, Lui, Penthouse* s'arrachent la croupe du petit prince du PAF. Son bonheur est total, les courbes d'audience de son émission pointent toutes vers le haut. L'éléphanteau Dumbo, dont il s'est épris en Inde, lui a envoyé une carte postale : une grande feuille A4 badigeonnée d'excréments. Pour Noël, sa petite bicoque grecque l'attend. Stéphane est bicoque, ça peut surprendre, mais c'est la vérité. Il pourra bientôt faire la sieste, nu dans son paréo, caché dans la torpeur de Miconos. Un repos ô combien mérité !

RICHARD BERRY

Richard Berry, « Riri » pour les intimes… Vous êtes un pur déconneur ! Le Guy Montagné du septième art ! D'autres pointures du rire étaient pressenties : Raffarin, Mireille Dumas, Marc Blondel… C'est vous qui avez été choisi ! Bébère, c'est une blague à la minute… Pour l'instant, on l'attend toujours… Mais dès qu'elle arrivera, on vous fera signe, que vous puissiez en profiter ! Berry, c'est typiquement le gars à qui l'on peut mettre une grande bourrade dans le dos quand on le croise dans la rue, appuyée d'un : « Et ça va la flotte ? » Nombreux sont ceux qui ont piétiné ses pompes, ou pété ses lunettes ! Berry, c'est un look : tenue vestimentaire extravagante, choix des couleurs… Vous seul osez mélanger le noir foncé avec le noir clair ! Dans tous les cimetières de France, les gens pensent vous reconnaître. « Eh, t'as vu, c'est Richard Berry ! »

Berry, c'est une vie amoureuse rangée, pépère… L'homme sait être fidèle. Depuis trente ans, on ne lui connaît qu'une passion qu'il chevauche à tout-va : une Honda 1000, sur laquelle est montée une flopée de gonzesses dont je n'ai malheureusement pas le droit de vous donner les noms… Y a du monde… Doc Gynéco est loin derrière ! Les femmes aiment les petits bruns à qui l'on peut mettre des branlées, c'est comme ça ! Berry, soixante films à son actif, consommation moyenne : deux actrices par film, plus deux moutons femelles sur le film *Les Agneaux*, en 1995. Vous l'aurez compris, Berry est un comique doublé d'un caractère d'ange ! J'ai eu la chance de tourner avec lui dans *Moi, César*, dix jours de tournage, cinq mois d'hôpital, trois de rééducation. Une petite réflexion à la noix sur le choix d'un de ses tee-shirts. Comme, en plus, il avait mis ses chaussures de tarlouze, des santiags… C'est sûr, ça a fait du dégât !

JEAN-MARIE BIGARD

Jean-Marie, cette année, vous êtes dans le *Larousse*. Bigard, Jean-Marie : poète français romantique, auteur de très beaux textes, dont *Les Flatulences*, *Le Poil pubien* et *Le Lâcher de salopes*. Grâce à ses affiches, cet ancien prof de gym, timide et réservé, ornera pendant des années les murs de la capitale. La plus célèbre : une paire de testicules moulée dans un slip kangourou… celles d'un ami, l'auteur des *Flatulences* en avait une toute petite. (C'est bien fait le *Larousse* !) En dessous, y a un poème à vous : « La différence entre un cheval et une majorette ? La majorette a un chromosome en plus qui lui évite de chier en défilant. » Jean-Marie, le 18 juin 2004, vous ferez le Stade de France, vous aurez 50 ans… C'est le syndrome Johnny. Pour vos 60, vous ferez le Trocadéro. On imagine le visuel : « Bigard bande plus haut ! » Avec un sexe qui dépasse la tour Eiffel. Alors, est-ce que, comme à Bercy, avant le Stade de France, vous ferez une date au Point-Virgule ? Deux styles ! Le Point, 150 places, on vous entend, on vous voit, on goûte chaque instant. Quand vous postillonnez, y a qu'à ouvrir la bouche, c'est une communion ! Le Stade de France, pour le one-man-show, c'est plus délicat ! Le seul comique que j'ai vu là-bas, c'est Barthez. Au niveau des expressions, on voit rien… Vous me direz, si on s'emmerde pendant vos sketchs, on fera la « ola » ! Et puis, y a des écrans géants… Aller à Saint-Denis, pour regarder la télé, ça fait mal aux fesses ! Le Stade de France, c'est un trip. Dès que vous sortez du RER, vous avez une odeur de frites-merguez qui vous colle aux narines. Pour Bigard, ce sera : moules et slip kangourou. À l'arrivée, vous avez la fouille. Toujours agréable de se faire peloter les parties avant un spectacle d'humour. Sur les spectacles de Jean-Marie, le hooliganisme est très prononcé : c'est un public qui pète sous la couette depuis des années ! Sur *Le Lâcher de salopes*, les briquets vont s'allumer ! Le mec qui se pointe avec un bouquin et des lunettes, c'est évident qu'il sera refoulé. L'intello casse-couilles à la Stéphane Guillon, il reste en dehors de l'enceinte.

Jean-Marie, tout cela était pour rire, vous êtes dans le cœur des Français et dans le mien. Autant pour votre talent, que pour vos actions généreuses. L'appel du 18 juin du général Bigard sera entendu, le Stade sera plein !

JANE BIRKIN

Jane, anglaise, parlant français comme la femme de Tarzan ! Née à 7 mois et demi, sans cils et sans cheveux… Ses parents hésitent sur son prénom : Alien, ET ou Barthez ? Couvée pendant deux mois dans une boîte à chaussures posée sur un radiateur, Jane restera très longtemps mal dans ses pompes. Des cils et des cheveux finiront par lui pousser, mais aucun sein ne pointera. Petite consolation, ses copines de pensionnat, qui la narguaient jadis avec leurs roberts tout neufs, planquent aujourd'hui deux gants de toilette fripés dans un châle. Les lolos de Jane, eux, restent impeccablement absents.

Ado, notre petite Anglaise possède un atout physique majeur : les dents du bonheur. Un bonheur immense… Tellement grand qu'elle peut y glisser entièrement la langue et mimer, comme personne, un serpent à sonnette ! La nuit, elle porte un écarteur : deux barres en acier reliées à des élastiques remontant vers les joues. C'est « dans cet appareil » qu'elle rencontre John Barry, son premier mari. L'idylle ne tient pas. La petite Anglaise née dans une boîte à chaussures tombe amoureuse d'un Français né dans un choux, il en a gardé la tête. Grand spécialiste des sucettes à l'anis… Les dents du bonheur c'est plutôt son truc ! Gainsbourg vous emmène au Louvre, voir les statues antiques : bassin large, seins minuscules, c'est son idéal féminin. Pour séduire une femme forte, privilégier les statues de Botéro. Birkin, c'est aussi une personnalité. En France depuis quarante ans, l'actrice invente un nouveau langage : le français de travers. Hyper compliqué ! Dire : « la crayon », « le voiture », « le pomme ». Écarquiller les yeux et se gratter la tête : « On dit le pipe ou la pipe ? Serge, il me disait : les deux, c'est chouette, ça fait travailler le diction ! » Délicieux à 20 ans, exaspérant à 55, dangereux passé 80. « Est-ce que tu peux me donner le bouteille d'eau, s'il te plaît ? / Non, mamie, reste au soleil, ça va faire gonfler les statistiques. / Et le éventail ? / Non plus, mamie, enlève la chapeau, tu seras mieux ! » À bientôt, Jane.

MICHEL BLANC

Michel Blanc naît le 16 avril 1952. Dès les premières minutes, l'enfant est anxieux. Le cordon a-t-il été coupé ? Les instruments sont-ils désinfectés ? Qui est cette femme qui lui sourit bêtement ? Neuf mois plus tôt, le spermatozoïde Michel Blanc en phase de lancement pesait ses chances de survie. Est-ce que ça fait mal ? Va-t-il rencontrer l'ovule sœur ? Et s'il mourait noyé dans une cuve de waters ? Depuis, la scène a été immortalisée par Woody Allen, surnommé outre-Atlantique « le Michel White français ». Enfance heureuse et hypocondriaque à Puteaux : Michel meurt quotidiennement de crises d'appendicite aiguës. Aujourd'hui, les crises se sont calmées et ce sont des cancers généralisés qui emportent notre comédien préféré. Sa calvitie totale lui permet d'enchaîner un grand nombre de chimios sans y laisser paraître ! Fils unique, Michel aime ses aises. Une habitude qu'il a conservée. Aujourd'hui encore, les quelques filles qui ont le malheur de tripoter sa boîte de Lego finissent sur le palier.

L'auteur de « Viens chez moi, j'habiterai ailleurs ! » est un célibataire endurci. Adolescence sans incident,

Michel perd ses cheveux, mais gagne une moustache. La mode Gérard Jugnot n'a pas encore frappé l'Hexagone. Nous sommes en 1969, Blanc, le timide, l'enfant d'ouvrier qui se rêvait pianiste, entre au lycée Pasteur. Ce jour-là, dira-t-il, j'ai découvert la vraie dépravation. Les responsables sont connus : Clavier, Jugnot, Lhermitte. Blagues de potache, café-théâtre, stage au Club-Med, la bande va abuser du petit Michel. Pendant un temps, il résiste, tourne avec Tavernier, Miller et Polanski. Le coup de grâce aura lieu en 1978 avec la sortie des *Bronzés*. Tout le monde se souvient de Michel, meurtri, cachant son sexe avec des algues. Allez tourner avec Rohmer après cela ! Pourra-t-il, à 60 balais, incarner des personnages qui se prennent des râteaux ? Blanc réagit, refuse *Le Père Noël est une ordure*, accepte *Tenue de soirée* et *Monsieur Hire*. Prix d'interprétation à Cannes, le petit Blanc devient un grand cru ! Coup de téléphone inquiet de Clavier : « Allô, vieux, tu ne peux pas nous faire ça, j'ai un rôle pour toi dans *Opération Corned Beef* ! Okay ? »

Blanc enfonce le clou et passe à la réalisation. *Grosse fatigue*, *Mauvaise passe*, des films de plus en plus personnels et noirs. En septembre 2001, Michel tourne son film le plus explosif : *Embrassez qui vous voudrez*. Le peech : Élisabeth ne baise plus avec son mari qui préfère se taper un transsexuel pendant que sa fille chevauche son secrétaire Kevin. « Jacouille la Fripouille » n'appelle plus ! Jean-Claude Duss, le petit moustachu des *Bronzés*, a eu finalement son ouverture.

IGOR ET GRICHKA BOGDANOFF

Bernard et Bianca… Igor et Grichka… Pardon ! Vous êtes nos premiers jumeaux de la saison… Ça manquait ! On a eu des duos, des couples : David et Cathy Guetta… Une certaine forme de gémellité : ils ont un cerveau pour deux. Aucun odorat : Cathy sort un parfum tue-mouches. Premiers jumeaux… J'ai demandé à être payé double, ça a été refusé ! Vous êtes nés dans le Gers vers 1950… Vous ne souhaitez pas dire votre âge. On comprend, on a eu beaucoup de vieilles actrices, comme vous très coquettes, et, à chaque fois, on a été discrets. Même pour Orlando, qui fêtera à l'automne ses 77 ans, on n'a pas moufté. Quelques différences : Igor fait 70 kilos, Krishna, 64. Vous êtes un peu les Laurel et Hardy de la physique. Grichka a une petite bosse sur le nez, Igor n'en a pas. Après, ce sont des différences infimes, on ne va pas pratiquer une autopsie sur place. (« Pince-moi » et « Pince-mi » sont sur un bateau, Pince-mi tombe à l'eau… Ça, c'est pour gagner trois lignes) Vous avez été élevés dans un château par une grand-mère autrichienne : la comtesse Berthe de Colloredo Mansfield, qui n'a pas couché avec Massimo Gargia, je tiens à le préciser. Elle connaissait la physique, même en apesanteur, Massimo sur le dos… Le côté à la fois lourd et petite bite est très décevant. Vous n'allez pas à l'école, des précepteurs viennent au château. Les profs au château, on a vu les ravages engendrés à la *Star Ac'* ! À 6 ans, vous parlez cinq langues, à 12, vous lisez Kant : un QI exceptionnel, supérieur à 190. Pour faire aussi bien, faudrait recevoir Loana trois semaines ! D'un côté un QI d'exception, de l'autre vous faites partie du comité de soutien à Jacques Chirac… Est-ce que ces tests sont fiables ? Igor et Grichka, vous êtes, avec Chevalier-Laspalès, l'un des rares duos comiques français qui tiennent. Plusieurs ouvrages à votre actif, dont l'irrésistible *Fluctuations quantiques de la signature de la métrique à l'échelle de Planck*. L'échelle de Planck, qu'on a toujours du mal à trouver ! Grands débuts télévisuels en 1979, avec l'émission *Temps X*. Canal fera *Le Journal du X*, mais plus tard !

En 1989, nouvelle émission intitulée *Futur's*, avec un objectif : faire de TF1 la première chaîne scientifique mondiale. Danielle Gilbert dans *La Ferme Célébrités*, si des extraterrestres captent cette séquence, si le thème de leur recherche est « la connerie chez les terriens », TF1 est bien la grande chaîne scientifique rêvée par Igor et Grichka. En 2002, dans *Libération*, vous déclarez : « Nous préférons rester dans le principe d'incertitude quantique. Nous enfermer dans une grille terrestre décevrait nos fans. » Est-ce que vous avez déjà essayé de faire une cure de désintoxication ? Y a des centres pour ça, vous n'êtes pas seuls : Jean-Claude Bourré y est. Il appelle encore tout le monde David Vincent, mais il ne dit plus : « ET, maison. » De ce côté-là, y a un mieux. Allez, à bientôt Omar et Fred, et bon spectacle !

ROMANE BOHRINGER

Alors, lorsqu'on m'a dit que j'allais faire un papier sur vous, Romane, je me suis dit : « Chouette ! Enfin, une actrice people ! » J'ai le souvenir de vous, à l'île Maurice, en string, embrassant goulûment Anthony Delon. Finalement, j'ai vérifié, c'est pas vous, je me suis trompé. Alors j'ai un peu fantasmé sur vous, Romane. Faut savoir que lorsqu'on visite votre site, le fameux « Romaneboringer.fr », à la page vie privée, y a deux lignes. Votre premier film s'appelle *Kamikaze*, un titre qui résume, à lui seul, la suite. Vous allez toujours à la facilité. À 17 ans, vous jouez au théâtre, sous la direction de Peter Brook, un texte de William Shakespeare… Que des Anglais, qu'ont du mal à bosser chez eux et qui viennent ici se refaire une santé. En 1992, vous tournez *Les Nuits fauves*, un film un peu bateau sur le sida, maladie qu'on soigne depuis très bien. C'était pas la peine d'en faire un pâté. Y avait certainement d'autres sujets à traiter, comme le cor au pied ? Pourquoi ne pas avoir campé le personnage d'un sprinter qui, à cause d'un cor au pied, perd la course de sa vie, le tout mis en images par Éric et Ramzy, nos frères Cohen à nous ?

1993, la profession vous sanctionne : César du meilleur espoir féminin. Une façon de vous dire : « Stop, arrêtez d'être people, faites des films d'auteur ! » Le côté « Ophélie Winter », gros nibards, ras-le-bol ! 1994-1995, rebelote, vous enchaînez les nanars : *L'Appartement, Mina Tannenbaum.* Débauche de fric, effets spéciaux, tartes à la crème ! On arrive à la cerise. Vous jouez Célimène dans *Le Misanthrope*, une représentation unique, en direct, sur Canal. Heureusement, tout de suite derrière, Canal produira le très beau *60 jours, 60 nuits* avec Joey Star. Extrait : « Putain, t'es relou, tu m'as pas ramené chez moi pour me casser les couilles ! » Ce qui, dans la bouche de Célimène, donne : « C'est pour me quereller donc, à ce que je vois, que vous avez voulu me ramener chez moi ? » Là, je crois que tout le monde a compris : moins vous en faites, mieux vous vous portez ! En 1997, petit espoir, vous faites enfin un film d'auteur : *La Chambre du Titanic*, avec Aldo Maccione dans le rôle du *Titanic*. Il le fait très bien. Ça, les Twin Tower et la Flash Airlines, ce sont ses récurents. En 2000, vous reprenez vos mauvaises habitudes : costumière sur le film *Le Pornographe*. Première fois, dans l'histoire du X, qu'on fait appel à une costumière. Y avait un god ceinture et une paire de bas à trouver ! (Ça va, ça n'a pas été trop dur ?) Vous savez, Romane, je me souviens de vous, y a deux ans, en Avignon, distribuant pendant des heures des tracts pour une pièce que vous aviez mise en scène. Allez à Cannes ! Montez les marches ! Couchez au Martinez, ne serait-ce que deux, trois nuits… Et après, vous irez faire la belle place de l'Horloge ! Faites vos classes… Parce que les week-ends à Ibiza, les couv' de *Voici*, ça passe. Vous ne pourrez pas éternellement déplacer les foules sur une plastique. Qui a été refaite chez vous, souvent, trop souvent et les gens commencent à jaser. Bossez, Romane !

DIDIER BOURDON

Didier, dans le *Robert des noms propres*, à « Bourdon », vous êtes inconnu… Et à « Inconnu », vous y êtes ! Dans le *Robert* classique, à « bourdon », pas de problème : « Insecte au corps lourd et velu. » C'est assez sexy ! Le Bourdon possède un aiguillon dont il se sert peu, contrairement au Guillon, moustique agressif et dégénéré. Votre mère a été fertilisée, en avril 1958, par un Bourdon mâle, travaillant chez EDF, on le reconnaît grâce à ses grandes antennes. Un tempérament électrique, on butine, on butine et les odeurs de pollen aidant, on a le dard facile ! Naissance de Didier, la petite larve, en 1959, à Alger, région ô combien bourdonnante ! Puis départ de toute la famille pour la France en 1962 : problème de ruche ! Pendant la traversée, vous côtoyez la famille Macias et leur grand dadais Enrico, qui joue de la guitare. « Ça vous plaît ? » demande son père au vôtre ? « Ça me fout le bourdon », répond-il ! Expression qui restera célèbre ! Arrivée en France, changement de climat, le petit Bourdon s'adapte, cours de guitare, théâtre : un tempérament de cigale. Le Bombus Laffonicus, c'est sa variété, pied-noir un peu replet, rencontre un Légitimus Pascalus, Antillais, sec et crépu.

Ils sont rejoints par trois spécimens bigarrés dont une puce montée sur ressort : Smaïn. Ils s'appellent Les 5. Smaïn parti, ils deviennent les Quatre Quarts… Sans beur, puisque Smaïn est (…). En 1984, un petit porcelet atteint de la maladie de Parkinson, Philippe Bouvard, leur donne leur chance. En 1989, Paul Lederman, animal bizarre, les produit. À son palmarès : Mike Brant, Cloclo, Le Luron, Coluche ! Sa journée type : Père-Lachaise le matin, cimetière de Montmartre l'après-midi. Très vite, les Quatre Quarts deviennent trois. Fatigué de perdre ses artistes, Lederman les baptisent Les Inconnus.

En solo, Bourdon prend son envol : plaisanterie totalement inédite ! Plusieurs films à son actif, dont *L'Extraterrestre*, qui, pour nous, reste un ovni ! Aujourd'hui, vous nous présentez *7 ans de mariage*, film sur l'usure du couple, sortie DVD pour la Saint-Valentin… Sympathique ! Pour la canicule, offrez à mamie *On achève bien les chevaux* ou *37,2° le matin* ! Pour finir, sachez que le bourdon est un insecte fidèle, rares sont ceux qui se tapent une abeille. Il est vrai que c'est tentant. Quand la petite est penchée sur une fleur, la tête vissée dans le pistil, on arrive par-derrière et crac ! Le bourdon paye ses écarts plein pot. Souvent, dehors, il finit écrabouillé par une godasse ou la tapette d'une ménagère. Retrouvez toutes ces histoires dans *7 ans de mariage*… Si vous avez les abeilles avec votre gonzesse, un film qui peut vous ouvrir des horizons !

PHILIPPE BOUVARD

Philippe Bouvard naît le 6 décembre 1929 à Coulommiers, le même jour que Régine, chanteuse à pâte molle faite à point. Coulommiers, c'est aussi un musée du papier, où cet ouvrage pourrait, malheureusement, finir. Couverture imitation marbre, lettrage doré en surimpression, on dirait une salle de bains d'émir, tout ça est d'un goût très sûr. À moins qu'il s'agisse de draps en satin. Dans ce cas, aucune tache suspecte : le petit robinet qui a écrit ce livre ne doit pas s'amuser souvent. Des femmes, titre-t-il… Classées, étiquetées selon leurs caractères… Vous avez la menteuse, la chieuse, la bavarde, la gauchiste… Oui, c'est aussi un défaut ! « Sexe fort » est écrit sur le bandeau : pratique ! Une fois qu'on l'a balancé, un peu comme une serviette hygiénique, le livre prend toute sa dimension. Propos potaches, misogynes, d'un autre âge. Quand c'est aux *Grosses Têtes*, l'humour petite bite, ça passe… Là, c'est plus délicat. En guise de hors-d'œuvre, le livre démarre par une citation de La Bruyère : « Il faut juger des femmes, comme on mesure le poisson entre queue et tête. » S'il faut juger Philippe de la même façon… Entre sa queue et sa tête, prenons un double-décimètre.

L'homme idéal, c'est Bouvard. Colette, son épouse, femme au foyer, mariée depuis l'âge de 16 ans, témoigne : « Philippe petit-déjeune au lit, c'est là qu'il écrit son billet pour *France-Soir*, l'idée tombe comme une pièce dans une tirelire. » Et de préciser : « C'est devenu une fonction organique. » Bouvard écrit comme il fait caca… À la lecture de l'ouvrage, on souhaiterait qu'il soit constipé plus souvent ! Après s'être rasé dans sa baignoire, une baignoire sabot… Philippe touche avec les pieds, ça le rassure… C'est lui qui choisit ses habits. Alors, là, chapeau ! L'homme choisit ses caleçons seuls… Très belle victoire des chiennes de garde ! Je passe rapidement sur le reste : aucun bouton ne doit manquer à sa chemise. C'est sûr que si Monsieur a envie d'aller mesurer du poisson ailleurs, il faut qu'il soit impeccable ! Si, pendant l'acte, un bouton lâche, il sera toujours temps d'engueuler Madame. En revanche, Philippe sait dire merci : « Lorsque je rentre le soir, ma première visite est pour la cuisine, j'adore décoiffer une casserole… » Pour le séduire, habillez-vous en soupière ! Pas de panique, Mesdames, le livre de Philippe vous laisse un espoir. Que vous soyez diva, baroudeuse, pute ou femme du monde, une fois veuve, vous pourrez adopter un chien et lui faire subir les mêmes sévices qu'à votre mari. Jusque-là, la nature était bien faite : passé 70 ans, l'homme se calmait, cultivait ses rosiers. Malheureusement, avec le Viagra, il peut encore disserter sur la bagatelle. Si le sexe peut redevenir vigoureux, le cerveau, lui, a tendance à s'amollir. Que les fans de Fifi se rassurent, c'est une panne exceptionnelle. Un scanner, un régime à base de poisson et notre pamphlétaire national devrait repartir de plus belle.

CHRISTINE BRAVO

La semaine dernière, on reçoit Nagui, actualité : *Le Coffre !* Tu te dis : « Cette fois, c'est bon, on ne fera pas pire, je suis peinard jusqu'à fin juin ! » Aujourd'hui, nouveau record. Invitée : Christine Bravo. Actu : création d'un parc d'attractions au Mexique. Vous êtes l'attraction principale ? Maintenant, quand je lis les bios des invités, j'ai quelqu'un qui me pince, c'est son boulot… Je dis : « C'est pas possible autant de conneries, je rêve ! » Il me pince ! T'es en état de choc, tu baves, c'est voisin de l'épilepsie… Après, faut écrire le papier. Pensée émue pour nos amis Mexicains… Déjà, ils acceptent Bravo sur leur territoire. Ça se comprend, dès qu'elle est là-bas, les ventes de tequila explosent, au niveau du PIB, c'est intéressant ! Donc, ils l'acceptent… Ce sont des échanges : on envoie nos vieux footballeurs au Japon, nos anciennes animatrices au Mexique. Ils se disent : « Elle va se tenir tranquille. » Cinquième bouteille de tequila : « J'ai une idée, on va faire un parc d'attractions au Mexique ! » La gueule des autorités. C'est jour de deuil maintenant là-bas. Y en a deux : tremblement de terre de Mexico, arrivée de Christine Bravo ! Ce centre, qu'est-ce que c'est ? Au départ, on a cru à une sorte de « Jurassic Parc » pour animateurs en bout de course, comme une casse de bagnoles. La France envoie ses épaves : Jean-Claude Bourré et ses soucoupes volantes, Jacques Martin et son numéro de cascade époustouflant, capable encore de faire un clin d'œil. Des Mexicains enthousiastes : « Bravo, bravo ! / Quelqu'un a appelé Christine ? / Non, on ovationne Jacques Martin ! » Et puis, en final : « Les Majorettes de l'Apocalypse » avec Régine, Évelyne Thomas et Maïté. Lancer de bâton : Amanda Lear… Bah… Elle prend le sien ! C'est une réussite : la fête à Neu-Neu version sombrero, sorte d'Eurodisney du pauvre, dix fois plus chaud qu'à Marne-la-Vallée, ça permet de lever le pied sur les activités. Une bassine d'eau pour la rivière enchantée… Ici, ça s'appelle un bain de siège. Le grand huit, c'est une balancelle. Torché à la tequila, ça le fait ! Caissière, tapas et gardiennage : Christine Bravo. Le pauv' môme qui resquille sur un tour de manège. « C'est une baffe dans la gueule, ou t'achètes l'intégrale de *Frou-Frou* ? / Je préfère la baffe ! » Alors, ça s'appelle « Discovery Jungle Park » de Christine Bravo. Christine, clap clap clap… Ouverture : 23 heures… Bah, le temps qu'elle se lève. Si elle arrive pas à se lever, t'as un gars qui se lève à sa place. S'il n'y arrive pas non plus, t'en as un autre. Ils sont sept, chacun a promis de se lever une fois par semaine. Les soirs de grosse teuf, on reste fermés. De toute façon, c'est la première fois dans l'histoire des parcs que tu t'amuses plus à l'extérieur qu'à l'intérieur. C'est un concept inspiré de ses dernières émissions : c'était mieux télé éteinte qu'allumée. Pour les inconditionnels, comptez 1 800 euros le billet d'avion + l'entrée du parc. Avec le risque que ce soit fermé. Ça fait réfléchir !

JEAN - CLAUDE BRIALY

Ton à la Brialy, beaucoup d'emphase, très rapide, rouler les « r ».

Alors, aujourd'hui, nous recevons le merveilleux, l'extraordinaire, l'inoubliable, l'intemporel Jean-Claude Brialy. Merci encore au musée Grévin de nous l'avoir prêté. Un Brialy au mieux de sa forme, 50 grammes en trop à peine, quelques cheveux blancs, on les compte sur une main, un teint de rose, un œil de biche, des abdominaux chocolat, un fessier de culturiste. Aucun lifting, un corps qui sécrète, de lui-même, vitamine C, testostérone, DHEA et Viagra ! La grâce d'un Gérard Philipe, les jambes de Jean Marais, la poitrine de Jane Birkin et le port de tête de Maïté ! Acteur de la nouvelle vague, de l'ancienne vague, de toutes les vagues, acteur aquatique, du commandant Cousteau à Luc Besson… Acteur insubmersible, canot pneumatique du cinéma français… Toutes nos vieilles stars, baleines échouées, bouées crevées, de Régine à Yvette Horner, d'Orlando à Pascal Sevran, s'y sont accrochées. Brialy a connu Piaf, Brel, Baker, Cocteau, Gabin, Visconti, Marie

Bell, Dietrich, Arthur Martin, Brant, Pathé-Marconi, la Voix de son maître, les plaques de cuisson, le Frigidaire, la TSF, l'eau courante, l'eau qu'on allait chercher au puits avec des seaux ou à dos de mule… *(Imitation Sacha Guitry)* « Oui, prends-le, le boulevard Haussmann, il est à toi ! », comme aurait dit le grand Sacha Guitry, mort un 24 juillet dans son hôtel particulier du Champ-de-Mars ! Coureur infatigable, lapin Duracell du show-biz, Jean-Claude a tout essayé : à deux, à trois, à dix, en levrette, à la missionnaire, à la papa… Il s'est fait des compagnies entières, privées, subventionnées, de l'accessoiriste à la maquilleuse en passant par le souffleur. Ah, Jean-Claude ! Brialy traverse les époques et ne vieillit pas… Favori à la cour de Louis XIV, il a connu Racine, La Fontaine et le grand Jean-Baptiste ! Cathos dans les *Précieuses Ridicules*, c'est lui ! Brialy sera encore là dans 150 ans, il nous enterrera tous, il enterrera même Michel Drucker. Oui, Michel qui a déjà enterré tout le métier sera enterré par Brialy ! En 2070, Jean-Claude remettra un César d'honneur à l'arrière-petite-fille d'Ophélie Winter, sorte de mutante, comme sa grand-mère, totalement refaite, qu'il trouvera, pour la circonstance, absolument délicieuse ! Aujourd'hui, Brialy vient pour le Sidaction… Merveilleux sida, vingt ans d'existence, 40 millions de personnes infectées à travers le monde, 8 500 décès par jour, le continent africain entièrement décimé… *(S'arrêter brutalement de parler, reprendre un ton normal)* Excusez-moi, je me suis laissé emporter, j'étais dans une sorte de faux rythme, je suis désolé… Le Sidaction, malheureusement, fête ses dix ans, les 23, 24 et 25 avril, il faut absolument donner en appelant le 116. Et si on guérit ce fléau, ce que nous souhaitons tous… Jean-Claude s'engage à épouser Line Renaud et à lui faire un petit. Rien que pour voir sa tête, je crois que ça vaut le coup de sortir son chéquier ! Merci à tous !

BERNARD CAMPAN

Bernard, dans le film *Poids léger*, vous entraînez Antoine, boxeur le soir, employé aux pompes funèbres dans la journée. Moi aussi, j'ai un pote qu'est croque-mort… C'est pas un boulot facile… Enfin, l'été dernier, en quinze jours, il a fait sa saison ! Avec la canicule, en deux semaines, le chiffre était fait ! Il était fatigué à la fin, je lui disais : « Pense à t'hydrater, bois, bois, bois ! » En ce moment, il fait la gueule… Bah ! L'hiver a été clément, le vieux a survécu. Niveau activité, y a deux pics : août très chaud, février très froid, où là, ça dépote ! « Faut pas paniquer, je lui ai dit : les vieux qui ne sont pas partis cet hiver partiront cet été. » On les retrouve : quelqu'un qu'annule une semaine de ski en décembre, il se fera huit jours au Maroc à Pâques. Y a un budget vacances qui se déplace.

Il est fan de vous, Bernard. Il a mis plusieurs posters des Inconnus dans son bureau. Au départ, ça surprend, on vient choisir une stèle, on tombe sur votre affiche… Et puis après, bizarrement, ça détend. Au crématorium, y a le sketch de Stéphanie de Monaco qui passe en boucle ! Moi, mon pote, c'est un passionné, il aime ce qu'il fait, il va dans les maisons de retraite, il sympathise, il serre des mains… Il prend des contacts. Comme il dit : « C'est un service après-vente, mais avant ! » En trente ans de maison, aucune réclamation. Au niveau des défunts : 100 % de satisfaits ! L'été prochain, il le sent bien, il fait déjà très, très doux. Toute sa saison a été préparée en amont, il rachète en masse : clim', ventilo, brumisateur… Surtout que les vieux ne puissent pas se rafraîchir ! C'est la mort de la profession. Par contre, brancher discrètement deux, trois convecteurs électriques au début de l'été, vous les mettez sur 6. Avec Alzheimer, le vieux est docile, il oublie les saisons. En février, on fait l'inverse : on ouvre les fenêtres, on supprime les couettes. C'est les ficelles du métier, ça s'apprend. Ne pas s'accrocher aux vieux, c'est la règle ! C'est comme en maternelle, on sait qu'un jour les petits s'en iront. Sinon, y a le week-end de la Toussaint qu'est une grosse période. Record de tués en voitures. En plus, c'est exponentiel : plus il y a de gens à fleurir, plus y a de monde sur les routes. Et plus y a de monde sur les routes, plus y aura de gens à fleurir l'année d'après ! Mais bon, employé aux pompes funèbres, c'est un métier, c'est beaucoup de stress. Alors, le soir, on évacue, on fait de la boxe, comme le personnage du film. Toujours raccrocher le papier à l'invité, c'est important, même si on a été hors sujet pendant tout le reste, c'est la règle. À bientôt, Bernard !

PHILIPPE CANDELORO

Philippe Candeloro, mon boulot consiste à faire un papier sur l'actualité de l'invité et quand j'ai reçu votre bio, au paragraphe actualité, était écrit : « Aucune ! » Je vais donc faire une pirouette ! Moi aussi, je sais les faire… Et expliquer aux gens ce qu'est le patin à glace de haut niveau. Le patin à glace se pratique sur la glace, si la glace fond, ça devient de la natation… Jusque-là, tout le monde me suit, même Philippe Candeloro ! Au début de la compétition, le patineur rejoint la glace et s'immobilise dans une position seyante. Qu'est-ce qu'une position seyante ? Ça peut être ça… *(Prendre une position idiote)* Techniquement, mon papier est nul, j'essaye de me rattraper sur l'artistique. Mais en aucune façon ça peut être ça… *(Faire un bras d'honneur)* ou ça… *(Geste obscène)* Les juges sont vieux, corrompus et myopes, mais pas totalement cons. Quand la musique démarre… Alors, je vous déconseille de mettre NTM, à moins que vous ayez commencé comme ça… *(Bras d'honneur)* Dans ce cas, il y a une harmonie intéressante. Vous bougez, tout en étant gracieux, on saute très haut et quand on est en l'air, on retombe, on ne reste pas en haut ! Y a une captation, c'est de la télé, faut que ça bouge. Si vous vous cassez la figure, quand vous vous relevez, vous souriez. *(Sourire forcé)* Comme dans le concours Miss France, quand les filles se font éliminer, elles sourient. Et celle qui est élue chiale. Un an à se coltiner Mme de Fontenay, n'importe qui craque ! Une fois que vous avez fini, vous quittez la glace en agitant la main… Comme sur le quai d'une gare. Sauf que là, toujours le sourire ! Plus vous vous êtes pris de gamelles, plus vous souriez ! Et si on vous envoie des fleurs, vous ne les renvoyez pas dans la tribune : très mauvais effet. Vous les ramassez, hyper heureux, les peluches, c'est pareil ! Même si vous êtes un garçon ! Une fois que vous avez rejoint votre entraîneur… Généralement, c'est une grosse en manteau de fourrure, avec une acné prononcée très « pays de l'Est »… Refilez-lui vos peluches. On aura l'impression que ce sont ses petits, ce sera parfait ! Puis, avant les notes, pour savoir si vous avez bien patiné, coincez Nelson Monfort. S'il vous postillonne au visage en vous parlant anglais bien que vous soyez français, c'est gagné ! Dernier conseil pratique : si jamais, pendant votre prestation, vous voyez un palet passer, c'est un match de hockey sur glace. Vous vous êtes trompé de patinoire. Dans ce cas-là, arrêtez de danser et quittez au plus vite la glace. Puis demandez au village olympique le lieu exact de la compétition. Merci à tous et bon patin !

CLEMENTINE CELARIE

Clémentine, vous êtes née le 16 septembre 1957… Florence Arthaud est du 28, pour ceux que ça intéresse… Et Dior est mort le 24. Je viens de battre mon record : début de papier nul à chier. Ce qu'il y a de bien avec vous, Pamplemousse… Clémentine, pardon… Une clémentine, c'est un pamplemousse qui a pris du Slim Fast, on y reviendra tout à l'heure ! Ce qu'il y a de bien avec vous, c'est que vous vous dépréciez toute seule. Pour moi, qui suis payé à démolir l'invité, c'est reposant. Je lis vos interviews, je recopie les réponses. Extrait : « Quand j'étais petite, j'étais moche, grosse et bête. Fillette, j'avais déjà un corps de vingt ans, genre brontosaure. Un nez en patate, des seins comme des obus. » Vous êtes jumelle avec Maïté ? Faut que je dise une saloperie de temps en temps, sinon, ils ne vont pas me payer mon papier. Alors, le nez, vous l'avez refait, vous avez eu raison, le brontosaure a un tout petit nez. Quitte à ce qu'il y ait une ressemblance, autant qu'elle soit parfaite. (Le brontosaure c'est : petit nez, grande queue… Le contraire de l'adage.)

Ce physique si particulier vous a aidé à rater toutes les écoles d'art dramatique importantes. Vous n'avez jamais tenté le Jardin des Plantes… En tant que brontosaure, peut-être une erreur. Recalée au Conservatoire, vous êtes désespérée et là, le chanteur Carlos vous tend la main. C'est un métier, faut toujours y croire ! Vous dansez derrière lui, on vous voit dépasser de chaque côté, c'est avant votre période Slim Fast. Grâce à Carlos, le cinéma vous remarque. Plusieurs films dont le sulfureux *37°2*. Vous passez du « Big Bisous » aux textes de Beinex : « Bouffe-moi la chatte ! » Le public a du mal. Pendant un an, on vous traite de nympho. Ce qui est injuste, la femelle brontosaure a des cycles très longs : c'est un œuf tous les dix ans. Et puis, quand un diplodocus vous monte dessus, y a une période de récupération, non ? Je me trompe ?

On note aussi des complexes par rapport à votre métier d'actrice : « Je parle trop, je suis exubérante et excessive. Je rêvais d'être diaphane et névrosée. » Des diaphanes névrosées, on en a reçu plusieurs dans cette émission, la dernière, c'était Emmanuelle Seigner. Coucher avec Polanski aide plus que danser avec Carlos, je vous le confirme. Moi, je vous adore, Clémentine, je vous trouve talentueuse et ravissante. On a tourné ensemble dans le film d'Elizabeth Rappeneau, *Turbulences*. Vous avez oublié, ça ne m'étonne pas, le brontosaure a une toute petite mémoire. J'avais une scène de lit… Malheureusement pas avec vous, avec Marthe Keller, un vieux tyrannosaure fatigué. Je vous embrasse.

CHEVALIER ET LASPALES

Le duo, formule magique ! Laurel et Hardy, Bataille et Fontaine… Palmade et Laroque, très drôle. Palmade et Véronique Sanson… Très drôle aussi, mais pour d'autres raisons. Problème du duo : l'identification. Il y a encore des gens qui ne savent pas si Laurel, c'était le grand maigre ou le petit gros. *Idem* pour Bataille et Fontaine, ils savent qu'il y a un grand nase et un petit, mais c'est tout ! Chevalier et Laspalès, c'est une autre affaire ! Depuis vingt-trois ans, les deux comédiens arrivent, saluent et repartent ensemble. Quand l'un commence une phrase, l'autre la termine… Histoire d'emmerder aussi les aveugles. Même situation Assedic, même nombre de points retraite, 12,7 de tension chacun, cholestérol : nul. Quand l'un mange des piments, l'autre a une érection ! Tout est fait pour brouiller les pistes. Celui né en 1956 perd ses cheveux, ça vieillit. On se dit : « Chouette, un indice ! » Seulement voilà, celui de 1957 est barbu, ça vieillit aussi. Les duettistes passent leurs vacances et leurs week-ends ensemble. Malheureusement, ça ne va pas plus loin. Si l'un avait beurré les biscottes de l'autre, tout devenait simple. Avant de se rencontrer, Chevalier travaillait dans la pub, Laspalès était sculpteur. À la question : « Qu'est-ce que ça représente ? » Ils répondaient : « C'est vous qui voyez. » À l'époque, tout le monde pouvait les identifier, mais comme personne ne les connaissait, tout le monde s'en tapait ! Et si la confusion faisait partie du spectacle ? L'important, c'est de nous divertir et Chevalier et Laspalès – vous savez, le grand maigre et le petit barbu – font ça très bien !

DJIBRIL CISSE

Djibril, vous êtes notre premier footballeur de la saison. On s'était spécialisés dans le rugby. Dès qu'un joueur montrait sa zigounette dans un calendrier, on l'invitait ! Parfois même, le côté zigounette l'emportait sur le reste. Exemple : Rocco Siffredi, nul sur coup de pied arrêté, excellent en plaquage. Djibril, un mec, un vrai : huit ans à Auxerre, paysan dans l'âme, aussi viril que Vincent McDoom dans *La Ferme*. Douze tatouages sur le corps ? J'en ai compté onze. Où se cache le douzième ? Certainement un modèle qui s'allonge quand Djibril est content. Sur un membre de belle taille, tatouez des mots longs comme « anticonstitutionnellement » : vingt-cinq lettres, une par centimètre. Sur des membres plus courts, contentez-vous de vos initiales, exemple : « S. B. » (Stéphane Bern). Djibril, c'est aussi une coupe de cheveux, striée, décolorée, en toile d'araignée. Votre compagne est coiffeuse à Auxerre… chez Caniche 2000. Citons également Ronaldo, victime d'une panne de tondeuse à mi-chemin, et David Beckam, adepte du shampoing hors mariage ! Djibril, dernier d'une famille de sept enfants, père ancien footballeur international ivoirien. Avant centre : Ray Charles, goal :

Stevie Wonder, arrière central : Gilbert Montagné… Montagné… Faut pas qu'il chante pendant les hymnes, ce serait con de prendre un carton avant que ça commence. Une équipe battue régulièrement 40-0, mais toujours avec le sourire. Le foot ivoirien, très économique : se pratique de nuit, sans éclairage public. Pour les cartons jaunes, prendre un pouette-pouette.

Parlons de votre carrière, Djibril… Entre deux colorations et un défilé Gauthier… Faut bien taper dans la balle. Aujourd'hui, vous quittez Auxerre pour Liverpool. Huit ans à Auxerre, vous êtes content de partir, on vous comprend ! Déjà, quand on prend l'A6, on s'y arrête une heure pour déjeuner, ça fait long ! Entraîneur : Guy Roux, autre victime de la mode. Survêtement moule-boules et bonnet de ski à l'année. Plusieurs pubs Citroën à son actif. Au départ, il devait faire la campagne de Claudia Schiffer, celle où un Airbag la sauve. Et puis bon, physiquement, on se dit : « Ce type s'est déjà mangé plusieurs tableaux de bord… » C'était pas crédible ! Voilà Djibril, j'ai réussi à écrire un papier drôle sur vous… Pas facile ! Mais vous aussi, sur terrain gelé, dos à la défense, dans le brouillard auxerrois, il fallait marquer. *Good luck* pour l'Angleterre, ne vous faites pas traiter de grenouille et à bientôt.

JEAN - PIERRE COFFE

Je vais commencer par une petite recette, histoire de nous mettre en appétit : quarante et un jours, c'est le temps qu'il faut pour élever une poule de fast-food. Ils ont un système de pompe à vélo qu'ils mettent dans le cul du poussin, s'il éclate, ils en font des nuggets ! Jean-Pierre, je ne suis pas du tout d'accord avec vous ! On peut bouffer de la merde pour pas cher. Moi, avec quinze euros, je vous détruis la flore intestinale pour des semaines. Nausées, vomissements et coloscopie à la clé ! Un fast-food, choisissez-le en bordure d'autoroute. Manger de la merde, c'est aussi en respirer. Allez-y avec des nourrissons, pourrir le goût d'un enfant, c'est dès le départ ! Faites-les manger en voiture ! Avec les modèles d'Espace de plus en plus sophistiqués, vous pourrez bientôt déféquer en roulant et gagner du temps sur vos vacances ! Manger comme un con, c'est un état d'esprit. L'été, après avoir dégusté une merguez-frites sur la plage, laissez vos enfants au soleil, entre midi et deux, sans bob, sans crème… Qu'ils prennent la texture de la merguez. À la rentrée, trouvez-leur une crèche où il y a de l'amiante. Mangez de la merde, c'est respecter les saisons. Les moules, dégustez-les après une marée noire. Renseignez-vous ! Est-ce qu'un pétrolier a dégazé, est-ce un chimiquier ? Quand le *Levoli Sun* a sombré, les moules avaient un petit goût de styrène, ça n'a rien à voir avec un hydrocarbure traditionnel… Bordel ! Le cochon à la dioxine, la recette a trois ans, c'est typiquement de la nouvelle cuisine !

Je m'adresse aux agriculteurs… Vous mélangez des farines carnées avec de l'huile de vidange… Tout le monde a un petit garagiste de quartier près de chez soi. On vient avec son bidon, comme dans le temps, il vous verse une huile bien rance à la louche. Vous mélangez le tout et vous filez la mixture aux cochons ! On peut se faire plaisir à moindres frais, nom de Dieu !

Avant de nous quitter, J.-P., deux, trois spécialités. Un plat anglais, malheureusement disparu : le mouton sauce aphteuse. Toujours demander l'origine de la bête : est-ce que c'est un charnier qui se trouve au nord ou au sud de l'Angleterre ? Plus ancien, c'est désormais un classique : le poulet à la Tchernobyl. Élevé en Russie, c'est le fameux Label Rouge, poulet à huit pattes, les enfants sont contents, y a du blanc pour tout le monde. Jean-Pierre, vous venez nous présenter votre dernier bouquin : *Mes vins préférés à moins de 10 euros*. J'ai mieux : 1 euro la bouteille, quatre fois moins cher que du Destop et votre évier est débouché deux fois plus vite. Alors, laissez-nous nous empoisonner tranquille, bordel !

DANIEL COHN-BENDIT

Alors, on s'est souvent demandé si Cohn-Bendit s'était pris un coup de matraque sur la tronche en 68. La réponse est oui ! De la même façon, est-ce qu'un révolutionnaire doit mourir jeune ? Peut-on imaginer le Che, hilare et bedonnant, en chemise Ralph Lauren, le cul dans un fauteuil club rouge ? Non ! Fauteuil de gauche… J'imagine qu'on a dû tirer à la courte-paille : Kouchner en sportswear lui aussi, sans son sac de riz… Il ne le trimballe pas partout… Quand l'herbe est verte comme ça, il sent qu'il y a à bouffer, il le prend pas. Alors, les deux hommes sont morts de rire, c'est l'heure de l'apéro, ils ont dû siffler deux, trois bouteilles de pif avant de s'affaler : « Viens, Danny, on va sortir les clubs dehors ! » « Prenez les chaises pliantes », leur crie Christine Ockrent qui est en train de faire cuire des merguez ! Elle est juste là… Sur la couverture, tous les symboles sont présents : l'herbe pour l'écologie, non tondue… Nos deux feignasses sont affalées. Fauteuils rouges : avant d'être en Ralph Lauren, Danny a fait la révolution. Peut-être une petite barricade en pavés… Comme on a deux nains de jardin, ç'aurait été pas mal. Et dernier symbole révolutionnaire, les fauteuils clubs à

5 000 euros pièce, on s'en sert comme chaises de jardin, s'il pleut, on s'en fout : on les rachète ! Le titre : *Quand tu seras président...* On dirait deux camemberts qui se parlent : « Tu feras quoi quand tu seras président ? / Euh, moi, je serai Cœur de Lion, c'est plus moelleux ! » Première page, c'est Danny qui commence, comme Bernard a eu le fauteuil de gauche : « Bernard, es-tu un personnage historique, ou plutôt est-ce que tu penses rester dans l'histoire ? » On dirait une question pour *Tournez manège*. « J'en sais rien, dit Kouchner, je voudrais bien et toi ? / Repasse-moi le pif, il reste des cacahuètes ? » Ils ont tout marqué. Comme c'est un bouquin de plein air... Y a des taches de sauciflard, de vin, c'est authentique. On saute trois lignes, on s'en remettra. « Cela peut surprendre, mais je suis fier de voir mon sourire de 68 dans deux cases d'une BD sur l'Histoire de France. » Depuis son coup de matraque, il lui manque une case, là, il en récupère deux, c'est pas mal ! En plus, quand Danny a fui la France, il a voyagé dans le coffre de Bernard, là aussi il a été secoué ! Orangina, c'est son surnom chez les militants ! Il va chez toi, il sort les fauteuils, il te demande : « Qu'est-ce que tu feras quand tu seras président ? » C'est pathétique. En tout cas, c'est évident qu'après cette photo, Kouchner a perdu toutes ses chances. En un cliché, Cohn-Bendit, il te nique une carrière. Même diminué, il reste dangereux. « Rangez les fauteuils clubs, leur crie Christine, il pleut ! » C'est con qu'on puisse pas s'attarder. C'est de plus en plus passionnant ! C'est la lutte finale, sortons les fauteuils clubs, chez Roche Bobois... Y a de la... Promo ! À plus tard !

ANNIE CORDY

Quatre mois après la canicule du mois d'août, huit mois avant la suivante, nous recevons un espoir pour toutes les personnes âgées qui nous regardent : Annie Cordy ! 75 ans, un tempérament de feu, bip-bip supersonique de la variété. Annie, il y a quelques années, un Canadien voulut commercialiser des pilules toniques à votre nom : l'Annie Cordy Pill, dérivé du Viagra, le tonus sans l'érection. Le Viagra c'est l'érection sans le tonus. Un chibre vaillant sur un corps presque mort : pas très esthétique. On avait traité ce Canadien de fou, on l'avait méprisé, après l'hécatombe de cet été, le ministère de la Santé s'en mord les doigts ! Bien sûr, cette pilule a des effets secondaires : le grabataire euphorique entame *Tata Yoyo* debout sur son lit d'hôpital ! « Tata Yoyo, qu'est-ce qu'il y a sous ton grand chapeau, Tata Yoyo, dans ma tête, il y a des tas d'oiseaux. » Problème, l'hymne est beaucoup trop dansant : le vieux chute de son lit, perd son dentier, Tata Yoyo sans dents, c'est insupportable ! *(Chanter sans dents : « Tata Yoyo, qu'est-ce qu'il y a sous ton grand chapeau. »)*

Le ministère planche actuellement sur une pilule Annie Cordy moins forte, le grabataire chanterait « Je voudrais bien, mais je peux point », couché dans son lit. « Je voudrais bien, mais je peux point », l'hymne des anti-Viagra ! Quoi qu'il en soit, la pilule ne suffira pas ! Annie Cordy, c'est une hygiène de vie permanente : sport le matin, grillade à midi, aucune goutte d'alcool, un répertoire léger. *Le Plat Pays, Ne me quitte pas*, des chansons fortes, mais qui font crever très vite ! Pour trouver une rime, comptez deux paquets de clopes et une bouteille de pif ! *Tata Yoyo, La Bonne du curé*, on vit largement centenaire ! Lorie, Jenifer et les L 5 seront malheureusement là en 2060 ! Rassurez-vous, pas moi ! À force d'écrire des saloperies, on finit par en attraper.

Dernier exemple, la chanson con et l'on meurt quand même très jeune, exemple : *Tagada, tagada, voilà les Dalton* ! Il a fallu à Joe Dassin deux cartouches de clopes et une bonbonne de whisky… Pas pour l'écrire, mais pour oser la chanter en public. Chère Annie, le vrai secret de votre tempérament, c'est votre bonne humeur, une Bruxelloise type ! Vous êtes aussi un porte-bonheur. En 1956, vous chanterez pour le mariage de Grâce et de Rainier. L'histoire se répétera, dans la Mercedes de Diana et Dodi, Mr Paul, le chauffeur, avait mis *Tata Yoyo*. J'aurais voulu conclure autrement que par une horreur… C'est pas commode d'être gentil quand on est chroniqueur chez Bern. Je voudrais bien, mais je peux point !

CORNEILLE

(Tut !) Semaine de l'humour sur Canal, à la fois, nous recevons Kouchner pour un livre absolument poilant sur les victimes d'attentats, préfacé, on l'espère, par Guy Montagné, et nous recevons Corneille, dont toute la famille s'est fait zigouiller au Rwanda.

Corneille, votre vrai nom c'est Cornelius, pour ceux qui connaissent *Babar*, c'est le vieux. Il est mort cet été, l'album sort en librairie : « Babar et la Canicule ». Il n'arrivait plus à s'hydrater avec sa trompe, Babar était en RTT, Rataxès a donné l'alarme. Bon, revenons à des choses plus rigolotes, c'est la semaine de l'humour. (Tut !) Corneille, vous êtes né à Fribourg… en Allemagne ! Y a aussi le fribourg suisse, très onctueux en ce moment, comme le beaufort. À ce propos, est-ce qu'il y a un Jean-Pierre Coffe au Rwanda, l'équivalent ? Quelqu'un qui dirait : « La semoule de la Croix-Rouge, c'est de la merde, faut prendre celle de Médecins du monde ! » En 1984, toute votre famille quitte l'Allemagne pour le Rwanda et, dix ans plus tard, les rebelles Hutu du FPR (RPR, avec un « F », méfions-nous des sigles) massacrent votre famille. Petit détail, votre mère est hutu comme eux, pas le temps de vérifier les passeports… Nous aussi, sur un Paris-Bruxelles, les douaniers étaient pressés, on est passé sans contrôle. À l'époque, la France et l'ONU sont aussi très étourdies. Quelques jours avant les massacres, on rappelle tous nos casques bleus pour que la milice hutu travaille sereinement : une bière, un coup de machette ! Faut dire qu'en 1994, on a nos petits soucis : Ayrton Senna se tue à Imola, Clinton se fait souffler dans le poireau. En France, les pêcheurs manifestent à Rennes et surtout, Achille Zavatta casse sa pipe… Alors, le Rwanda. *(Bras d'honneur)* En plus, y a pas de pétrole et la prochaine fois, ce serait bien d'en mettre un petit peu, on bougerait notre cul plus vite !

(Tut !) Corneille, vous aurez la vie sauve grâce à un canapé, vous vous planquez derrière. Et ça, je dois dire… Avec ma femme, on hésitait à en acheter un chez Ikea… Et votre histoire nous a décidés. L'Occidental est bouché, il a des œillères, mais quand le message est clair, il comprend ! Après une traversée du Rwanda à pied… Et ça, pour visiter un pays, y a pas mieux. En Corse, c'est le fameux GR 20… Vous partez en Allemagne, puis au Canada. Vous vous reconstruisez, faites de la musique : première partie d'Isabelle Boulay. Et là, on se dit : « La guerre, c'est moche ! » T'es orphelin, en exil, et bang : première partie d'Isabelle Boulay. À la fois, toutes ces filles, Boulay, Fabian, St-Pier, en cas de guerre… Si les sirènes tombent en panne, tu les fais chanter, en deux secondes, tout le monde est aux abris ! Corneille, pardon, je m'aperçois que je quitte la semaine de l'humour pour des choses plus graves, je vais refaire un petit coup de pouette-pouette… (Tut !) Merci !

BEATRICE DALLE

Chère Béatrice, vu les nombreuses plaisanteries que j'ai faites sur vous et Joey Star cette année, je vous propose un papier en demi-teinte, prudent et légèrement faux-cul. Mais rassurez-vous, dès que vous aurez le dos tourné, je recommencerai à balancer mes horreurs ! Chroniqueur lâche, veule, je dispose de toutes les qualités pour vous séduire.

À deux semaines des grandes vacances, pourquoi ne pas partir ensemble ? Dans le journal *Les Inrocks*, vous déclarez : « Malgré ma grande gueule, je suis très timide. » Moi aussi ! Nous sommes peut-être fous l'un de l'autre sans oser nous l'avouer. Beaucoup de points communs : vous êtes de décembre 1964, je suis de décembre 1963… Un an de plus ! Contrairement à vous, j'ai pas mal roulé ma bosse, j'aurais des trucs à vous apprendre. En horoscope chinois, vous êtes dragon, je suis vipère, cafard ou cloporte. Vous naissez à Brest, mais vous grandissez au Mans, vous êtes Manchote… Comme Steevy, l'immense acteur. Y a des familles, comme ça, c'est marrant ! Votre vrai nom c'est Béatrice Cabarrou. Moi, j'aime bien, ça fait un peu fromage de chèvre : « Il est comment, cette année, le Cabarrou ? » Selon *Libération*, à 13 ans, on a voulu vous marier. C'est vrai que c'est tôt, mais bon, au Mans, on s'emmerde tellement ! À part les 24-Heures… (Quelle est la durée de cette course ? Si des amis belges nous écoutent, ils peuvent jouer) Départ du Mans à 14 ans, vous arrivez à Paris à 14 et demi… Six mois pour faire deux cents kilomètres… Certainement une erreur de la bio.

À Paris, vous vivez seule, sortez toutes les nuits. Premier mari : Jean-François Dalle, artiste peintre, vous prenez son nom. Pour sa part, Joey Star a souvent été surnommé « Mandale », c'est la même tribu. En 1983, vous êtes découverte par Dominique Besnehard. La même année, Michèle Bernier sera découverte par Philippe Bouvard. À quoi ça tient le destin ? Vous devenez star grâce à *37°2 le matin*. Dans les maisons de retraite, ce film terrorise les vieux. *37°2 le matin*, ça veut dire que le mercure peut grimper à 45° dans la journée. Mieux vaut se lever et écrire son testament à la fraîche ? En bref, un caractère bien trempé, une langue affûtée. En 1986, vous traitez Francis Huster de « Gérard Philipe avorté ». Mais bon… C'est avant qu'il ne fasse ses pubs pour La Poste et le Crédit Agricole, vous n'aviez pas encore vu ses meilleurs films. Aujourd'hui, vous regrettez.

Un être attachant finalement, Mlle Dalle, qui rêve de se réincarner dans la guitare de Jimi Hendrix. C'est plus excitant que dans le violon d'André Rieux. Je peux également vous proposer la plume de Stéphane Guillon, pas si méchante que ça finalement, on avait dû mal vous renseigner. Je vous embrasse.

EMMA DE CAUNES

Ton très rapide, sans respiration,
à la manière d'Antoine de Caunes.

Bonjour ! Emma de Caunes naît le 9 septembre 1976 à Paris. Ce jour-là, le grand timonier de la Chine communiste Mao Zedong meurt. En hommage, Antoine de Caunes arrive en tongs à la clinique. À cette époque, il est encore coursier et parle aussi vite qu'il livre. Sa spécialité : faire signer son reçu au client sans lui laisser son paquet. En fin de journée, sa mobylette croulant sous le poids des plis non livrés, le jeune Antoine prend conscience qu'il a royalement merdé ! Bonjour !

En ce jour de septembre 1976 où Mohamed Ali conserve son titre de champion du monde des lourds… Tout le monde s'en tape, mais ça me permet de gagner trois lignes…

Le paquet du jeune de Caunes s'appelle Emma. Conçu neuf mois auparavant, entre deux livraisons, à la vitesse de l'éclair… Malheureusement pour sa future femme, le jeune Antoine parle aussi vite qu'il nique, gardant son casque sur la tête. Combien de fois s'est-elle brisé les phalanges en lui criant : « Oh oui, mon Antoine, c'est bon ! » Et ce n'est qu'en ce jour de septembre 1976, où Barre présente son plan contre l'inflation… Chamarin gagne le Bol d'Or au Mans, Nicole Pasquier est nommée à la Condition féminine, je peux vous réciter toute ma *Chronique du XX*e *siècle*, j'en suis capable… Ce n'est qu'en ce jour que Gaëlle Royer, mère de la jeune Emma, découvre pour la première fois le visage poupin de son jeune mari : pour embrasser la petite, Antoine, pour la première fois, a retiré son casque. Bonjour !

Emma de Caunes, un kilo deux à la naissance, 22 centimètres en étirant les bras, physiquement, elle n'a pas bougé. Coiffée en pétard, une coupe héritée de papa qui, je vous le rappelle, l'a conçue casqué. Petite-fille de Jacqueline Joubert, ancienne speakerine, femme de télé, on lui doit aussi Dorothée. Une boulette que les de Caunes mettront plusieurs générations à se faire pardonner !

Emma : une carrière cinématographique fulgurante qui commence aussi vite qu'elle s'arrête : César du meilleur espoir en 1998 pour le film *Un frère*, puis plus rien ! Aujourd'hui, Emma revient avec un film magnifique : *Ma mère*. Elle va nous faire toute la famille… Mon père, ma mère, mes frères et mes sœurs… Si j'avais un marteau… Oh, oh, oh ! Signalons qu'Emma a aussi un mari : Sinclair. C'est clair ? Merci ! Bonjour !

Sinclair, de son vrai nom Mathieu Blanc-Francard. Très belle couleur si vous refaites une cuisine. Fils de Dominique, gourou du son français. Dès 4 mois, le petit Sinclair grandit en studio, entre deux consoles, trois piles de disques et des cendars bourrés de cigarettes rigolotes.

Vous être en train de vous dire : « Cet enfoiré de Guillon nous refourgue l'intégralité de son papier écrit sur Sinclair en mars dernier » et vous avez raison ! Pour être très franc, chère Emma, contrairement à la grande époque de papa, nous n'avons plus de vacances à Pâques. Nous sommes donc, moralement et physiquement, épuisés. Tout sera fait dorénavant pour tirer au flanc, en faire le moins possible : papier de raccroc, de fumiste, de branleur ! C'est une fin en bras d'honneur, à la de Caunes. Chez eux, l'insolence est une tradition et c'est tant mieux. Merci !

MADAME DE FONTENAY

Mme de Fontenay, vous êtes une ardente défenderesse du bon goût, de la tradition et de l'élégance… J'ai essayé d'écrire un papier qui, lui aussi, ait cette tenue. Fontenay, c'est le nom d'une pomme de terre, vous avez vécu avec un Mr Poirot, depuis, vous vous occupez d'endives… De Miss… Pardon. Un business lucratif qui met du beurre dans les épinards. En décembre dernier, Laetitia Bleger, ex-Miss Alsace, fut élue Miss France. Un jury présidé par Roger Hanin. Prendre un homme qui n'a plus sa prostate pour élire une Miss, peut-être pas la meilleure idée. Quand on sait que Jean-Pierre Foucault auditionne chaque Miss personnellement. Audition orale : « C'est votre dernier mot ? » Et crac ! Dommage de bâcler un final. Laetitia Bleger, hôtesse de l'air de profession. Enfin une hôtesse qui a de la chance : certaines se font tabasser par Joey Star, d'autres voyagent sur Flash Airlines. Problème des Miss Alsace, elles vieillissent mal : bière, saucisses et choucroute font des ravages. La plupart ont du bide et rotent dès qu'elles montent sur un podium. Je vous avais promis un papier classe, je tiens mes promesses. Lors d'une élection, il faut sourire toute la soirée…

Éviter de manger de la laitue avant : une très belle fille avec un reste de salade sur le chicot, c'est rédhibitoire. Quand vous êtes éliminée, souriez encore plus, pour masquer votre déception. La gagnante pleure : 365 jours à se coltiner Mme de Fontenay, l'organisme craque ! Certaines tombent dans les pommes, d'autres perdent un long filet de morve. La Miss est humaine. « C'est une petite poupée qui fait pipi, caca », comme aurait dit Gainsbourg. La première dauphine, c'est Lucie Degletagne, Miss Bourgogne, comme les escargots. Malheureusement, elle avait encore un peu de farce dans les oreilles. Le Coton-Tige, avant de ceindre l'écharpe, c'est indispensable. Ça et la salade… Des détails, mais qui font la différence. La deuxième dauphine, c'est Aurélie Tuil… Difficile de gagner quand on s'appelle Tuil. La troisième, c'est aussi une Laetitia comme la première. C'est elle qui aurait dû l'emporter, mais comme ce sont des vieux qui votent, ils se sont trompés dans les touches. Quatrième et dernière dauphine : Miss Tahiti. Celle-là, pour l'attraper, Foucault, il a ramé. Ce sont des filles enduites au monoï, de vraies savonnettes : tu l'entreprends dans la salle de bains, tu la finis dans la cuisine. Éleveur de miss, un métier ingrat, parfois cruel. On les nourrit, on les bichonne, on les brosse et, au bout d'un an, elles se tirent. Il y a aussi la médisance, comme ceux qui insinuèrent qu'Élodie, Miss France 2001, était un travelo. Faux, archifaux ! Élodie est votre amie : à Noël dernier, vous lui avez encore offert le dernier Gillette électrique. Heureusement, il y a des contes de fées, comme Sonia Rolland, venue du Rwanda et qui, là-bas, avait raté le titre. Pour être Miss Rwanda, il faut impérativement avoir un membre en moins. Chaque nation a ses critères de beauté. Malgré ces difficultés, vous restez une femme de cœur : vous aidez Arlette et son parti. Après la fermeture de Moulinex, dites-vous, il y a eu 12 suicides et ça, personne n'en a parlé. Je voudrais, à mon tour, leur rendre un hommage… *(Actionner un batteur)* Merci.

INES DE LA FRESSANGE

Inès de la Fressange, 1,80 m pour 50 kilos. Toute en jambes et rien en seins. Bonjour et bravo ! À une époque où toutes les filles se font gonfler les pectoraux à l'hélium, vous nous rappelez, avec nostalgie, que la mode fut, un jour, aux petits seins ! Elle le redeviendra, laissant sur le carreau des dizaines de malheureuses qu'il faudra réopérer à l'envers. Inès, à l'image de vos seins, vous n'avez jamais rien fait comme les autres. Mannequin star des années 1980, vous êtes le vilain petit canard des podiums. Vous parlez en défilant, ce qui ne se fait pas : si un mannequin parle, c'est qu'il pense… Tous les acheteurs vont débander ! Et en plus, vous souriez. On ne sourit pas quand on porte 300 000 balles de vêtements sur les épaules ! Celle qui peut se les offrir ne sourit plus jamais. D'abord parce qu'elle a une vie de merde, ensuite parce que toutes les coutures de son visage lâcheraient dans la seconde ! À ce niveau-là, la haute couture, c'est partout.

Très vite, la presse s'intéresse à vous et titre : « Le mannequin qui parle », un concept qui fera des petits. Aujourd'hui, nous avons Carla Bruni, le mannequin qui chante, douze chansons… Ce ne sont pas les mêmes, regardez les titres ! Le mannequin recyclé, Claudia Schiffer, employée chez Citroën pour les crash-tests. Pour l'instant, elle s'en sort, mais la marque aux chevrons ne désespère pas de s'en débarrasser. En 1984, c'est la rencontre avec Lagerfeld. Tous les deux sur un podium, c'était Laurel et Hardy. Aujourd'hui… Si vous souhaitez savoir à quoi ressemble un sein quand il est dégonflé, connectez-vous sur le site « Lagerfeld.com ». En 1989, on vous propose d'être la nouvelle Marianne. Belle promotion pour une particule. Il y a deux cents ans, la République vous aurait décapitée, aujourd'hui, elle vous dresse un buste. Lagerfeld est furieux : « Je ne crée pas des robes pour des monuments classés ! » Jamais Saint Laurent, qui habille Deneuve, n'aurait osé prononcer cette phrase. Il vous vire, vous ne le reverrez plus jamais gros. Depuis, vous vous êtes réconciliés, mais avec le nouveau modèle. Restent 60 kilos de graisse avec lesquels vous resterez à jamais froissés !

En 1991, vous créez votre propre griffe, vous y perdez des plumes, la plus belle : l'usage de votre nom. Nouvel envol et nouveau concept, vous créez le mannequin de 50 ans. Vous êtes encore très belle et ça marche ! Cela dit, attention au défilé de trop. Les sous-vêtements Damart, les cannes anglaises et les couches pour incontinents pourraient faire appel à vos talents.

VINCENT DELERM

Ton très morne, très plat, presque endormi.

« Alors, j'ai écouté votre disque,
C'est de la chanson pas trop physique,
Un petit peu répétitif,
Ouh la, la, que c'est poussif.
On se dit Delerm va pioncer,
S'endormir, piquer du nez.
La Face A ressemble à la B,
Oh, ça y est, ça y est, je suis vanné ! »

C'est bien, je l'ai acheté en vinyle 33-tours. C'était tellement lent, je l'ai mis en 45, c'est mieux ! En 78, ça commence à être chanté, c'est pas rock, mais y a une mélodie. Delerm, en Suisse, c'est une star « Ah, on aime bien, c'est la première fois qu'on goûte tous les mots ! » Sinon, vous avez les Asiatiques qui sont fans, ceux qui font de la gym au ralenti… Y a qu'eux qui peuvent swinguer sur du Delerm. À Garches aussi, service des grands accidentés : ils font des soirées techno ! Delerm est né en août 1976. Pendant trois jours, il a sorti que la tête : « Salut, c'est moi que v'là, je me sens tout raplapla. » Fils unique élevé à Beaumont-le-Roger dans l'Eure, « je me suis beaucoup ennuyé, j'adorais ça ». *(Montrer le disque)* Merci de nous le faire partager. Petit, Vincent voulait être facteur. Il aurait fallu tout envoyer en Colissimo. « Dites-moi, y a marqué : "Urgent", ça fait trois semaines que c'est parti ! / C'est normal, c'est moi qu'ai livré, il fallait que j'enfile un ciré… / Oui, bah, c'est bon, merci ! » Pire qu'un bègue : Francis Perrin, à côté, c'est Luchini. Vincent a été champion de ping-pong en Haute-Normandie. « Service Delerm ! » *(Prend un temps infini pour servir)* L'autre, en face, au bout de dix minutes : « Excusez-moi, je déclare forfait ! » Victoire : Delerm ! Les Delerm, une dynastie de lents : que des fils uniques. Le temps de se déshabiller, d'entreprendre la fille, tous les vingt-cinq ans ils sauvent la race de justesse. Son père, c'est l'auteur du best-seller *La Première Gorgée de bière*. La deuxième, il n'a jamais le temps de l'avaler ! « C'est bon, monsieur, on ferme ! Il est deux heures du mat', je vous ai servi une mousse à 14 heures, vous l'avez pas finie, terminé ! Sortez pas votre monnaie, je vous l'offre, on va pas aller jusqu'à six plombes, allez, dehors ! » Non content d'être lent, Delerm est un déconneur hors pair ! « J'aime l'Angleterre, ça suinte la brique mouillée. » Album enregistré, je cite : « face à la gare Austerlitz, la plus triste de Paris ». Venir habillé en noir, si on sent un regain d'énergie en chemin, avaler un tube de Temesta. Fils de prof, Delerm truffe ses chansons de références : « Gainsbourg, porte des Lilas, les lolos de Brigida… » Son père note ses chansons, s'il n'y a aucune citation : zéro ! « T'es sûr, papa ? / Bah, oui, mon grand, va t'acheter un *Quid*, une *Chronique du XXe siècle* ! Bon, va m'ouvrir une bière ! / Oh, non, papa, on ne va pas rester une semaine ici. » Voilà, Vincent. C'était pas un papier très gentil, gentil, mais je l'ai écrit vite, torché en cinq minutes. Ah, dernière chose… Votre 1er disque, sorti en 2002… Y a plusieurs de vos fans qui viennent tout juste de l'écouter… Le temps de retirer la Cellophane… Et ils adorent. Ne me raccompagnez pas, faut rendre l'antenne dans dix minutes « Et après on passe en codé ! » Salut, Vincent !

ANTHONY DELON

Fils d'Alain Delon… Un parcours très calme finalement, très doux. Un peu à la Guillaume Depardieu… Sauf que vous, vous retombez sur vos pattes. Naissance à Los Angeles, Alain veut vous donner la chance d'être président des États-Unis. Ça m'étonne de lui. Vous auriez pu, j'ai regardé votre parcours amoureux : Clinton, à côté… Entre deux pipes, Bill donnait une conférence de presse, vous, il aurait fallu supprimer la conférence de presse ! Dépucelage à 15 ans, boîtes à partouzes à 19, liaison avec Stéphanie de Monaco… Pendant vos étreintes, elle chantait *Comme un ouragan* et là, vous vous dites : « Stop, j'arrête les conneries ! » À votre naissance, Delon vous reconnaît : « Bonjour, il le reconnaît ! / Qui ça "il" ? / Delon le reconnaît / Pourquoi il vient pas lui-même ? » Il vous reconnaît, c'est déjà bien. Y a l'histoire d'Ari, votre frère caché… Ari qui, en vérité, est le frère d'Aurore Drossart, fille d'Yves Montand, c'est très simple !

Anthony, une enfance équilibrée : à 4 ans, vos parents se séparent. Quatre ans avec Delon ! Record battu par Rosalie : quinze piges ! Partie faire tchin-tchin avec

Afflelou. Quitter le Guépard pour un opticien, tu te dis : « La fille a un vrai problème de monture ! » Vous êtes placé en nourrice, enfant blond, coupe au bol : vous ressemblez au fils de Clo-Clo. Père encore moins présent que le vôtre, surtout passé 1978. Tout petit, Delon envoie des taxis vous chercher à l'école. Surtout varier les taxis… Sinon l'enfant s'attache ! À 10 ans, vous quittez votre nourrice pour une pension disciplinaire dans les Yvelines. Dix ans, c'est tard, mais bon… Avant 13 ans, les prisons pour mineurs, c'est difficile : ils veulent que les enfants soient propres… Trajets en taxi, les Yvelines, c'est cher : quand on aime, on ne compte pas ! Après les enfants sont grands, on regrette ! Moi, je vois les miens, c'est G7 sur G7… Taxi Bleu sur Taxi Bleu… Surtout ne pas les voir : c'est la règle ! L'autre jour, le plus petit, je lui présente sa mère, elle était à pied, il était déçu ! Lui, s'il y a pas un siège avec des billes en bois et un sticker « Interdit de fumer », il s'attache pas. À 12 ans, vous faites un stage chez un vétérinaire, votre rêve. Des connaissances qui vous permettront de découvrir le point G de Stéphanie de Monaco. Tout va très bien, fugues à répétition… À pied ! Là, on se dit, le samouraï aurait pu raquer un taxi. À 17 ans, vous arrêtez l'école, Delon menace de vous envoyer dans une maison de correction polonaise ! Et là, c'est le bordel. Il est 19 heures, va trouver un G7 qui veut bien t'emmener en Pologne. T'as beau t'appeler Mr Klein, les mecs raccrochent ! Après, ça s'arrange : drogue dure, contrôle fiscal, port d'arme… Bon, tout ça, c'est du passé. J'aimerais dire qu'on a souvent été injustes avec vous, professionnellement. Vous êtes un bel acteur, ceux qui en doutent peuvent louer d'urgence le film de Jean-Michel Verner *Jeu de cons* dans lequel vous interprétez Petit Louis. Merci, Anthony.

GUILLAUME DEPARDIEU

Désolé, mais au départ, j'ai cru à un livre de blagues… À cause de la couverture, je me suis dit : « Qui est ce jeune homme blond si souriant ? » Alors j'ai ouvert le bouquin et là… C'est vrai que les trois premières vannes, je les ai pas trouvées super. Et puis, y a un truc qui dessert le livre : systématiquement, après chaque vanne, t'as un gars qui répond « MOF ». Ça t'a plu ? MOF ! Après, j'ai compris que c'était les initiales de Marc-Olivier Fogiel. Comme son émission marche pas très bien, j'ai cru que la victime, c'était lui, et que Guillaume l'interviewait : « Dans un livre bouleversant, Guillaume remonte le moral de son pote, animateur en difficulté ! » Ne ratez pas : « On peut plaire à personne ! » édité chez Semelle de Plomb !

Par contre, quand j'ai vraiment compris ce que c'était, j'ai été hyper déçu. MOF, mon idole, transformé en Mireille Dumas pour VIP en détresse. Je suis devenu expert en langue de pute grâce à lui ! Cela dit, écrire des bouquins sur les enfants de stars en difficulté, y a une collection à lancer… À mon avis, y a les deux petits de Michael Jackson, faudrait les signer très vite.

MOF à Jackson Junior : « Dis-moi, quand t'étais petit, ton père aimait bien tes camarades de classe ? / Oui, il les invitait souvent à dormir jusqu'à 6 ans, après, il considérait que les filles étaient ménopausées. »

Bon, Guillaume… J'ai évité toutes les plaisanteries à deux balles sur le fait qu'on vous ait coupé une patte, j'y suis allé sur la pointe des pieds. Ça n'empêche pas l'humour ! Lance Armstrong, à qui on a retiré un testicule, a sorti un livre sublime intitulé : « J'en ai qu'une et la vie est belle ! », où il raconte que sur des ascensions longues, quand t'as qu'une coucougnette comprimée par la selle, c'est un avantage ! Dans les choses plus légères, récemment, nous avons reçu Corneille dont toute la famille s'est fait massacrer au Rwanda. Autant vous dire, Guillaume, que si vous allez là-bas avec une patte en moins, vous serez considéré comme une petite bite. Moi, après mon opération des amygdales, à 5 ans, ma vie a basculé… On est en discussion avec Marco pour sortir un bouquin. On a le titre : « Tout cracher ! » L'histoire d'un gars qui, après son ablation des glandes, devient chroniqueur à Canal et bave sur le show-biz. Et puis, tout d'un coup, parce qu'il est touché par un artiste, il glisse une gentillesse : « Bravo, Guillaume, pour ce témoignage, pour vos films, pour ceux que vous ferez et à bientôt ! »

EMMANUEL - PHILIBERT DE SAVOIE

Lors d'un mariage, la tradition veut que quelqu'un fasse au futur marié un discours sur sa future femme. Une sorte de mise en garde amicale, qu'il sache où il met le... les pieds. Et comme on sait que j'ai le sens de la formule... on m'a dit : « Ce serait bien que ce soit vous ! » Et bêtement, mon carton d'invitation ne m'est pas parvenu. Il n'est jamais trop tard, quinze jours après, je vais réparer cette bêtise !

Emmanuel-Philibert de Savoie, tu as choisi de prendre pour épouse Clotilde Courau... *(Rire)* Excusez-moi, c'est nerveux ! C'est un bon choix. En tout cas, merci de t'en charger. Clotilde est née en 1969, année érotique, à Levallois-Perret, à côté de Neuilly. Elle passe son enfance à Aubervilliers... Aubervilliers, son port, sa raffinerie et son centre de tri ménager, tout le gotha s'y retrouve au mois d'août. Dans la presse, Clotilde a déclaré qu'elle ne renoncerait pas pour autant à sa carrière d'actrice... *(Nouveau rire nerveux)* Excusez-moi... Si le scandale pointe de trop, Emmanuel, il sera toujours temps de scier les essieux de sa voiture. Y a des sociétés qui font ça très bien : Grace Kelly en 1982,

Diana en 1997… Sur Diana, ils ont même prêté une Fiat Uno, fallait juste la rendre avec le plein. Essayons, cher Philibert, de positiver ! Les films de Clotilde ne sont pas érotiques. Bon, y a le dernier Michel Blanc, les scènes avec Dutronc et Vincent Elbaz… Enfin, la scène vraiment hot, en levrette, dans un bain mousse, c'est Lou Doillon qui s'y colle ! Clotilde lui a montré le mouvement. Lou manque un peu de technique. Mais, au final, c'est Lou qui est à l'image, pas son altesse royale Clotilde de Savoie.

Bon, Philipou, pas de panique, tes amis sont là, ils t'aiment. Côté vie sentimentale, Clotilde a été beaucoup plus sage… *(Nouveau rire)* Excusez-moi. Avant toi, il y eut le fils Depardieu, il y a laissé une jambe. Point commun à tous les ex de Clotilde, quand elle se barre, ils se coupent un membre. Selon le vieux dicton chinois : « Quand ta femme s'en va, mets des chaussures trop petites. » Aujourd'hui, deux hommes-troncs, deux ex, follement amoureux, travaillent dans des cirques moscovites. Philou, je te souhaite bien du bonheur. Si ta princesse s'en va, nous t'appellerons le prince Culbuto. Ça amusera les enfants.

LORÀNT DEUTSCH

Aujourd'hui, nous aurions pu recevoir le footballeur Lorànt Deutsch, l'ailier gauche de l'équipe de France, le Ballon d'Or 2003, que sais-je ? Seulement voilà, il n'existe aucune équipe de foot pour nains ! La fédération des jeux paralympiques s'en tamponne. Pas compliqué pourtant de prendre un court de tennis équipé de deux cages de hockey et onze nains, de part et d'autre, se disputant un ballon. Dans ces conditions, Deutsch aurait fait carrière. Pour les cartons jaunes, on prend un Post-it et tout le monde s'amuse ! Pourtant, il existe déjà le basket pour nains avec un système de trampoline… Le panier n'est valable que si le ballon passe dans le cercle, accompagné du joueur.

Dans le même genre, signalons le hors-piste pour non-voyants : en cas d'avalanche, le premier chien qui retrouve son aveugle a gagné. Apprenti au FC Nantes à 15 ans, Lorànt Deutsch mesure 1,11 m. Né dans la Sarthe, à Sablé, la pâte a manqué de levure. Pendant des années, Lolo est la risée du club. Il ne touche aucun ballon aérien. Et quand, une fois l'an, il réussit une tête, on le félicite pour sa reprise du genou. On l'observe comme un phénomène. « Quel est ce joueur qui joue en robe de chambre ? C'est son maillot qui est trop grand ! » Ses camarades se plaignent de l'état du terrain : cette motte de terre en plein milieu, c'est emmerdant… En vérité, ils ont marché sur Deutsch. En désespoir de cause, Lolo se lance dans la comédie. Autant, avec le foot, il accumulait les bides, autant, avec le septième art, il additionne les succès. Un palmarès de champion : dix-sept longs-métrages à son actif… En vérité : vingt-cinq. Il y a des films où vous êtes et où vous n'apparaissez pas : trop petit ! On vous entend, on voit, parfois, une mèche ou une main qui dépasse, et c'est tout !

Malgré tout, le foot vous manque. En vous sommeillent des restes de révolte qui surgissent à tout moment. Comme dans cette pub où vous vous mîtes à cracher dans votre Yop. Un véritable carton. L'idée fera son chemin : aujourd'hui, tous les Yop, notamment ceux à la banane et à la pêche, ont le goût et la texture du mollard. Pour finir, cher Lorànt, vous avez enfin trouvé un sport de substitution où la balle est à votre taille : le golf. Golf miniature avec ses nains et ses cascades, vous évitez les bonnets pour que les enfants vous fichent la paix. En guise de club, vous utilisez une fourchette, ou les baguettes d'un restau chinois… Vous variez les effets. Bref, tout va bien.

DIAM'S

Diam's, votre vie démarre comme un conte de fées : un père chypriote qui vous délaisse toute petite, une mère absente, elle travaille chez Sony Music. Grâce à elle, à 8 ans, vous montez sur scène aux côtés de Michael Jackson. Aucun risque : à 8 ans, pour Jackson, une femme est ménopausée. Lise Taylor est hors concours. C'est une sorte de mutante qui fait peur aux enfants. Elle les rabat dans la chambre de Bambi. Vous grandissez seule dans la très jolie zone pavillonnaire des Ulis. Maisons identiques, même à jeun, impossible de retrouver la sienne. « Excusez-moi, je cherche une maison moche avec une parabole ? / C'est ici, mais c'est aussi à côté et en face, autre indice ? / Oui, je cherche un certain Mohamed ? / C'est ici, mais c'est aussi à côté et en face, autre chose ? » Grâce à ce décor de rêve, vous avez des pulsions suicidaires. Un jour, vous essayez le gaz, le lendemain la cravate de papa... Comme il est à Chypre, vous avez le choix des couleurs. Et puis, un beau jour, vous devenez rappeuse. Dans le monde machiste du rap, plus qu'une tentative de suicide, une mort instantanée. Vous changez de nom, identification totale à Joey Star : quand vous prenez l'avion, vous tabassez le stewart. Diam's, pour finir d'être désagréable, j'ai composé un petit rap. Contrairement à vous, j'ai eu une vie de merde, je vous demande d'être indulgente…

Je suis né dans une clinique à Neuilly-sur-Seine.
Mon père, ma mère étaient présents, pas de veine !
J'étais un bébé Dior qui dort et qui chie bien.
Élevé au sein, j'ai manqué de rien, j'ai faim et tiens !
Un nichon, c'est bien, mais après trois biberons,
encore un téton, c'est non !
Dans la chambre d'à côté, y avait un autre bébé…
Un physique de mort-né, devinez qui c'était ?
Bern qui s'appelait : Un nom à rester couché.
30 ans après, on s'est retrouvés sur la chaîne cryptée,
Moi et le mort-né d'à côté.
Pour que l'émission décolle,
dans Match, *il a sorti popol…*
S'il touche le sol, l'audimat décolle…
Pas de bol, sa prestation fut trop molle.
On ne franchit pas un col
en exhibant un sushi, un quart de sol
et encore, j'y mets un bémol.

(Là, c'est le refrain, c'est encore plus con)

On fait partie du gotha, la caillera, on ne connaît pas.
On a notre photo dans Gala, *c'est pathétique, mais*
c'est comme ça !
Dans l'émission, je suis le cafard,
celui qui aux stars fait des costards.
Pour cela, je viens tard, si jamais elles se barrent, c'est
marre !
Mais à vous, Diam's, pas de taille, votre rap est sans
faille.

Il vaut mieux que je m'en aille,
je vous embrasse pas, j'ai bouffé de l'ail,
j'ai l'haleine d'Armande Altaï, aïe, aïe.
Good bye !

DOC GYNECO

En mai 1974, pour la première fois dans l'histoire de la médecine, une sage-femme met au monde un gynéco. Le bébé ne pleure pas, ne bouge pas, semble totalement anesthésié. Visiblement, la péridurale de la mère a été faite à l'enfant. Seule sa bouche s'ouvre frénétiquement. Il veut téter… Une infirmière, la sage-femme, sa mère, peu importe : « Je veux kiffer de la meuf ! » Cette phrase, intraduisible avec les connaissances de l'époque, prononcée par un enfant qui n'a que quelques secondes, sera consignée dans le rapport de l'anesthésiste. « Bébé mou, squelette et système nerveux inexistants. Énergie entièrement concentrée dans son sexe. » Enfance calme et planante au 23e étage d'une tour dans le 18e. Plus l'arrondissement est chic, plus la tour est élevée. Un seul larcin, en 1980, alors qu'il est en CP, Bruno braque une armoire remplie de *Pif Gadget*. Plus tard, cet acte lui vaudra le respect indéfectible du monde, très dur, du rap.

Premier porno à 10 ans, sur Canal +, l'action : un gars avec une dizaine de filles. Une image d'Épinal qui établira dans la tête de l'enfant les bases d'une sexualité équilibrée. Collège, lycée, Bruno prépare un BEP comptabilité. Il compte juste, mais très lentement. On lui offre une calculette, ça ne s'arrange pas. Bruno tape un chiffre, allume une cigarette rigolote, puis, doucement, pique du nez sur son clavier. Le seul BEP qu'il pourrait briguer est un BEP braguette. Une activité intense qui lui assure le surnom envié de « Doc Gynéco ». L'univers de la gynécologie, avec ses étriers et ses fers, appelle, bien évidemment, à la bagatelle ! En 1996, naissance musicale et médiatique du Doc. L'album *Première consultation* séduit des milliers de patientes, prêtes à tout pour se faire ausculter. Gynéco impose un style. Lui ne tabasse pas les hôtesses de l'air, mais les attire doucement à l'arrière de la carlingue. C'est l'école Dutronc, toute sa vie, il a rêvé d'avoir les fesses en l'air.

Parcours quasi irréprochable jusqu'en 2001. Coup de tonnerre, Gynéco devient chroniqueur chez Fogiel. Le Doc déchiffre d'une voix morne un texte écrit par un autre, sous le regard gêné et attendri de l'assistance. On a l'impression d'être au Téléthon. Le problème, dans votre cas, c'est que même si on envoie un chèque, on a la certitude de vous retrouver une semaine plus tard. Cher Gynéco, refaites de la musique. À une époque où l'on fait passer des guignols pour des musiciens, si les vrais musiciens passent pour des guignols, sur quel pied rapper ?

LOU DOILLON

Mr et Mme Piotte ont une fille, comment l'appellent-ils ? Lou : Lou-Piotte… Je sais, c'est lamentable, mais bon… À partir du moment où l'on vous demande d'écrire un papier drôle sur Lou Doillon, vous avez le droit de vous défendre ! Ça marche aussi avec une vedette ; Jean-Marc Barr a une fille : Lou-Bard ! Je pense que tous ceux qui aimaient Lagaff sont contents de le retrouver à une heure de grande écoute. Mr Phoque a une fille ? Si c'est un phoque, c'est pas évident mais bon… Lou-Phoque. C'est toujours triste de voir un chroniqueur en perdition. Tenir coûte que coûte, garder le sourire, saluer le téléspectateur, le maintenir éveillé… Un papier sur Lou… Après une journée de travail, tu piques du nez. Mr et Mme Pé ont une fille : Lou-Pé ! C'est le chemin que prend mon papier. Mr « y-es-tu » a une fille : « Loup y-es-tu ? Que fais-tu ? / Je prends un bide sur Canal ! » On peut évidemment retracer le parcours de Lou Doillon… Perdu pour perdu, allons-y !

Lou, née en septembre 1982, fille de Jane Birkin… Donc, vous n'avez pas été élevée au sein. Je vais vous refaire un coup de Mr et Mme, ça vaut mieux. Mr Che a une fille : Lou-Che. Elle s'est fait dépuceler par le petit Tsider, personne ne l'attend, il pine tout ce qui bouge : Lou-Tsider ! Il s'est tapé aussi la fille de Mr Verture : Lou-Verture, toujours offerte ! Sans compter la fille de Mr Rlet, haute comme trois pommes : Lou-Rlet. Passez sur une autre chaîne si vous voulez ! Lou-Bli, elle n'a rien senti, elle porte pas plainte. Lou-Ragan, elle demande que ça. Lou-É, faut aimer le poulet : deux cuisses, un croupion, une crête, tous les coqs lui sont passés dessus. Lou-Rsin, personne veut y aller, faut qu'elle se fasse épiler. Lou-Voyer… Un jour c'est oui, un jour c'est non. Lou-Page… Celui qui l'a fait jouir, je l'invite à dîner.

Voilà, c'est consternant, mais bon, je rappelle que Gainsbourg, que vous appeliez « Papa n° 2 », écrivait, en son temps : « L'ami Caouette me fait la tête. Qu'a caouette ? L'ami Cao m'a mis KO, Qu'a Cao ? » Je vous épargne le reste. Chacun a le droit d'avoir des faiblesses. À bientôt, Lou.

ARIELLE DOMBASLE

À trois semaines des fêtes de Noël, on a une chance inouïe, les petites filles vont être ravies, Barbie casse-noisettes, la vraie, en chair et en os, est avec nous. C'est très rare qu'un jouet accepte de venir à cette période de l'année où il y a énormément de stress. C'est la nouvelle collection, vous êtes gâtées ! Encore plus casse-noisettes que Barbie. Dans la même gamme, vous avez aussi : Barbie collagène et Barbie Botox. Une figurine de la chanteuse Régine, une autre d'Évelyne Thomas. Le vrai nom de Barbie, c'est Arielle Laure Maxime Sonnery de Fromental. Pour passer la douane, compter quinze jours. Barbie voyage beaucoup, c'est assez pénible.

Barbie Dombasle est née aux États-Unis. Dombasle, c'est le nom de son père, Pierre Dombasle, un nom très fleuri ! Dès ses 1 an, elle s'installe au Mexique, c'est toute la série des Barbie Tapas avec les grands chapeaux. Y a plein d'épisodes : Barbie va chez les pauvres, Barbie mange des haricots rouges, après elle veut dormir avec Ken sous la tente, celui-ci refuse ! Vers 12 ans, Barbie veut devenir actrice et là, ça se gâte !

Tous les modèles de Barbie parlante, ça a été la cata ! Dès qu'elles parlent, elles disent des conneries… Du coup, les petites filles n'y croient plus, ça donne des têtes arrachées, des pieds. Barbie mutilée : un grand classique en Sierra Leone. Cela dit, si Barbie dit trop de conneries, son mari Ken peut lui mettre une peignée. Ce sont des jeux éducatifs, on apprend aux petites filles comment ça se passera plus tard. Ken, il est assez chiant… C'est Ken ou BHL… Selon les pays, les initiales changent. BHL, c'est la version intello de Ken pour l'Europe du Nord. Moi, c'est une figurine que j'aime pas, au niveau du look, ils l'ont ratée ! Il a un côté ado attardé, chemise blanche, dépoitraillé, on se dit : « Ce gars-là, il a tiré un coup entre deux portes. » Alors que Barbie casse-noisettes… Quand elle est tirée, c'est toujours à quatre épingles. Et puis, il l'emmène dans des pays impossibles : Bosnie-Herzégovine, Croatie, Tchétchénie. Remarquez, elle, le temps de dire son nom, elle reste souvent bloquée à la frontière. Ils ont essayé de rendre le jouet sympathique, tu peux l'entarter maintenant. Ça l'énerve tellement qu'il casse toute la caravane de Barbie. Mais le pire, c'est quand sa femme fait des vocalises, il paraît que c'est pour cela qu'il voyage si loin ! En tout cas, elle, c'est un classique, un jouet très attachant. Les petites filles en raffolent, les grandes aussi !

DAVID DOUILLET

David, vous avez déclaré : « Il y a un aspect dramatique dans le côté icône du sportif, plus personne ne vous attaque de front ! » Je vais essayer d'y remédier ! C'est notre quinzaine gros calibres, la semaine dernière, nous recevions Rocco Siffredi… Aujourd'hui, un autre beau bestiau : David Douillet ! 1,96 m pour 125 kilos ! Si le reste est à l'avenant, mesdames, glissez votre numéro de portable dans la tirelire des enfants ! Sait-on jamais ! Profitons de ces étalons, ça ne va pas durer ! Dès demain, nous renouons avec l'invité sushi !

David, vous étiez un enfant précoce, première cuite à 10 ans, premier tonneau à 13… en voiture. Première cabriole à 15, avec une handballeuse. La handballeuse : un vrai trip ! Attention, toutefois, quand elle vous chope les boules… Des filles toujours en compétition. En la matière, rien ne vous arrête ! Vous rencontrez Valérie, votre femme, en plein Téléthon ! Certains font des chèques, d'autres emballent. Avoir des pulsions sexuelles pendant une mission caritative, une déviance assez rare. Bernadette, elle-même, craint vos virées en TGV. Signalons qu'au Téléthon, Valérie était danseuse, elle montrait aux myopathes tous les mouvements qu'ils ne pourraient jamais faire ! David, vous êtes également parrain de la Patrouille de France, tout un symbole : le seul avion dans lequel vous puissiez rentrer, c'est un 747 cargo. Une taille de guêpe qui ne vous a pas empêché d'être choisi par Lafayette Homme pour être son égérie. « Achetez un caleçon Douillet, faites-en un duffle-coat ! » Votre statue est au musée Grévin, un choix qui divise, avec la cire, on aurait pu faire sept Mimi Mathy, deux Rocco Siffredi, ou un seul en érection !

Une ombre au tableau, David, je ne peux pas vous faire que des compliments, vous m'en voudriez. Votre mise en examen dans l'affaire Travelstore. Travel : voyage, store : rideau. Littéralement : « Mets un rideau sur ton voyage ! » David, j'y suis allé doucement… Bon, je ne suis pas sur mon terrain. Sur un tatami, ç'aurait été une autre musique ! Restons « sport ». À bientôt.

JEAN - CLAUDE DREYFUS

Jean-Claude, vous adorez les cochons. Si l'on veut vous séduire, rien de plus facile. Un brin de persil dans chaque narine : le tour est joué. On vous invite en thalasso, on se roule dans la boue, on grogne un peu… vous êtes le plus heureux des hommes. Le soir, on ne dîne pas avec les curistes, on attend la sortie des poubelles et c'est l'éclate ! On monte dans sa chambre et là, sourire au groin, queue en tire-bouchon, toutes les positions sont permises, personne pour vous dire : « Oh, non, pas celle-là… Celle-là c'est trop cochon ! » Il paraît qu'en plus, Dreyfus, c'est une affaire. Une chronique de cochon, Jean-Claude, où tout n'est pas bon, mais salé à point. Trancher dans le lard, fumer les invités, c'est ma spécialité. Une touche maison dans la présentation, je suis le Mr Marie du costard ! Adorable cochonnet de trois kilos deux, vous naissez à Monte-Carlo en 1946, sur une table de jeu. En guise de jeton, un rejeton. Vous étiez rouge, le noir est sorti, votre mère a failli vous perdre. On vous file une claque, la direction : deux plaques pour vous porter chance et c'est parti mon cochon ! Enfant taciturne, grognon, mal dans sa soie… Vous rêvez d'un nez gros, empâté. Malgré de grandes jambes, sur le chemin de l'école, vous courez à pas ramassés, une boucherie, vous changez de trottoir en couinant. *(Faire le cri)* Puis, calmé, vous chantez : « Qui a peur du gros méchant loup ? » Vos parents s'inquiètent. À 7 ans, direction le sanatorium. Vous y croisez de vieux porcs découennés, crachant, éructant, que des infirmières excédées traitent de gros cochons : « Bas les pattes ! » Il y a aussi la surveillante chef, baptisée « Peggy la cochonne ». Il paraît qu'en Amérique, ça fait un carton, des marionnettes animées… Les gens s'habillent en Naf-Naf, c'est un paradis ! Retour au bercail, votre chambre est préparée, nettoyée amoureusement… Deux heures après, c'est une porcherie ! Un caractère de chien, pour vous faire bicher, on vous offre un cochon en forme de tirelire. Depuis, vous les collectionnez. Tirelires, mais aussi peluches, jouets, théières, godemichés. Avec les années, vos goûts s'affinent. Il fallut parfois casser sa tirelire pour acquérir un god. Il fallut parfois se séparer d'un god pour retrouver la douceur d'une peluche. Ainsi va la vie de cochon ! À 15 ans, Jean-Claude, très attiré par la choucroute, a voulu être coiffeur. Puis magicien à l'hôpital : faire disparaître le goutte-à-goutte de monsieur untel, le voir tourner de l'œil, un vrai tour de cochon. Transformiste à la Grande Eugène et enfin comédien. Un film culte : *Delicatessen.* Dans son contrat, cette petite phrase : « Pour son rôle de boucher, Mr Dreyfus ne découpera que de la viande de bœuf ou de cheval ! » Au final, un parcours étonnant. Jean-Claude est un acteur qui, non content de faire du spectacle dans sa vie, fait de sa vie un spectacle ! Je vous brosse le poil, mon cochon. Mais je suis de ceux qui pensent qu'il faut vous donner de la confiture… Surtout quand vous la méritez ! Voilà, un jour, Jean-Claude mourra sur une table de jeu. Son épitaphe : « Il n'a pas eu les jetons, sa vie fut bien remplie ! »

JEAN DUJARDIN

Camarade abonné : bonjour ! Colonel Guillonski, petit-fils du général Jaruzelski, porte-parole de la chaîne Canal Unique. Tôt ce matin, glissé dans mon dossier de presse, cet ordre laconique : « Attention, Achtüng ! Ne pas dire qu'Alexandra Lamy et Jean Dujardin sont ensemble, vorbitten ! » Protestation de ma part auprès de la kommandantur : « Si je ne plaisante pas là-dessus, que voulez-vous que je fasse ? / Fais-le, mais discrètement ! / Bien évidemment, je vais être discret, vous me connaissez ! » 130 stars reçues depuis septembre, aucun interdit et là… Dujardin, vedette de sitcom sur France 2 : « Rien sur Alexandra Lamy ! » Imaginez qu'on reçoive Mimi Mathy avec cette note : « Ne pas dire que Mimi est nulle en basket ! » Tout le monde, même le dernier bouseux de la Beauce, sait que Dujardin et Lamy sont ensemble. Une relation torride, violente : dès les premiers jours de tournage, ils se sont attrapés dans les loges, à même la moquette, Alexandra avait les genoux en compote. Ils ont tout essayé : la missionnaire, la turc, la levrette… Ils en ont inventé une : la Chouchou et Loulou, la France 2 si vous préférez, mais c'est moins sexy : « Tu viens, on va faire la France 2 ? / Pas ce soir, j'ai mal aux genoux ! » Qui a pu exiger une telle omerta ? Certainement pas Dujardin, issu du café-théâtre. Jean a de l'humour sur lui-même et ce n'est pas à 31 ans… Ah, merde, j'ai dit votre âge… Je sais que certaines vieilles actrices sont terriblement susceptibles là-dessus. Est-ce que j'avais le droit ? Jean Dujardin est gémeaux. Ça, je pense qu'on a le droit. Il est hétérosexuel… Là, attention, on commence à donner des indices… Comme Alexandra Lamy est une fille, en même temps, si je dis : « Dujardin est homosexuel », je rachète le début de mon papier. Je respecte la consigne. Dujardin est un eunuque, homosexuel, non-voyant qui, en trois ans de tournage, n'a jamais eu la moindre pulsion sexuelle pour sa partenaire qui est lesbienne avec une haleine de bouc. (Là, je fais le maximum !) Dujardin : aucun César, seule récompense : finaliste *Graines de Star* sur M6. Ça, malheureusement, tu peux le dire. A travaillé avec Patrick Sébastien sur l'émission *Fiesta*. Ça aussi, tu peux le dire ! Moi, j'aurais plutôt mis l'interdit ici : « Dites pas que j'ai bossé chez Sébastien ! », plutôt que « Rien sur moi et Alexandra ». C'est ça qui m'a donné envie de m'y intéresser. C'est couillon, j'étais parti pour parler de la série *Chouchou et Loulou*, je tombe là-dessus *(Montrer la feuille)*, ça donne envie. Demain, on reçoit Starsky et Hutch, je parle cascades de voitures. Maintenant, si on me met une note interne : « Ne pas dire que Starsky s'est tapé Hutch ! », là, je m'y intéresse, j'enquête, j'essaye de savoir comment ça s'est passé. Sur le capot d'une bagnole, chez Huggie les bons tuyaux… Je développe ! Je me mets surtout à la place de mon paternel qui ne sait pas qui est Jean Dujardin. Quand il va apprendre qu'il est avec Alexandra Lamy… Il ne sait pas qui c'est non plus… Comment il va gérer cette situation ? Ça va être terrible !

GUY FORGET

Il y eut le style Borg, Connors, McEnroe, Noah… Il n'y eut pas le style Forget ! Joueur extrêmement discret, furtif, quasi indétectable. Forget : cauchemar des magasins de sport. Les raquettes et produits à son nom ne partent pas. « Excusez-moi, monsieur… "Forget", qu'est-ce que c'est ? C'est une sous-marque ? C'est du commerce équitable ? / Ah, non, madame, c'est un joueur. / Il a fait partie des mousquetaires, comme Mr Lacoste ? / Non, lui, c'est les années 1990, son emblème, c'est pas un crocodile, c'est… C'est une sorte de truc mou entre la limace et la sèche. / Mais la raquette "Forgette", elle est soldée ? / "Forget", madame. Comme un sorbet… Elle est soldée toute l'année. Si vous la prenez, le cordage est offert avec quatre paquets de balles. C'est pour un gamin ? Une raquette Forget, il va se faire charrier ! Moi, je la conseille en jouet, y a un gars, il m'en a pris quarante pour une clôture. Sinon, y a la Noah qu'est bien, elle est offerte avec le dernier Nirvana et une cigarette rigolote + son bouquin "Ma surface préférée, c'est l'herbe". Par contre, il n'y a pas le cordage, une fois que les mômes ont fumé, ils trouvent ça plus drôle de jouer sans ! / Mais Mr Fourchette, vous l'avez déjà vu jouer ? / "Forget"… Bah, je l'ai vu à Garros, mais je suis plus sûr, mais comme il est très discret… Une fois, je dis à ma femme : "Bon, ils ont fini de nettoyer les lignes, ça commence ?" Elle me répond : "C'est commencé depuis deux heures, c'est Forget qui joue !" Une autre fois, je lui dis : "Il est bien ce simple !" Elle me répond : "C'est un double, y a Forget qu'est à côté !" » Forget sur le Central, personne le calcule, les gens bavardent, sortent. Même l'arbitre, il s'énerve : « Les joueurs sont en place, silence ! Le grand ramasseur de balles, au milieu, tu sors… / C'est Forget ! / Non, reste, mon grand, reste, joue ! »

Y a des joueurs comme ça, Leconte, quand il jouait, tout le monde était au courant. Même les promeneurs à l'extérieur : « Tiens, une balle ! Leconte est sur le Central ! / Mais Mr Forceps, il a gagné beaucoup de tournois ? / Qu'il gagne ou qu'il perde… Quand il gagnait, il manifestait sa joie comme ça. *(Poing levé très timidement)* Contrairement à Monica Selles, un orgasme par balle renvoyée ! Très vite, Guy, ils l'ont fait jouer à l'heure de la sieste. Sur un match classique, toutes les têtes font comme ça *(Suivre une balle avec la tête)*. Quand c'est Forget, tout le monde est comme ça *(Tête immobile du dormeur)*. Quand c'est Noah, toutes les têtes font ça *(Geste)*, mais y a un geste de la main en plus… *(Passer un pétard)* On fait circuler ! « Madame, prenez la raquette et les balles et partez sans payer. Ça ne sonne pas ! Sur le "Forget", on a beau biper, l'article reste indétectable. Merci de nous en débarrasser et bonne journée ! »

BRIGITTE FOSSEY

Le travail des enfants révolte, quand on achète un ballon de foot cousu par un tout-petit, on cogite ! Même chose pour un beau diamant. En même temps, un petit gabarit pour creuser une galerie, c'est pratique ! Et puis, il y a l'exception qui confirme la règle : Brigitte Fossey ! Premier job à 5 ans, aujourd'hui, elle est resplendissante ! Quand ma femme me dit : « N'achète pas ces tongs, elles sont fabriquées par des gosses. » Je lui réponds : « Regarde Brigitte Fossey ! » C'est vrai qu'à 11 ans, ces mômes ont le dos pourri… Brigitte aussi a ses petits soucis ! D'un côté, elle travaille avec les plus grands : Robert Altman. De l'autre, elle tourne dans *Un et un font 6* sur TF1. La série pendant laquelle on peut sortir son chien, aller au frigo, revenir dix minutes après, on s'en tamponne ! Tout n'est pas rose !

Dans le *Gala* du 6 mai 1996, je cite : « Quand Brigitte va mal, elle lit des passages de la Bible et pèle des carottes ! » « Qu'est-ce qu'on mange ce soir, maman ? / Carottes râpées, carottes Vichy, la prière et au lit ! » Quand elle a le bourdon… (*Téléstar*, septembre 2002), Brigitte part au Touquet ioder ses poumons. « Qu'est-ce qu'on mange ce soir, papa ? / Rien, ta mère est au Touquet, elle balade son poumon ! » Brigitte Fossey, star à 5 ans dans *Jeux interdits*, festival de Cannes dans la foulée. Souris, t'es photographiée. Si l'enfant est récalcitrant, lui pincer les côtes ! Cinquante ans plus tard, Brigitte n'arrive plus à faire la gueule, sourire bloqué, un peu comme si elle avait fait une attaque en riant. Plus sexy, toutefois, que Régine qui en a fait une en buvant un scotch.

Aujourd'hui, Brigitte, vous reproduisez le même schéma avec votre fille, forcée, toute jeune, à travailler avec vous ! D'abord, dans *Le Château des Oliviers*, série adulée par mon chien : dès qu'elle commence, il va chercher sa laisse. Ce mois-ci, la punition s'aggrave : Marie, votre fille, est condamnée à jouer dans *Cocteau, l'invisible vivant* ! Rien que le titre : soirée Alka-Selzer ! Chère Brigitte, je voudrais finir par un compliment. Sachez que *Jeux interdits* a ensoleillé toute ma sexualité. Seul morceau que je connaissais à la guitare, trois accords et la fille tombait ! En période de disette, il y avait la cassette des *Valseuses*. La scène où vous donnez le sein à Dewaere encouragé par le grand Gérard…

Pardon d'être aussi chaud, chère Fossey, mais nos invités habituels… Je vous parle des plus frais, sont Annie Cordy et Juliette Gréco. Comprenez qu'avec vous, je me lâche !

JEAN - PIERRE FOUCAULT

La semaine dernière, quand le producteur de cette émission nous a dit : « Nous allons recevoir Jean-Pierre Foucault. » Nous lui avons dit : « Vous êtes sûr, Jean-Louis ? C'est votre dernier mot ? Vous voulez pas appeler un ami ? Souvent, quand on fait une connerie, un ami peut être utile ! Ou prenez l'avis du public, au bureau, on est 98 % contre. »

Jean-Pierre, vous êtes né en novembre 1947 à Marseille. Ce même mois, en France, meurt ?... Le maréchal Leclerc et Léon-Paul Fargue... Question à 50 euros. Décidément, les cordonniers sont les plus mal chaussés. Une scolarité sans éclat, on vient de s'en apercevoir. Vous décrochez un brevet de maître nageur sauveteur. Votre petit-fils s'appelle Ethan, toujours le mot pour rire ! Pratiquer le bouche-à-bouche, une qualité indispensable lorsqu'on présente la soirée Miss France. J.-P. auditionne chaque Miss personnellement. Audition orale, c'est votre dernier mot, les filles adorent. 95 départements, sans compter les Dom-Tom, compte-rendu téléphonique, le lendemain matin, à Mme de Fontenay. Regardez la soirée en pensant à cela, on l'apprécie différemment. Pourquoi Mme de Fontenay n'enlève-t-elle jamais son chapeau ? Parce que sa perruque est accrochée avec… Question à 70 euros. Huit fois présentateur Miss France, un boulot éreintant ! Chaque mois, Jean-Pierre se soumet à un contrôle antidopage… Pas de trace de Viagra dans les urines, sinon, on file la soirée à un animateur plus jeune et amateur de jolies femmes… Qui est-ce ? Question à un million d'euros. Réponse : Pascal Sevran. Personne n'a trouvé, la tune reste à TF1. Alors, bien évidemment, Jean-Pierre, l'étape suivante, c'est la présentation de Miss Univers. On monte en qualité, on caresse de la croupe exotique. Attention, toutefois, aux mauvaises surprises : Miss Tchétchénie, cette année, elle s'est pris une roquette. Miss Sierra Leone, deux membres en moins, ça condamne pas mal de positions. Miss Somalie, pas très sexy, mais bougrement pratique : pliée, on l'emporte avec soi, surnommée aussi Miss K-Way. Attention, Miss Kaboul est voilée, si vous ressentez une douleur au bas des reins, c'est peut-être Mister Kaboul. Dernier piège à éviter : Miss Belgique. La plus con n'est pas nécessairement la plus belle.

Jean-Pierre, après *Sacrée soirée* et *Les Années tubes*, en hommage à vos performances, pourquoi ne pas baptiser la soirée Miss France « Sacré tube » ? Ou « L'Académie des meufs » ? Vous avez le sens du titre. En 2001, vous baptisez votre émission *On vous aura prévenu*. Au bout de la quatrième édition, elle s'arrête ! C'était mon dernier mot. Salut, Jean-Pierre.

MASSIMO GARGIA

Avec la venue de Massimo, beaucoup de lettres de nos téléspectateurs : « J'aimerais que mon fils devienne gigolo, comment faire ? » On va essayer d'y répondre. Deux, trois choses sur vous, Massimo : jeune, vous ressembliez à DiCaprio, aujourd'hui, c'est DiCaprio après la catastrophe du *Titanic*. En tout cas, il y a une vie après avoir été gigolo, que nos téléspectateurs se rassurent : on peut finir grosse vache dans une ferme pour VIP anonymes. L'homme d'affaires Agnelli vous surnommait Mozzarella : fromage mou et flasque dormant dans une poche d'eau. Vos maîtresses vous surnommaient petit grissini, sushi, pour les Asiatiques. Démarrage de votre carrière en 1963 : vous séduisez Sagan dans une soupente de l'hôtel Crillon. Au lit, dites-vous, elle était fantastique ! Fallait juste être patient : *(À la manière de F. Sagan)* « Est-ce que, est-ce que j'en-j'enlève ma-ma chaussure ? » « Écoute, chérie, je vais te prendre tout habillée, sinon faudra louer une chambre à l'année. » Une amitié qui dure, Françoise a préfacé votre livre *Mémoire d'un play-boy international*. Pour être playboy international, faut avoir tiré des coups dans quatre continents sur cinq. Moi, j'aurais appelé ça : « Mémoires d'une petite bite ». Après Sagan… Vous resterez ensemble quatre ans, le temps qu'elle vous demande si elle peut enlever sa deuxième chaussure. Vous séduisez Greta Garbo : « Radine au dernier degré, dîne d'une scarole, se couche à 21 heures. » Toujours très classe le gigolo. Vous la séduisez lors de longues promenades où elle caresse l'encolure des chevaux. C'est déjà *La Ferme*. Après, on passe de Garbo à Danielle Gilbert, la vieillesse est un naufrage. À propos de Garbo, lorsque je la pénètre, dites-vous, ça ne dure que quelques minutes, j'étais très ému. Ça peut pas être la scarole qui vous est restée sur l'estomac ? « Elle ne prit aucun plaisir. » Bah oui, mais bon… On peut pas être surnommé sushi dans le monde entier et donner du plaisir à la Divine ! Après Greta et sa scarole… Tout ça c'est le CV de Massimo, n'attendez pas un CD ou un film, vous serez déçu ! Après Greta et sa scarole… Vous rencontrez Lydia Deterding : 84 ans. Comment était-elle au lit ? Sortez une frisée de votre frigo, laissez-la quatre jours à l'air libre, vous aurez une idée du courage de Massimo. Lydia qui avait couché avec Hitler. La frisée aime le fumier, c'est connu. Malheureusement, vous la quittez quelques semaines avant sa mort, passant à côté du magot : 200 millions de $, c'est couillon ! Si vous couchez avec une vieille, il y a des techniques pour hériter plus vite. Lors de la prochaine canicule, faites-lui l'amour sous la couette, radiateur à fond. Aucune bouteille d'eau alentour. Pour plus de sécurité, buvez l'eau du dentier. Après une vieille frisée, vous verrez : tout est bon ! Si des jeunes femmes souhaitent coucher avec Massimo, attention ! S'il a le physique de

Lydia Deterding, il n'en a pas le portefeuille. Si l'expérience vous tente malgré tout, mettez le radiateur à fond, physiquement, il est mûr pour partir. Merci.

JEAN - PAUL GAULTIER

Avant de commencer, Jean-Paul, petit avertissement. Vous avez déclaré : « Certains tissus évoquent en moi quelque chose de gustatif, un véritable plaisir salivaire… » Si vous avez des haut-le-cœur en regardant la veste de Stéphane Bern, on peut vous apporter un grand verre de Vichy, ou un antivomitif. Alors j'ai fait un papier très foutoir. Moi aussi, j'aime bien mélanger l'ancien et le moderne, le classicisme et le kitch ! Ça n'a ni queue, ni tête… Par contre, au niveau de la finition, c'est impeccable, je vous habille pour l'hiver. Jean-Paul, vous êtes associé à votre célèbre pull marin, très prisé par les touristes au mois d'août, remisé dès septembre dans un placard. Vous seul continuez à le porter courageusement. Si vous devez naviguer avec, étiquetez-le, en cas de noyade, ça facilite l'identification. Sans nom, c'est la griffe du vêtement qui fait foi : « Ici, gît Naf-Naf ! » C'est assez couillon. Jean-Paul, vous avez habillé Madonna et Yvette Horner. Au final, c'est Madonna qui a balancé sa culotte au public… La vie est parfois bien faite. Une brève rigolote, qui suit un paragraphe plus noir, c'est un classique.

On enchaîne, tout de suite, avec une deuxième saloperie. Aiguille. Merci. Tous les dimanches, vous parrainez la Gay Tea Dance : thé dansant pour homosexuels. Si vous y allez et que vous ne l'êtes pas, n'attrapez pas votre tasse de thé comme une chope de bière. Soyez un peu stylé. Ça se passe à 18 heures dans la boîte de Johnny Hallyday : l'Amnésia… Un nom prédestiné quand on sait que Johnny trouve rarement la sortie d'une boîte tout seul ! Là, j'ai cousu l'ourlet à même la peau, ça fait mal !

Aujourd'hui, J.-P., vous présentez une gamme de produits de beauté pour homme : Tout beau tout propre. Ça sous-entend qu'avant de se parfumer : on se lave. Certains ont tendance à se parfumer en remplacement de la douche. On tient deux, trois jours, pas plus ! Votre jus s'appelle Le Mâle, pour éviter de sentir le bouc. Une fois lavé et parfumé, on se maquille. Y a un peu de tout : du brillant à lèvres, de la terre de soleil, un kôlh, de l'anticernes. Et, je tiens à le préciser, les homosexuels peuvent se servir de ce genre de produits, y a pas de sectarisme. *(Ton efféminé)* À partir du moment où l'on m'accepte à l'Amnésia pour prendre le thé, je suis prêt à prêter mon nécessaire. Cher Jean-Paul, bon vent si vous naviguez et pensez à l'étiquette !

PHILIPPE GILDAS

Philippe Gildas, je ne vais pas m'étaler sur la longueur de vos oreilles. Je dirai juste que vous étiez l'aîné d'une fratrie de sept petits « Spock » et que, pour une mère de famille, pouvoir attraper ses enfants par le lobe, c'est quand même pratique. Il existe des établissements habilités à décoller les oreilles des petits. Avant d'agir, soyez discret, ne prévenez pas Carole Bouquet. Une enfance bretonne à Auray. Et première crise de bougeotte dès l'adolescence. C'est une de vos caractéristiques. À Canal, on vous appelait « le Lapin Duracell ». Un surnom réfuté par votre épouse : « Philippe dans un lit, on a le lapin, mais pas les piles ! » Voyageur dans l'âme, vous traversez la France pendant trois mois en auto-stop. D'après un sondage Ipsos, en stop, il y aurait un viol tous les 100 km. Une curiosité que vous payez au prix fort. Arrivée à Paris à 18 ans, en train cette fois-ci ! Vous vous lancez dans le journalisme, débuts difficiles, vous êtes payé au feuillet. Et, pour cette raison, vous en pondez trente-cinq sur les chauffe-eau : les modèles verticaux, horizontaux, avec mitigeur, sans, etc. On comprend mieux, maintenant, l'enthousiasme que vous mettiez à recevoir Christophe Lambert.

Christophe qui, je vous le rappelle, a un tout petit mitigeur, ici. Vous trouvez un poste à *La République du Centre* et, en 1962, après un très bel article sur les fosses septiques : « Que devient l'eau, quand elle quitte le chauffe-eau ? », vous êtes nommé rédacteur en chef de RTL.

Une vraie prise de tête. Alors, pour vous évader, vous collectionnez les célèbres *Guides Bleus*. Plus de 1 000 exemplaires appris sur le bout des doigts. Maryse, votre épouse, affirme que vous vous plantez souvent. Médisance pure. Bon… L'an passé, vous avez pris l'Eurostar pour aller à New York, petite erreur de jugement ! Il n'empêche, vous préparez vos voyages avec le plus grand soin. Actuellement, vous potassez un guide sur la Sierra Leone, les bons plans… Comment se faire mutiler sur place, sectionner un bras, une jambe… Ou les deux, si l'on souhaite visiter la région à fond ! Voyageur infatigable, dernièrement, vous avez visité un glacier avec Muriel Robin. Personnellement, quitte à passer une nuit dans un refuge, je serais plutôt parti avec Clara Morgane. Philippe, je vous laisse, le temps m'est imparti, deux minutes par invité, pas plus, dommage ! Mais comme vous le dites si bien : « Ce n'est que de la télé ! »

BERNARD GIRAUDEAU

On a reçu madame y a trois semaines… Anny. Elle était contente… Ah, ouais, elle est repartie ravie, ravie ! Et puis, aujourd'hui, Bernard, le beau Bernard, ex-jeune premier du cinéma français… Ouah ! C'est un beau livre, faut dire que dernièrement, on a reçu celui de Morandini, Greg le Millionnaire, les mémoires de Sylvie Vartan. Elle pète le feu… Malheureusement, on n'est pas à l'abri du tome II. C'est un beau livre, des histoires de marins qui partent en pleine mer… Et puis quand ils rentrent au port, faut que ça sorte, ouverture des vannes, on écope ! C'est comme les missions spatiales, quand ils restent six mois en orbite… Faut voir à quelle vitesse ils rentrent. *Columbia*, une fois, ils ont explosé : sept mecs à bord, une pauvre fille qui n'avait rien demandé. La branlette en apesanteur, c'est déconseillé. Tu l'essayes une fois, après t'arrêtes. Enfin, c'est les autres cosmonautes qui te demandent d'arrêter. Il vaut mieux s'accoupler et essayer des positions démentes. Avec la certitude, après, de t'emmerder à vie dans un plumard, ce qu'on appelle le mal de l'espace. Quand t'as niqué comme un rubicube et que tu te retapes bobonne dans ton ranch du Texas, tu souffres ! Il paraît que c'est moins pénible d'avoir envie en apesanteur que sur un rafiot. Tout est plus léger dans l'espace, les testicules lévitent, ils sont au niveau des côtes flottantes. Alors que sur un rafiot, le fait que ça couine tout le temps, le mas, les coursives, l'odeur du poisson… Au bout de deux jours : un mousse, un dauphin, une mouette… N'importe quoi, tu vidanges. Un poulpe, c'est plus délicat… S'il crache son encre quand tu l'embroches, tout le bateau est au courant ! « Ah, il s'est fait un poulpe ! », pendant six mois, t'es la vedette ! Enfin moi, mes rares expériences de navigation, c'est le matelas pneumatique et c'est vrai que j'étais souvent couché sur le ventre ! Le clapotis, ça me fait des trucs. Après y a une technique qui consiste à glisser dans l'eau fraîche pour reprendre une taille normale. Si tu n'arrives pas à mollir, il existe une phrase clé : « C'est mon tuba, je ne savais pas où le ranger ! » Y a aussi les plates-formes pétrolières où les gens sont sevrés. J'essaye d'être complet, pour une fois que je traite le bouquin. En plus, tu passes ton temps à forer, t'as le pétrole qui gicle. Et puis, à cinquante mètres au-dessus de la mer, va attraper un poulpe ! L'agent pétrolier est moins sexy qu'un petit gars de marine. Et puis triturer un pompon quand on te fait une douceur, c'est plus excitant qu'une casquette. Tu peux tirer sur les fils : « J'aime, un peu, beaucoup, passionnément ! » Quand les gars rentrent chez eux après des semaines de platement et qu'ils font l'amour… Ils ont encore la main qui fait ça… *(Agiter la main dans le vide)* C'est comme les chiens, quand tu les grattes, t'as la patte qui s'agite ! Papier classe, j'en ai conscience. Faut dire, ça fait six mois qu'on est enfermés ici. Nos seules visites, ce sont les invités : Juliette Gréco, Annie Cordy, Orlando… Je peux vous dire que fin juin, ça va être la quille. Tous les bordels de Boulogne vont y passer. Allez, bon vent, Bernard !

JUDITH GODRECHE

Avant de commencer, je vais expliquer l'étymologie de votre nom. Godrèche, ça vient de rêche, rude au toucher et de god : Dieu. Littéralement : le Dieu rêche. La syntaxe, c'est intéressant. D'ailleurs, quand vous tapez « Godrèche », le correcteur d'orthographe, qui est bête – il n'est pas là pour flatter une actrice –, vous propose : « godiche ». Judith, vous avez tout fait très tôt. À 8 ans, vous vouliez être trapéziste. Un métier qui met la tête à l'envers et quand on chute, les conséquences sont dramatiques. Exemple, ce pauvre Portugais qui vient d'épouser la princesse Stéphanie. Entre deux crises d'épilepsie, quelqu'un lui tenait la main pour signer le registre.

Refusée à l'école du cirque, vous devenez mannequin enfant. C'est la même chose que mannequin adulte en moins con. L'idée étant de gravir des échelons pour devenir « top con ». Un très beau film avec Tom Cruise : « Top con ». À 13 ans, vous ratez un échelon : « trop intelligente » ; du coup, vous êtes recalée actrice, c'est-à-dire mannequin qui pense. Premier rôle à 13 ans, à 15, vous partez vivre avec le réalisateur Benoît Jacquot. Le cinéaste préféré des perroquets : « Jacquot ! » Ça, c'est histoire de détendre l'atmosphère. Vous aimez la musique : « Boon[1], quand notre cœur fait Boon, tout avec lui dit Boon et c'est l'amour qui s'éveille ! Splash, quand notre cœur fait splash… » Ça, c'est histoire de retendre l'atmosphère. Judith, vous n'êtes pas qu'une étoile qui fait de beaux films. Vous vous investissez dans des associations caritatives, notamment Perce-Neige : financer un chien d'avalanche pour percer la neige. Actuellement, on travaille avec des pitbulls, moins chers que le saint-bernard. Seulement, le rescapé est bouffé avant l'intervention des secours. Vous êtes également ambassadrice pour les produits L'Oréal : apporter du fond de teint à des gens qui n'en ont plus. En 2002, vous parachutez 20 000 tubes d'antirides sur Miami. Les vieilles sortaient à la quête du précieux nectar. Deux ont été écrasées par des caisses. Il faut continuer le combat ! Judith, vous aimez les clowns. Il y a les blancs, mais aussi les noirs. Peut-être est-ce votre baptême du feu ? Si c'est le cas, je suis heureux d'avoir été votre moniteur ! Mes hommages.

1. Ex-compagne de Dany Boon.

CHANTAL GOYA

Chantal, en 1985, après un passage épique chez Patrick Sabatier et son *Jeu de la vérité*, votre carrière s'est arrêtée neuf ans. Si j'arrive à vous énerver à mon tour, vous remonterez sur scène en 2013. En espérant que d'ici là, il n'y aura pas de choc thermique. C'est parti ! Chantal, un come-back tonitruant. « J'ai deux publics », dites-vous. Les tout-petits, ceux qui vous découvrent aujourd'hui et là, y a une responsabilité des parents… Et les trentenaires qui étaient enfants dans les années 1980. Ils vous sont restés fidèles, la plupart sont pacsés et s'habillent en Gaultier. Beaucoup de succès chez les gays, vous êtes devenue une icône. (On fleurit Dalida l'après-midi, on vous applaudit le soir) Alors, est-ce qu'un enfant qui écoute vos disques aujourd'hui est assuré à 100 % de devenir gay ? Deuxièmement, les homosexuels moustachus écoutaient-ils Henri Dès ? Aucune étude sur ces phénomènes. Il semblerait toutefois que la génération Casimir se soit beaucoup masturbée sur le dinosaure de « Spielberg ». Vos chansons sont célèbres, textes : à dormir debout… De Jean-Jacques Debout, pardon. Jean-Jacques, déclaré positif cet été par la police. Il chantait « Bécassine, c'est ma cousine » au volant : incarcéré sur-le-champ ! Avec les lois Sarkozy, vous chantez du Goya, c'est la taule tout de suite : inutile de souffler ! À la prison de la Santé, Jean-Jacques a interprété *C'est Guignol* sous la douche et là, Capitaine Flam lui a déclaré la sienne… Souvenir cuisant ! « Capitaine Flam, tu n'es pas de notre galaxie… » Si, si, si ! C'est une sexualité dite « de soucoupe volante »… Quand vous partez pour des voyages de trente, quarante ans… Vous prenez ce qu'il y a. Spock, à force d'être tenu par les oreilles, il les a en pointes.

Restons dans le monde de la poésie, Jean-Jacques vous appelle Goya pour votre ressemblance avec les modèles du peintre. J'avais une copine qu'on appelait Picasso. C'était une Picasso, après crash-test, les Airbags étaient sortis toute l'année. En 1977, premier album : *Allons chanter avec Mickey*, une des chansons cultes de Michael Jackson. Ça et *La Souris verte* : « Je l'attrape par la queue, je la montre à ces messieurs… » Là, on rejoint Capitaine Flam sous la douche, trempé dans l'huile, etc. Carrière internationale : au lendemain de la guerre du Liban, vous chantez devant 100 000 enfants. Quinze ans après, les séquelles sont présentes. Elias témoigne : « Je me réveille en pleine nuit, j'entends encore "Ce matin, un lapin a tué un chasseur". » Plus grave, vous avez suscité des vocations. La chanteuse Laâm vous dira un jour : « Je chante parce que je t'ai vue sur scène. » N'y avait-il pas moyen de tomber malade ce jour-là ? Chantal, en tant qu'hétéro de 40 ans, j'ai échappé aux deux vagues de la Goya-mania. Mon trip, c'était Nounours : *Bonne nuit les petits*. Depuis, je passe mes dimanches au Jardin d'Acclimatation à mater les ours. Je ne dis jamais « bite », mais « pine ». Il n'y a pas d'enfance idéale. « Ce matin, le lapin s'est fait buter par un chasseur ! »

JULIETTE GRECO

J'ai eu du mal à vous situer, Juliette. Qui vous êtes, d'où vous venez, votre parcours ? En plus, y a une autre chanteuse qui s'appelle Juliette, qu'est un peu plus forte que vous, avec des lunettes. Et comme vous êtes sur le même registre : chanson française… Vous distinguer, c'est pas facile ! Alors, j'ai fouillé… Moi, quand je ne connais pas l'invité, je fouille ! Je préfère me dire : « C'est de ta faute », plutôt que « Juliette Gréco, c'est qui ? ». Je trouve que c'est plus élégant ! Autant y a des invités… Steevy, ça m'a parlé tout de suite. Bon, y a le contexte : le siècle démarre, c'est la grande époque du *Loft*, ce qu'on appellera : « Les poètes du Jacuzzi : qui c'est qu'a pété, cette nuit, Plaine-Saint-Denis ? » Le génie, c'est une fois tous les cent ans ! Après, je suis tombé sur une phrase assez bizarre, une sorte de liste : « Gréco, c'est aussi Sartre, Beauvoir, Brel, Michaux, Vian et Cocteau… » Je me suis dit : « Tiens, un plan du cimetière Montmartre. Ils auraient pu mettre le chevalier Bayard, il est à gauche en entrant ! » À ce moment-là, on m'a filé le disque, le dernier Juliette… Il paraît qu'il y en a eu d'autres avant ? Première nouvelle ! Et comme il est tout noir, ça m'a conforté dans mon idée de cimetière.

À son propos, vous dites : « À l'écoute, les gens sont au bord des larmes. » Pourquoi ne pas faire une édition collector avec une boîte de mouchoirs ? C'est une idée. À ce moment-là, je pensais vous avoir cernée et j'ai lu un truc qui m'a totalement fait douter : « Gréco, la muse de Saint-Germain-des-Prés. » Excusez-moi, mais au Mac Do de la rue de Rennes, personne vous connaît. Les tables sont maculées de ketchup. Niveau littéraire, à part le dernier FHM, personne ne bouquine. Y a eu un petit débat sur la foufoune de Clara Morgane qui, paraît-il, est bonasse, mais ça n'a pas été plus loin ! Juliette Gréco, même le serveur, il m'a dit : « Si c'est un nouveau sandwich, on l'a pas ! » Alors j'ai compris, au tout dernier moment, qui vous étiez, chère Juliette. Et heureusement, si on conclut un papier sans savoir qui est l'invité, il risque de mal le prendre !

J'ai vu une photo de vous avec deux yorkshire et je pense qu'il s'agit du fils et de la fille du yorkshire de Jean-Paul Belmondo. Ça vous donne le droit de faire un disque ! Alors, trois questions, qu'est-ce que ça fait d'avoir des chiens qui viennent d'une portée de chez Bébel ? Ont-ils des prédispositions physiques particulières, cascades, etc. ? Et aboient-ils mâchoire en avant, comme ça, à la Bébel : wouf-wouf ? Merci d'être venue !

LINDA HARDY

Linda Ardisson… Linda Hardy, pardon ! Ma phrase, c'était Linda Hardy, son parcours est vraiment bien… Et j'ai lié le « son » et le « Hardy »… Je suis désolé, ça arrive… Tout le monde va en parler, c'est sûr. Linda, le jour de votre conception, votre mère accroche au plafond un dessin : portrait d'une jeune fille brune. À votre naissance, la ressemblance est troublante. Autre lieu, autre époque : lors de la conception de Stéphane, ses parents avaient accroché un poster de Charles Trenet. (Une boulette qu'il continue à payer !) Enfance nantaise, père coiffeur. La seule fois où Linda se fera couper les tifs ailleurs que chez papa, elle en ressort crépue. Hasard des hasards, ce coiffeur a retrouvé un job sur cette chaîne. Petite, vous avez une passion pour les bourrins. Grande, vous irez applaudir Roch Voisine. Au départ, ces deux phrases n'étaient pas liées, mais finalement c'est pas mal ! En 1991, vous décrochez le titre envié de Miss Loire-Atlantique : 1,76 m pour 55 kilos, un profil de TGV. Le lendemain, c'est l'épreuve du bac. Une hantise : le rater ! Belle et con à la fois, c'est terrible : on rate son bac, on est élue Miss France, on finit sur *Téléfoot* ! Heureusement, vous décrochez un bac C. Chez la Miss, « C » est plus souvent synonyme de bonnet que de diplôme. Dans la foulée, vous êtes élue Miss France 1992. Je rappelle le palmarès de cette année, on se fait plaisir. Première, Miss Alsace, fiche technique : un faible pour la choucroute à la bière, prend rapidement du bide et rote sur les podiums. Deuxième, Miss Bourgogne, comme les escargots. Un reste de farce dans les oreilles lui a coûté son titre. Après votre passage chez les Miss, vous devenez mannequin. Le job est sensiblement le même : sourire bêtement, penser à s'arrêter en bout de podium pour ne pas tomber dans la fosse. Difficultés supplémentaires : se souvenir de son titre, il n'est plus marqué sur l'écharpe ! « Qu'est-ce que tu fais, Linda, dans la vie ? / Euh, je sais plus… *(Regarder dans son encolure)* Cacharel, c'est un métier ? »

Troisième étape dans votre vie, Linda, vous devenez comédienne : mannequin qui pense ! Aujourd'hui, vous êtes à l'affiche du film de Bilal. Passer de l'univers de Fontenay à celui de Bilal, qui l'eût cru ? Crâne rasé, corps peinturluré en bleu, vous vous faites violer par Horus. On est loin du salon de la literie où, chaperonnée par Geneviève, vous défiliez déguisée en traversin pour le grand bonheur d'une poignée de VRP en rut. Signalons, à vos côtés, la présence de Charlotte Rampling, rajeunie de trente ans pour la circonstance : sa peau est tirée puis maintenue avec du Scotch. Une technique qui appartient à Amanda Lear, elle l'a déposée, vous risquez d'avoir des problèmes. Linda, je voudrais terminer par la question qui tue. *(Faire le bruit)* On a moins d'argent que *Tout le monde en parle* : « Linda Hardy, aujourd'hui que t'es une star… T'irais faire la promo du Bilal chez Thierry Hardy-son ? » À bientôt, Linda !

BARBARA HENDRICKS

Barbara, vous êtes ma première diva… On a reçu des sportifs, des chanteurs, des politiques, jamais de diva… Hormis Arielle Dombasle : « Tiens, t'as acheté une alarme de voiture ? / Non, c'est le dernier Dombasle ! » C'est mon dépucelage de diva, diva américaine de 1,67 m… Plus grande, on vous aurait mise au basket. Vous êtes licenciée en chimie et mathématiques. Un diplôme très couru aux États-Unis : ça, plus un brevet de pilote, on est sûr de trouver un boulot. Au niveau des distinctions, vous êtes docteur en musique. Quand un chanteur fait de la merde, vous intervenez. Entre la *Star Ac'* et *Pop Star*, vous ne chômez pas. Vous êtes également prix Grand Siècle Laurent Perrier, un prix que vous partagez avec la chanteuse Régine qui est aussi prix Johnny Walker, Pastis 51 et Vodka Smirnoff. Un prix qu'il est d'usage d'aller chercher en titubant, l'idéal étant de vomir sur le jury. Vous êtes une diva hyper simple, aucun caprice. La Callas se faisait offrir des pétroliers, vous prenez le métro. Le pétrolier pour changer d'arrondissement, c'est chiant !

Mère de famille stricte : vous refusez à votre fils une paire de baskets parce qu'elle coûte 500 francs. Quand vous partez en voyage, *idem*, pas de cadeaux aux enfants : « Je ne veux pas compenser mes absences. » Dommage, quand on voit les pays que vous traversez : Rwanda, Croatie, Cambodge… Au niveau souvenirs… Au Cambodge, par exemple, c'était un gala contre les mines antipersonnel… Vous auriez pu rapporter une basket ! Puisque nous sommes dans les cadeaux, restons-y ! Si vous ne savez pas quoi offrir à vos vieux pour les fêtes de Noël, un disque de Barbara Hendricks, c'est comme les chocolats, on est sûr de ne pas se tromper : « Oh, le dernier Barbara Hendricks, quelle bonne idée, ma chérie. Tes frères et sœurs ont eu la même… Je l'ai en quadruple ! » Petit avertissement, si vos parents sont âgés, n'offrez pas le dernier Dombasle, ça bousille les sonotones ! Attention également à ne pas offrir le disque de votre homonyme : Jimi Hendrix, une bourde fréquente. Il jouait de la guitare avec les dents, il est mort d'une overdose, étouffé dans son vomi… Pour les fêtes de la nativité, c'est moins chic ! Sur ce, Joyeux Noël à tous !

IAM

Après Diam's et Passi, voici IAM. Trois rappeurs en trois semaines ! Dès que je vois une casquette, un sweat ou un pantalon coupe évasée, style maison de retraite avec la couche à l'intérieur – les rappeurs sont-ils incontinents ? –, j'ai la nausée ! Leurs paroles, je pensais que c'était de l'anglais, on m'a dit : « Tends l'oreille, c'est du français ! » Ça restait du chinois ! On dirait un bègue qu'a trop fait de rééducation, Luchini sous Prozac ! La gestuelle, n'en parlons pas… Si le rappeur a eu des manches trop courtes étant petit, c'est quand même pas de notre faute ! Baskets lacets défaits ! Pour des gars qu'ont soi-disant des problèmes avec les keufs… Pour se barrer en courant, y a mieux ! Bonnet enfoncé jusqu'aux sourcils, style tempête de neige. Peu de moonboots dans le milieu du rap, pourquoi faire les choses à moitié ? Une mode adoptée par Obispo. Dans son regard, l'intelligence du skieur sur un tire-fesses. Niveau chorégraphie, le rappeur saute et se roule par terre. S'il se met à baver, aidez-le, c'est une crise d'épilepsie.

Pourquoi autant de rappeurs en trois semaines ? On aurait pu vous recevoir, IAM, en premier, c'est vrai !

Seulement voilà, après six ans d'absence, vous faites un come-back comme une vieille chanteuse de variétés… Ça se paye ! Un dossier de presse pourtant passionnant, rien que le début : Akhenaton *alias* Chill, *alias* Abdel-Hakim, de son vrai nom Philippe Fragione. Étonnez-vous après qu'à la douane, on fouille votre sac ! Les autres, c'est pas mieux ! Kheops, Shurik'n, Imhotep et Freeman… On dirait les cartes Pokémon de mon fils !

Akhenaton, j'ai vu qu'on pouvait aussi vous appeler Chill Phill. Votre père travaillait à EDF… Certainement un terme technique : « Vas-y, chie le fil ! » *Avé* l'accent, c'est plus savoureux : *(Accent marseillais)* « Putain, chie le fil ! » Très bonne imitation de Patrick Bosso. Bosso, enfin un rap accessible ! Pour enfoncer le clou, je rappelle le score de PSG-OM en coupe de France : 2-1 pour Paris. On ne peut pas à la fois prendre le soleil sur le Vieux-Port et taper dans une balle ! Moi qui adore passer des week-ends là-bas, je sens qu'il va falloir que je fasse un break ! Pour finir, citons une interview de Freeman, « homme libre » en anglais. J'ai connu un Waterman… Qui allait souvent aux toilettes. Je vous cite : « Les gens pensent que le rap concerne uniquement les ados. Faux ! Une fois à l'aéroport, un homme de 40 ans, cravaté, sérieux, m'a raconté qu'il écoutait du rap américain. » Signalons que ce passager a tout de suite embarqué pour l'Égypte en charter[1]. On recherche depuis un volontaire de 40 ans qui aimerait le rap. Nous écrire ! IAM, *I was a little bit fed up with rappeur today, sorry and good-bye* !

1. Ce papier suivait de près l'accident de la Flash Airlines.

MARIANNE JAMES

J'ai un projet de télé-réalité pour M6, si vous pouvez leur faire passer ? Ça s'appelle « Retour à la case départ ». On prend trois chanteurs connus : Obispo, Fiori, Nolwenn… au hasard. Et les gens votent pour qu'il y en ait un des trois qui redevienne anonyme. L'idée, c'est de se débarrasser du plus grand nombre.

Marianne, vous êtes née dans la Drôme. Père : pâtissier-chocolatier. Les enfants, habituellement, sucent leur pouce, vous, vous sucerez vos doigts. Pâques, c'est toute l'année. Très vite, vous évitez les rubans dans les cheveux, les clients vous prennent pour un œuf. À 8 ans, premier cours de guitare chez Tony Petrucianni… Je fais mon accord, j'arrive *(sucer ses doigts)*. Tony, père de Michel Petrucianni. Assis à vos côtés, le contraste est saisissant : Michel, un piano dix fois à sa taille, et vous, dix fois à la taille de la guitare. Une fois, Petrucianni viendra dans la pâtisserie de votre père. Un client, l'ayant pris pour une cerise, sera prié de recracher l'enfant. Petite, vous hésiterez entre plusieurs professions : lanceuse de javelot. Quand on est jury sur *La Nouvelle Star*, un vrai plus : « Tu chantes comme une brêle, tiens ! »

Y en a, ce serait leur rendre service : « Écoute, Bastien, tu viens avec une chanson d'Obispo… C'est déjà une erreur… Tu réussis à la chanter plus mal que lui : là, c'est un exploit ! Marianne, javelot, s'il te plaît ! » Après votre période javelot, une période cornette, vous avez failli être bonne sœur : deuxième atout pour travailler à *La Nouvelle Star* ! Marianne James, sœur Emmanuelle de la fausse note. 25 000 victimes auditionnées, brebis égarées, clones de Mylène Farmer, regards de poisson mort, la seule brillance est dans le piercing de la narine. String taille haute… « Je vais le desserrer, il m'empêche de chanter. Je m'appelle Chrystelle, je suis prête à séduire n'importe quel membre du jury… Spécialement Dove, celui qui a un nom de savonnette… Je la ferai bien mousser ! / Marianne, javelot, s'il te plaît ! »

Finalement, Marianne sera chanteuse. Vingt-huit auditions ratées en huit ans, le verdict est sans appel. Aucun string n'est à sa taille, il faut bosser ! Cours de chant, Conservatoire, licence en musicologie, tout ça à cause d'un foutu carré de tissu ! Heureusement, les temps changent : *La Nouvelle Star* est à l'écoute, André Manoukain se surpasse. À une fille qui n'a quasiment pas ouvert la bouche : « T'es habillée comme un camion, t'es bidon, au revoir. » Cette immense sommité de la musique a vu juste, la fille portait un slip dont on voyait les coutures à travers le falzar : fausse note impardonnable ! Mais que fait Marianne dans cette galère ? D'habitude, on fait de la télé-réalité pour devenir chanteuse, pas l'inverse. Groom, groom, s'il vous plaît… Oui, vous, Benjamin Castaldi, vous qui ouvrez et fermez si bien les portes sur cette émission, indiquez la sortie à Marianne, qu'elle refasse du spectacle, elle en fait si bien… Au revoir.

MARC JOLIVET

Regardez bien notre invité… Le Jolivet est, avec le Bedos, un animal en voie de disparition. Accident de moto, cancer, l'humoriste de qualité a été exterminé ces dernières années… Pas de panique, on annonce pour bientôt un « Comique Academy », des jeunes, relookés, habillés en Gap, qui viendraient lire à l'antenne les meilleures histoires de Guy Montagné ! Rires synthétiques ajoutés sur la bande. Rien ne doit perturber le cerveau, cliniquement mort, de la ménagère.

Malheureusement, notre invité du jour, c'est Jolivet… Que tous les gnous qui nous regardent se rassurent, cette émission est en différé, toutes ses insolences seront sucrées au montage ! Une enfance difficile, votre mère est comédienne, c'est elle qui double Titi dans *Titi et Gros Minet*. On imagine votre calvaire à la sortie de l'école : « Je suis un tout petit Titi et je viens chercher Marc Jolivet ! » Vos parents divorcent très tôt… Votre père, c'est Gros Minet, tout le monde connaît l'histoire… Face à l'adversité, vous montez, avec votre frère, un duo comique : Récho et Frigo. C'est sur TF1, votre carrière aurait pu très bien tourner. Aujourd'hui encore, vous pourriez y être : « Récho présente, tous les soirs à 19 heures, en salopette orange, un élastique dans le cul ! » Vous avez préféré l'ouvrir ! Humoriste engagé, le Récho ne mitonne plus, il cuisine ! Aujourd'hui, votre principale source d'inspiration, c'est l'actualité. Plus ça va mal, plus vous bossez ! Autant dire qu'en ce moment, vous n'arrêtez pas. Reversez un peu de fric à Raffarin, ce serait élégant. Votre plus grande peur, que tout aille mieux. L'an passé, vous aviez écrit un texte très rigolo sur les inondations dans le Sud... Trois semaines plus tard, y a eu la décrue... Vous avez perdu votre sketch ! Résultat, cette année, pour la canicule, vous n'avez rien fait ! L'idéal, pour vous, c'est la catastrophe qui dure. Votre texte sur Tchernobyl : une véritable mine d'or ! Dix-sept ans que ça dure, les enfants de vos enfants devraient toucher des droits. En Ukraine, Jolivet est une idole. Des paysans à quatre oreilles rient en écoutant ses sketchs !

Alors, pour préserver votre job, vous vous êtes engagé politiquement auprès des Verts : semer la zizanie au sein du groupe, l'air de rien, surtout qu'ils ne s'entendent pas, être sûr que rien ne bouge ! Pour l'instant, votre réussite est totale ! Cher Marc, si le public voulait bien éteindre sa télé, un soir, un seul, pour aller vous applaudir, il risquerait, en rentrant, de ne plus jamais la rallumer. Son encéphalogramme serait reparti.

GERARD JUGNOT

Le 4 mai 1951, en salle de travail, Mme Jugnot a une idée lumineuse : « Pourquoi ne pas baptiser son petit “Gérard”, comme Gérard Philipe », sublime jeune premier d'alors. Lorsque l'enfant paraît, d'emblée, Mme Jugnot comprend qu'elle a fait une boulette ! Elle se rassure : « Pas de cheveux, c'est normal, ça va pousser. Une moustache, c'est pas grave, ça va tomber. » C'est l'inverse qui se produira. Pour compenser l'aspect viril de sa moustache, la nature dote le petit Gérard d'une voix de crécelle, délicieuse chez un bambin, plus embêtante quand le sujet dépasse la puberté. À 13 ans, quand Gérard monte se coucher *(Voix très aiguë)* : « Salut, pa', salut, man' », ses parents espèrent qu'il redescendra en ayant mué *(Voix très grave)* : « Je veux bien du café avec mes tartines… »

Enfant rêveur et solitaire, à 8 ans, Gérard prend conscience de la mort. Quand on est chauve et moustachu de naissance, quoi de plus normal ? Une vie de rêve, imaginez ! Puteaux dans les années 1950, père plombier, mère au foyer, une sœur, sans moustache, mais à la voix trop grave : « Tu dégages de ma chambre ! » Résultat de tant de bonheur ? Une obsession : s'amuser à tout prix. Naissance d'un comique, Gérard fait ses classes à l'école. Un professeur va le révéler : Mr Popot. « Mr Popot, je peux ouvrir la fenêtre, ça (…) ? Mr Popot, qui c'est qui fait les commissions chez vous ? Mr Popot, quand vous signez de la main gauche, ça porte bonheur ? » Deux ans de rires effrénés. Gérard a déjà le niveau pour faire une carrière à la Jean Roucas, il va bosser ! Premier film à 14 ans, tourné chez les scouts : démarrage sur un lit en portefeuille, bizutage d'un bleu, fondue au noir sur une bite au cirage. Le titre : « Louveteau, jamais ! » prémisse de *Scout toujours* !

La vraie montée en puissance de notre invité : son entrée au lycée Pasteur. Ses camarades de classe : Clavier, Blanc, Lhermitte. Les professeurs de cette époque sont morts pour les plus chanceux, en asile psy pour les autres. Rencontre avec Blanc en 3e, assis côte à côte, nos deux vedettes sont séparées dans la demi-heure. Par solidarité, Michel perd ses cheveux et gagne une moustache. Dans cette formidable promotion, notons la présence d'un cinquième larron : François Hollande. Une carrière de comique ratée. Son dernier one-man-show, à l'Assemblée, fut catastrophique : des effets éculés, le charisme d'une huître, malgré un parterre d'octogénaires acquis.

Voilà, c'est fini. Depuis son passage chez Pasteur, Gérard vaccine régulièrement les Français contre la morosité. S'il ne fut pas plombier, il décida d'être acteur en allant voir « Des boulons dans mon yaourt ». Sa mère reste sa plus grande fan et quand, pour *Tandem*, on le coiffe d'une moumoute, elle lui dit : « J'aime bien ta nouvelle coupe ! »

PATRICIA KAAS

Patricia, vous êtes la dernière d'une famille de sept enfants… La petite dernière, toujours un goût très sûr. À 6 ans, vous êtes fan de Clo-Clo, puis majorette, à 7, première promotion, vous intégrez la troupe des Pax Majorettes. À la Gay Pride, y avait un char qui s'appelait les Majorettes pacsées, je sais pas s'il y a un rapport ? Y avait toute une chorégraphie avec un bâton de tambour-major, c'était très beau. À 8 ans, vous chantez du Michèle Torr dans les bassins houillers… qui ont fermé depuis, comme quoi, faut pas faire n'importe quoi ! Le 11 mars 1978, Clo-Clo disparaît, pendant trois jours, les Pax Majorettes de Forbach ne défilent pas ! La Lorraine s'emmerdera un peu plus que d'habitude. C'était possible ! La vie reprend : concours de chant, kermesses, fêtes de la bière… Vous avez tout fait. Récemment encore, *Vivement dimanche*… Un hospice, de temps en temps, ça fait pas de mal !

Premier cachet : un paquet de bonbons. Deuxième, un voyage à Nice, capitale de la pâte de fruits, friandise préférée des vieux. Là-bas, le caramel mou est interdit. En 3e, vous abandonnez vos études pour une école de mannequin à Metz. On vous relooke, vous ressemblez à Céline Dion, période Eurovision. À l'époque, le Téléthon n'existait pas, les gens votaient pour les cas désespérés. 1992, nouveau tube : *Il me dit que je suis belle*. Vous l'êtes devenue : l'école de Metz a été priée de garder ses conseils !

De plus en plus sexy, vous faites une tournée mondiale intitulée Tour de Charme. Point d'orgue à Hanoi, l'humidité colle à votre corps votre petite robe. Depuis, on redoute un incident similaire avec Régine, les gens se précipiteraient sur les issues de secours pour fuir cette vision, comptez 2 000 morts. Une tournée qui n'oublie pas les déshérités : passage au Kosovo et à Tchernobyl. Public très féru de musique. Pour entendre, il ouvre la bouche et on applaudit en battant des coudes. Après, on se retrouve autour d'un poulet à six pattes, spécialité locale. Les enfants sont contents, y a du blanc pour tout le monde. Vous garderez des séquelles : depuis l'Ukraine, votre oreille a chuté, d'où la présence d'Obispo sur votre album, auteur de la chanson *L'Abbé Caillou*, clin d'œil à l'Abbé Pierre. Obispo, qui, je vous le rappelle, a été irradié par le réacteur 4.

Malgré cela, *Sexe Fort* reste un très bel album. Une chanson phare : *Où sont les hommes ?*, je ne sais pas si vous l'avez fait exprès, mais c'est la chanson préférée de mon employeur. *Où sont les femmes ?*, de Patrick Juvet, il n'accroche pas une seconde. À bientôt, Pat'.

ADRIANA KAREMBEU

Adriana, dans les choses essentielles à savoir sur vous : vous vivez avec Christian Karembeu, seul footballeur dont le nom soit prononçable par une vache : « Karembeuh ! » Ancien du Real Madrid, aujourd'hui, il se fait voir chez les Grecs… À l'Olympiakos. Votre nom, c'est : Sklenarikova… Fille de médecin, on vous a filé le nom d'une maladie : la Sklenarikova en plaques, l'humour slovaque est assez déroutant. Vos activités sont multiples : vous êtes ambassadrice pour la Croix-Rouge et n'hésitez pas à aller sur place. Mettre une bombe sexuelle dans un champ de mines… Peut-être pas la meilleure idée. Pour la rejoindre, l'autochtone en rut se fait souvent sauter les guiboles.

Vous êtes également l'égérie de Wonderbra. Soutif rembourré, pigeonnant, trompe-l'œil. On drague une fille en soirée, on la ramène chez soi, la marchandise s'écroule. Vous pensez coucher avec Laetitia Casta, une agrafe saute : c'est Évelyne Thomas. C'est mon choix de ne pas coucher avec. Pour le coup, on hésite à descendre, imaginez que le bas soit gainé, compressé… La prochaine agrafe qui lâche : c'est la nuit avec Maïté. Vous, Adriana, vous avez des seins magnifiques, opulents : le Wonderbra est déconseillé. Si vous mettez des rehausseurs, vous les avez sur les épaules. Pratique pour faire du bateau, nul pour un dîner en ville. Un physique particulier. Des seins comme des obus et des jambes qui n'en finissent plus : 1,24 m ! Sur un podium, c'est sympathique, dans la vie quotidienne, c'est un cauchemar. Il n'existe aucun collant à votre taille : l'entrejambe vous arrive aux genoux. Une naine, avec l'entrejambe, elle se fait un chouchou. Vous ne pouvez pas vous faire les ongles de pieds, vos bras sont trop courts. Pour cette raison, vous êtes souvent épilée à mi-chevilles. Dans le monde cruel de la mode, on vous surnomme « Moonboots ». Quand vous dormez, vos pieds dépassent de la couette. L'hiver, vous mettez des chaussettes, l'été, les moustiques en profitent. Dans la rue, vous faites le bonheur des enfants, ils vous passent dessous en rollers. Une fois la journée, c'est amusant, dix fois, c'est horripilant ! Dans un avion, vous avez les genoux dans les yeux, ça vous empêche de voir le film. L'hôtesse vous demande de remettre à sa place le gilet de sauvetage. « Ce sont mes seins, répondez-vous, ce matin, j'ai mis un Wonderbra. » Tout ça pour la Croix-Rouge : aller dans des pays où il y a des mines et des moustiques. Impossible de dormir. Toutes les dix minutes : bang ! Un de vos soupirants a perdu ses gambettes. Adieu les piqûres aux pieds. La mine antipersonnel : plus efficace que la citronnelle. L'humanitaire, parfois, ça a du bon !

ANTHONY KAVANAGH

Kavanagh… Ma cabane au Kavanagh. Le Québec nous envoie un comique et plutôt très bon. C'est la moindre des choses quand on voit tous les chanteurs qu'ils nous balancent ! Qu'il y ait un bon comique de temps en temps pour s'excuser, c'est un minimum ! Depuis Céline Dion, on n'avait plus eu de grands comiques québécois. Je connais la rumeur : « Céline est une chanteuse. » Revisualiser ses débuts à l'Eurovision en 1986, c'est à crever de rire. Patrick Sébastien et son *Petit bonhomme en mousse*, à côté, c'est la Callas. Y a des énormités. L'autre jour, j'entends : « Lara Fabian chante ! » Forcez la porte de ma voiture, son disque se met à gueuler tout de suite : *Je t'aime* ! C'est une alarme de voiture, on veut en faire une chanteuse. J'ai raconté ça chez Feu Vert, ils étaient morts de rire.

Anthony : arrivée en France en octobre 1998. Cinquante-six semaines après, vous êtes à L'Olympia. Jonatan Cerrada l'a fait au bout de deux jours. Il est belge lui… On ne peut pas non plus fermer nos frontières. Jenifer, Nolwenn, Lorie sont françaises, on garde l'espoir qu'elles s'en aillent ! Faudrait que le Québec nous en prenne quelques-uns. L'humoriste Patrick Fiori… Depuis qu'il a son piercing, il est irrésistible… Allez hop ! On le fait partir en bateau. Pendant deux mois, tout le monde est tranquille. Anthony, durant un an, vous vous êtes imprégné de culture française. Vous pratiquiez l'immersion complète : « Je mangeais français, je riais français, je faisais crac-crac en français. » Une aventure avec Astrid Veillon… Bah oui… Au départ, on arrive, on est déraciné… On ne sait pas ce qui est bon. Les premiers temps, on achète sa baguette au Prisu, après on va chez Poilâne. Une histoire très courte. Au lit, vous lui faisiez des bruitages : Flipper le Dauphin, Rintintin… Au bout de 48 heures, elle vous demande de partir. Bruiteur, c'est pire qu'animateur. Laurent Gerra, quand il couche avec Linda Lemay, le lundi, il lui fait PPDA, le mardi Luchini. Vous, c'est la punition. Premier soir : un Airbus au décollage ; deuxième : un 747 ; troisième : un jet de la Flash Airlines. Bruitage très court, mais irrésistible.

Anthony, j'ai moi-même joué mon spectacle à Montréal. Une carrière qui a duré à peu près… un quart d'heure. J'avais l'habitude de prendre des vestes, ici, dans mon propre pays… Mais arriver au même exploit 10 000 km plus loin… Sifflets, tomates, une basket Nike, on n'est pas très loin de la frontière US… Arriver à ça, malgré les barrières culturelles, les différences linguistiques… On m'a raccompagné tout de suite à l'aéroport. Même dans mes rêves les plus fous, je n'aurais pas imaginé un tel accueil. Pour toutes ces raisons, cher Kavanagh, je vous dis : bravo !

BERNARD KOUCHNER

Vous êtes notre premier médecin de la saison. Ça change, on a eu beaucoup de malades. Et là, un toubib, et pas n'importe lequel ! Y a un médecin dans Barbie qui vous ressemble. (Par contre, Barbie infirmière, c'est plus Arielle Dombasle que Christine Ockrent) Ma mère, elle était folle de vous, elle passait son temps à voyager dans l'espoir d'une consultation. Elle confondait Médecins sans Frontières et Nouvelles Frontières. Qu'est-ce qu'elle aurait donné, pour un petit câlin, debout sur un sac de riz, en position du missionnaire ! « Il ne colle jamais. » Si, celui-ci colle toujours et c'est bon ! Maintenant, vous soignez à Paris, hôpital Cochin. Plus besoin d'aller au Biafra faire des galipettes, mam' va être contente.

Il paraît que vous êtes présidentiable, ça l'inquiète. Y aura une consultation à l'Élysée ? Depuis le passage de Mitterrand, toutes les pièces sont médicalisées. Président Kouchner, gastro-entérologue. Un spécialiste de l'intestin chef d'État, c'est utile ! Avec la droite, on a mal au cul toute l'année, on ne sait pas où aller ! Les petits reproches qu'on vous a faits : un tiers-mondiste deux tiers-mondains. Maman, ça la blesse ! Votre idée de bateau-hôpital pour pêcher du boat-people, c'était extra. Faut bien tenir la canne et quand tu sens que ton réfugié fatigue, hop, tu tires ! On a parlé de médecine spectacle, le *Queen Mary*, ça choque personne ! Sur le pont, que des rescapés de la dernière canicule. On les balade, on les oxygène, c'est de l'humanitaire ! T'en balances deux, trois à la mer, ça nourrit les requins. Première escale, tu reloues les cabines ! Bon, après, y a la célèbre photo de vous, un sac de riz sur l'épaule, dénonçant la famine sur une plage en Somalie. « Sur une plage en Somalie, y a le doc' et ses amis… avec son grand sac de riz (i-i-i), sous les flashs, il sourit, on dirait une vache qui rit ! » Peut-être qu'avec un parasol sur l'épaule, style vendeur de chouchous sur la Croisette, ça serait mieux passé ? Alors, vous étiez contre la guerre du Vietnam, contre celle d'Algérie, mais pour celle d'Irak. À force d'être contre, les guerres, y en a moins… Les stocks de piquouses et de médocs, y a une date de péremption, c'est comme les yaourts ! Faut que ça tourne. Dans cet esprit, vous souhaitez créer Malades sans Frontières : envoyer un type qu'a une saloperie dans un pays où tout va bien. Faut savoir que depuis qu'Adriana Karembeu est à la Croix-Rouge, les humanitaires sont sur les dents. Tout le monde veut partir, c'est à qui couchera sous la tente !

Dernier petit reproche qu'on vous fait : Total vous aurait donné 25 000 euros pour constater qu'elle ne profite pas de l'esclavage humain en Birmanie. Je voudrais dire qu'en ce moment, y a un service en porcelaine qu'est offert si on fait le plein chez eux. Et ça vaut le coup de fermer les yeux si y a des petites dérives. Voilà, c'est un avis. En tout cas, maman et moi, on vous adore. Salut, doc' !

KARL LAGERFELD

Karl Lagerfeld, je vous aimais gros ! Je fais partie de tous ces gens qui, aujourd'hui, se sentent orphelins, spoliés… Rendez-nous notre Lagerfeld d'origine ! Souvenez-vous ! On apercevait d'abord un éventail, puis une paire de lunettes et, enfin, loin derrière, un bibendum gonflé à l'hélium, fils spirituel de la Castafiore et du bonhomme Michelin. Le tout camouflé dans une grande bâche noire. Les vêtements Yamamoto protègent les gros cubes. Pour les nostalgiques de la première heure, je redonne vos mensurations : 102 kilos pour 1,80 m. Et puis, brutalement, alors que vous vous baladez sur une aire d'autoroute, on décèle une crevaison lente. Vous allez perdre 42 kilos en treize mois. C'est le même principe que pour les matelas pneumatiques : la crevaison lente, un mal méconnu qui frappe principalement le VIP obèse ! Paul-Loup Sulitzer laisse sur ce sujet un ouvrage majeur : « Le Tour de taille en 80 jours ». Vous, il vous en a fallu 395. Votre catogan, qui a fait office de balancier, aurait freiné la fuite d'air ! Face à ce drame, vous allez rebondir, si je puis dire… À 60 kilos, on rebondit toujours moins loin qu'à 102.

Ce nouveau look va inspirer vos futures collections. Avec des mannequins de plus en plus maigres et un thème vedette : l'Éthiopie. Très cintrées, côtes apparentes, avec des mouches autour de la bouche. Prôner la maigreur à tout-va, c'est oublier un peu vite que certains la subissent ! Votre nouvelle silhouette devient un événement planétaire, toute la presse relate, dissèque votre lutte contre les calories. Aucun article, en revanche, dans *La Vie du pneu* et ça, c'est regrettable !

À propos de pneu, votre peau est parfaitement lisse, aucune rainure apparente. C'est emmerdant en cas de pluie, surtout que vous n'avez plus votre éternel essuie-glace. Ce résultat, vous le devez à la crème La Prairie, à base de fœtus de mouton. Pour une noisette de ce nectar, abattez trois femelles porteuses. Les agriculteurs ne vous en veulent pas, là-bas, on vous surnomme l'épouvantail. Quand vous passez à la télé, on met le poste dans le cerisier, ça fait fuir les moineaux ! Alors, n'oubliez pas ! Pour ne plus ressembler à une grosse vache, mettez du fœtus de mouton. Je fais la pub, rassurez-vous, personne, dans ce studio, n'a les moyens de s'en offrir ! Et puis, ça fait friser les cheveux, c'est à base de mouton. Après, faut les attacher. Julien Clerc, qui en a mis beaucoup, reste très jeune, mais sa voix chevrote. Votre tout dernier secret pour conserver votre silhouette (j'en profite que vous soyez à table), c'est notre invité qui parle : « Si, j'ai envie d'une bouchée de plus et qu'elle ne m'est pas autorisée, je la mâche et je la crache ! » Bon appétit à tous !

SERGE LAMA

Serge Lama, moi aussi, je suis malade et méchant, comme souvent chez les gens malades ! On dit souvent d'un homme « c'est un vrai lapin ». C'est sous-estimer le lama, animal vivant en Amérique du Sud, très sanguin, capable de couvrir 250 femelles en 48 heures chrono. Aujourd'hui assagi, repu, vous devenez même mystique : « Je rêve d'une île, seul face à ma destinée. » Vous me faites penser à mon chat Mistigri qui, après vingt ans de galipettes, les reins bloqués d'avoir trop niqué, s'adonne à la méditation.

Ainsi, samedi dernier, dans la spéciale Lama sur France 2 présentée par la ravissante chamelle Daniela Lumbroso, vous êtes resté très correct. Hormis quelques frôlements : le plateau n'était pas si grand, Daniela pas si mince… Et une ou deux confidences grivoises, style : « Avant un gros concert, je m'abstiens pendant quinze jours, pour une émission de variétés : premier délai passe à huit. » Deux écoles : le hamster stocke dans ses joues, le lama dans ses testicules. Gloussement gêné de la chamelle du PAF. Ce soir-là, si le foot était sur TF1, la troisième mi-temps était sur France 2. Autre point d'orgue de cette belle soirée, les larmes de Lara Fabian ! Vous reprenez un de ses tubes… Elle craque. Ajoutez à cela la présence de Patrick Fiori, un piercing dans le sourcil. Souligner un regard éteint, lui donner une brillance ? Mettez un anneau à un bœuf, vous obtiendrez le même effet. Mais le clou de la soirée fut votre duo virtuel avec Dalida. Une morte qui chante *Je suis malade*, c'est original. On aurait pu pousser le bouchon : un duo Bécaud/Clo-clo. Mr Cent mille volts qui chante avec Mr Deux cent vingt ! Et pourquoi pas une spéciale Dalida présentée par Guy Lux, le tout sponsorisé par les pompes funèbres Roc Eclerc ? Malheureusement, la spéciale Lama n'ira pas à son terme. Rupture du faisceau. Que s'est-il passé ? Il est tard, l'émission dépasse, notre lama, en rut, se précipite sur Daniela, pas virtuelle pour un sou. Deuxième hypothèse, plus divine : Dalida qui, en 1987, avait choisi une paix éternelle, n'aurait pas apprécié cette mascarade. Rejoignant ainsi Picasso qui, à propos de la dernière Citroën, aurait déclaré : « Jamais je n'aurais dessiné une bagnole aussi moche ! »

Cher Serge, votre album est magnifique, un début somptueux : Girardot, Marie-Paule Bel, Lemay… Une fin plus molle : Lorie, Sweet Generation, les L5… Souhaitons qu'au milieu de l'album, il y ait, aussi, une rupture du faisceau.

CHRISTOPHE LAMBERT

Christophe, vous êtes myope et vous avez joué Tarzan sans lunettes. Un exercice très difficile et extrêmement risqué. On quitte une liane et au moment d'attraper la suivante, c'est la chute ! Dans le meilleur des cas, si on rattrape la liane, on se paye un arbre. Il est également déconseillé de se gratter un testicule entre un passage de liane. Évident, me direz-vous, mais nous sommes dans la jungle, au pays des moustiques.

Les séquelles de ces chutes sont multiples. Je citerai l'exemple de cet acrobate monégasque qui vient d'épouser la princesse Stéphanie. Certains ont évoqué sa myopie, d'autres ses traumatismes. Je pencherais pour un mélange des deux. Vous, Christophe, vous avez connu l'amour, sur le tournage de *Greystoke*, avec un chimpanzé femelle, toujours ce foutu problème de lunettes. Votre partenaire féminine ne s'épilait pas et, un soir, sous la tente, la confusion eut lieu. Une idylle qui dura le temps du tournage, comme souvent chez les comédiens. En souvenir, vous lui offrirez un régime de bananes et un pneu de tracteur avec deux cordes pour se balancer. Depuis, vous n'avez jamais retrouvé pareille harmonie sexuelle : un corps velu, musclé, très agile, capable d'enchaîner toutes les positions du *Kama-Sutra* en quelques secondes. Une haleine de poney, c'est vrai, mais tellement de petits plus, comme cette façon qu'avait Tchita de vous épouiller le maillot après l'orgasme. En 1996, lors de votre liaison avec Alba Parietti, finaliste au concours Miss Univers, nourrie aux hormones de croissance et aux couilles de taureau, vous retrouverez un temps la musculature de Tchita. Depuis, on sent chez vous quelque chose de cassé. Vous me faites penser à Stéphane Bern lors de son séjour en Inde, il était monté sur un éléphant. Je crois que c'est dans ce sens-là que ça s'est passé ? Il était revenu meurtri. Un an de deuil. Courage, cher Christophe ! Quand vous déclarez : « Une femme doit être forte, excessive, plus charmante que belle… », je sais que vous avez passé l'après-midi au zoo. Aujourd'hui, vous venez pour la promo de *Janis et John*, c'est le nom d'un couple de ouistitis, au Jardin d'Acclimatation. J'espère sincèrement que c'est une coïncidence. Bonne continuation.

ALEXANDRA LAMY

Après *Caméra Café*, *Un gars, une fille* s'arrête ! Chouchou sans Loulou, dur-dur ! Que les fans se consolent, peut-être nous pondra-t-on un jour un Chouchou et Loulou au bureau, devant une machine à café. Le génie créatif de France 2 devrait y arriver ! La série faisait un carton. D'un côté : Chouchou, l'idiote qui papote et qui râle… On a tous la même à la maison, c'est la téléréalité. De l'autre, Loulou, bordélique et cracra, fan du Salon de l'auto, abonné à *L'Équipe*… Un mec bien ! *Un gars, une fille*, c'était le petit moment de détente avant David Pujadas et son JT. Un autocar a sauté, mais cinq minutes avant, Loulou arrosait la lunette des WC, qu'est-ce qu'on a rigolé !

Les scénarios étaient bien ficelés, les intrigues de plus en plus couillues, jusqu'au jour où votre personnage propose une pipe à Loulou. En échange, il accepte un déjeuner chez votre mère. Quoi de plus naturel, vous l'avez dit dans des interviews : « Pour nourrir la série, je puisais dans ma vie privée. » Ségolène Royal, à l'époque ministre, proteste : « On ne troque pas une fellation contre un déjeuner ! » Dégradant pour l'image du déjeuner… De la femme, pardon ! S'ensuit une interview du ministre au journal *Le Monde*. Pourquoi une réaction si forte ? Nous sommes des milliers à nous faire souffler dans le poireau avant d'aller déjeuner chez belle-maman ! La pipe dominicale, tout un art ! Pas question que la tête de bobonne nous cache le téléviseur, y a *Téléfoot* ! Que s'est-il passé chez les Hollande ? Y a-t-il des hommes qui acceptent un déjeuner chez belle-maman sans contrepartie ? Après l'épisode du *Monde*, la série-culte qui devenait cul redevient cucul ! Les envolées, comme : « Si tu débarrasses le petit déj', je te fais une cravate de notaire ! » appartiennent au passé ! Désormais, les jours d'*Un gars, une fille* sont comptés. *Caméra café* s'arrêterait aussi pour une histoire de fesses : Solo aurait proposé ses faveurs à Le Bolloc'h en échange d'un express ! Alerté, Hollande aurait réclamé immédiatement une machine à café pour le siège du PS.

Il y a aussi la rumeur : Chouchou et Loulou seraient ensemble dans la vraie vie ! Faux, archifaux… Il est vrai que Jean déjeune tous les dimanches chez votre mère, plus tous les jours de la semaine, quelle santé ! Mais c'est uniquement pour les plaisirs de la chair…

JACK LANG

Salut, Jack ! Avant de commencer, laissez-moi vous présenter deux nouveaux produits : l'Aillagon Vert pour se débarrasser des intermittents volants et l'Aillagon Jaune pour se débarrasser des intermittents rampants. Une petite pulvérisation, c'est un comédien qui disparaît. Une grosse, c'est une compagnie entière ! Ça sent fort, mais c'est efficace : cet été, toutes les manifestations ont sauté, hormis le concert de Johnny. Les amis de la présidence, c'est sacré. Si David Douillet avait fait un concours de pets, il aurait été maintenu. Si vous, Jack, êtes un homme de dialogue, le gouvernement aime la manière forte. Pour la canicule, il s'est surpassé : 10 000 vieux en moins en sept jours. Une semaine de plus, c'est tout le problème des retraites qui était réglé ! Jack, comme Jack l'Éventreur, vos parents étaient anglophiles. Une maladie qui aujourd'hui se soigne.

On vous traite de mondain… C'est faux ! Vous êtes né dans les Vosges, soixante ans plus tard, vous y habitez toujours… Enfin, à côté : place des Vosges, à Paris. On vous reproche vos extravagances vestimentaires, vous

vous êtes pointé à l'Assemblée nationale en Thierry Mugler. C'est l'école Mourousi, clope au bec et fesses sur la table. Vous êtes beau gosse, vous en profitez ! Physique à la Kadhafi, col Mao… Je cite que des gens que vous aimez ! Chemise Vichy… Mitterrand vous a prêté les siennes. Il existe aussi le style François Hollande : un costume par an, taillé dans une toile de bure, qui vous permet d'enchaîner Salon de l'agriculture et dîner à l'Élysée. En arrivant, ne dites pas à l'huissier d'où vous venez, il le sentira. On vous traite également de girouette : on vous a vu avec Sarko à Sangate. « Starsky et Hutch » sauvent les sans-papiers ou « Poiret et Serrault ». Imprévisible Lang ! Il y a huit jours, sur *Sagas*, la France entière apprenait que vous étiez marié avec Monique ! Avalanche de surprises : dans le reportage précédent, Roch Voisine nous présentait Myriam ! Il a fait chaud, très chaud. De là à penser que toutes les ménagères de moins de 50 ans avaient pris une insolation, il fallait oser !

J'en arrive à vos qualités. Pour la première fois, en 1981, la culture devient un vrai ministère. On vous doit, entre autres, la bibliothèque François-Mitterrand. Quatre bâtiments, si vous réussissez à trouver un bouquin là-dedans, on vous l'offre. En 1986, vous cédez la place à Philippe Léotard. Quelques mois plus tard, c'est le fameux concert de Madonna à Sceaux. La chanteuse envoie sa culotte au ministre. La culture a repris sa vraie place ! Jack, il y a quelques années, vous souhaitiez créer un ministère de l'Intelligence… Visiblement, le poste est toujours vacant !

BERNARD LAPORTE

En France, lorsqu'ils sont célèbres, nos « Bernard » ont tous un nom à la con : Bernard Laporte, Bernard Tapie, Bernard Lama et récemment encore, feu Bernard Loiseau ! S'appeler Laporte, une spécificité bien de chez nous. En Allemagne, on s'appellera « Vasistas », en Belgique « Dutrou ». À chacun son ouverture. S'appeler « Laporte » à l'école, c'est terrible : « Hé, Laporte, tu la fermes ? » En plus, vous portez des lunettes : « Laporte vitrée ! » Tout cela vous fait sortir de vos gonds. Impossible de vous défendre, vous êtes gaulé comme une ficelle. C'est la porte ouverte ! Vos camarades en profitent, vous claquent… Vous vous refermez sur vous-même : Laporte se blinde !

En réaction à cela, votre papa, porte-drapeau de la famille Laporte, vous fait faire du sport ! D'abord du foot… Sans vos lunettes, vous expédiez la balle six mètres au-dessus des filets… On vous inscrit au rugby. Demi d'ouverture, pour une porte, c'est un début ! À l'époque, le rugby n'est pas encore le sport de fiotte qu'il est devenu : nous sommes loin des calendriers du Stade français, éphèbes dénudés masquant leurs parties à l'aide d'un ballon ovale : portes coulissantes, jarretelles ouvertes à tout ! Une vie d'hétérosexuel dans le monde de l'ovalie : mission impossible. Dès que le rugbyman cale ses épaules entre les cuisses de sa femme, il hurle : « Allez les gars, on pousse ! » La fois suivante, il trouve porte close ! Papa Laporte est confiant, le rugby des années 1980 : un sport d'homme. À l'époque, quand une mêlée s'écroule, elle se relève… Quand on plaque un joueur, c'est forcément qu'il a la balle. Aujourd'hui, les tenues sont moulantes, les stars s'appellent Lomou ou Labite… Le rugby est en porte-à-faux.

En 1999, la Fédération fait appel à vous. Son message est clair : « Le coq gaulois doit renouer avec les poules ! » Vous devenez entraîneur national… Porte-fanion si vous préférez. La méthode Laporte : travail, esprit de groupe, mais pas trop. Fini les troisièmes mi-temps coquines. Votre devise : « À la douche, les savons restent dans les porte-savons. » Vous êtes un gueulard, on vous surnomme « le porte-voix ». La recette marche, vous devenez un porte-bonheur. Bon, j'arrête avec toutes ces portes, ça me porte sur le système.

Ah, dernière chose, il paraît que les politiques s'intéressent à vous et que ça vous tenterait ? Après tous ces succès, sortir par la petite porte, ce serait vraiment couillon ! Portez-vous bien.

MICHELE LAROQUE

Michèle Laroque, vous êtes une femme et vous êtes drôle… Ça existe ! Si vous avez la même à la maison, écrivez-nous : Canal +, fondation Espèce en voie de disparition, Paris 15ᵉ. Michèle Laroque est une miraculée. Fin des années 1950, sa mère, danseuse dans un ballet folklorique roumain, fuit son pays pour épouser son père. Tous ceux qui ont assisté à un ballet folklorique roumain comprendront cette décision.

Le 15 juin 1960, Michèle Laroque naît à Nice, la presse titre : « Le bébé de la liberté ! » En page 2, on parle d'un concours de boules, en page 3, d'un corso fleuri, en page 4, Max Favalelli présente ses mots croisés. *Nice Matin*, le journal idéal pour allumer un barbecue ! Les Beatles saluent, à leur manière, votre arrivée : « Michèle, ma belle, sont des mots qui vont très bien ensemble. » On reconnaît toute l'élégance du fameux quatuor. Je vous rappelle qu'il en reste encore deux. Qui sera le prochain éliminé ? Vous pouvez encore voter ! Enfance à la roumaine, rigoureuse : danse, tennis, piano. Quand vous faites une fausse note, miss Ravel, votre professeur, vous pique les doigts avec une aiguille à tricoter. En Roumanie, on vous aurait torturée à la gégène. Malheureusement, nous sommes en France, on ne peut pas faire n'importe quoi, Carole Bouquet veille au grain.

À 19 ans, deuxième miracle ! Alors que vous êtes étudiante en sciences éco, un accident de voiture stoppe net vos ambitions. Sortie du coma, vous déclarez vouloir faire du théâtre. Peut-on imaginer le contraire ? Un acteur, sortir du coma et déclarer vouloir faire sciences éco ? Si oui, peut-on inciter tous les comédiens de la série *Sous le soleil* à faire une embardée ?

La suite tient du conte de fées. Cours de théâtre à Nice, montée sur Paris, ascension en haut de l'affiche, vous construisez, année après année, une très belle carrière. Vous nous faites rire, beaucoup… Parfois jaune. Je veux parler, bien sûr, de vos pubs sur les organismes de crédit. Le crédit ! Plusieurs millions de Français endettés, ratissés, humiliés, une vraie torture morale. Ceauçescu aurait certainement adoré. Miss Ravel, aussi ! « Tiens, tu ne peux pas payer, un coup d'aiguille ! » En même temps, quand on soutient les Restos du Cœur comme vous, il faut bien, de temps en temps, amener de nouveaux pauvres, sinon, on tourne à vide ! Tout cela ne m'empêche pas de vous aimer, chère Michèle, vous êtes une belle actrice, rare. J'ai été ravi de vous revoir !

DOMINIQUE LAVANANT

Dominique, vous êtes née à Morlaix en 1944. Pour la petite histoire, Presley est né en 1935. On s'en bat un peu les noix. Père décédé, vous êtes élevée par un cardiologue, homme de cœur. Tous les week-ends, la famille part en balade, au milieu du salon, juchée sur des vélos d'appartement. Ah ! Morlaix en 1944, capitale de la mode et de la fête. Et puis tous ces cardiaques qui viennent consulter à la maison, quelle joie pour une fillette. Y a ceux qui crèvent sur le paillasson avant d'avoir atteint la sonnette. Quand on veut sortir, faut les enjamber, si y en a plusieurs, on joue à saute-mouton. Que d'activités : entre les messes de 6 h 30 et la retraite annuelle au couvent des Filles de la Croix ! Plus tard, vous ferez des cures de mysticisme et de riz complet. Riz plus religion, pensez à boire de l'Hépar, sinon, c'est l'occlusion. Un bonheur n'allant jamais seul : jeune, vous êtes ravissante. Dans votre journal intime – griffonné à la va-vite, pas le temps d'écrire, on s'amuse tellement ! – cet autoportrait : « Je suis maigre, sauvage, tuberculeuse et bretonne ! »

Un physique que vous pourriez planquer jalousement… Grâce à Dieu, la nature est bien faite : à 11 ans, vous mesurez 1,71 m, tout le monde en profite ! Des socquettes blanches, minuscules, accrochées sur des jambes de 1,25 m. On prend de l'altitude : robe plissée, chemisier breton folklorique avec un reste de crêpe au beurre. On arrive au cou, attention au goitre : col difficile à franchir, lunettes de vue (vous êtes myope). L'oxygène se raréfie, on arrive à la coiffure, il neige, certainement des pellicules. Sex-appeal de ouf : aucun jules jusqu'à 21 ans. À physique d'exception, métier d'exception, vous devenez contractuelle à Paris, rue Saint-Denis. Vous êtes la seule qui puisse verbaliser là-bas sans qu'on lui fasse de proposition. Heureusement, mai 68 arrive, vous prenez un pavé et décidez sur-le-champ de faire du théâtre. Formidable thérapie, la petite Bretonne devient jolie, le pavé y est pour beaucoup, les rôles pleuvent, les hommes valsent. Côté caractère, c'est (aussi) la révolution, vous êtes fantasque, lunatique, totalement barrée… Vous ne fumez pas pendant des mois puis grillez une cartouche en trois jours. Même chose avec les hommes : 40 fois dans une journée et après, ceinture ! La biche est pareille, c'est pour ça que le cerf est toujours en alerte. Votre type d'homme : les hyper conventionnels en loden. Stéphane tout craché. Par contre, 40 fois avec lui, n'y comptez pas. Ou alors, faut vous habiller en Élisabeth II, un truc qui l'excite ! Aujourd'hui, Dominique, vous êtes totalement épanouie, vous rattrapez le temps perdu : cours de cuisine, d'œnologie et même cours de majorette. Formidable revanche sur la vie, les majorettes de Morlay avaient refusé votre candidature. Une bourde dont elles se mordent encore les doigts. Pensez donc : 1,71 m, vous auriez été la première à rattraper votre canne de tambour-major ! Bon vent, chère Dominique !

SAMUEL LE BIHAN

Pour vous, amies téléspectatrices, ménagères de moins de 50 ans, pour votre fidélité – 200 émissions depuis septembre –, nous vous offrons, ce soir, la magnifique plastique de Samuel Le Bihan. Votre mari est chauve, ventru, d'ores et déjà affalé dans son canapé, charentaises aux pieds, il rote sa bière en attendant son match. Mesdames, oubliez cette vision d'apocalypse, régalez-vous, le beau Samuel est là ! Faites comme la bonne dans la chanson de Trenet, donnez-vous de la joie avec une passoire : « Canal +, c'est plus de plaisir ! »

Le Bihan, homme parfait. Avant d'être acteur, la bête s'est frottée à tous les métiers. Acrobate et gardien de nuit : ne dort que d'un œil, peut satisfaire sa partenaire à tout moment, dans des positions insensées. Mime et cracheur de feu : parle avec les mains, nique comme le mime Marceau. Enflamme ses conquêtes : quand il vous embrasse, une odeur d'alcool se dégage. Si le vent est contraire : c'est celle du poulet grillé. Jongleur : si vous venez avec une copine, Samuel passera de l'une à l'autre avec une dextérité sans faille ! Le Bihan veut dire « petit » en breton, et pourtant, c'est énorme ! Peut-être Le Bihan loue-t-il ses services comme certaines vedettes du show-biz ? À 8 000 euros la soirée, faites bicher vos copines ! Ne pas trop l'arroser en whisky, vous pourriez regretter vos 8 000 euros. Le Bihan est un bon vivant : Breton d'origine modeste, Samuel s'est emmerdé vingt ans à Plougastel à bouffer des crêpes. Propulsé dans la jet-set comme un éléphant dans un magasin de porcelaine, le petit a faim, très faim, il en profite : soirées promotionnelles, avant-premières, ouvertures de boîtes, fermetures… Gentil, affable : capable de dire à Cathy Guetta que son parfum tue-mouches est une merveille ! Cancre, ancien boxeur, fan de Bruce Lee, prix Jean Gabin… Le Bihan sue la virilité ! Qualifié de Depardieu du XXIe siècle : il lui manque quelques films, des dizaines d'hectolitres de pinard et un triple pontage coronarien. Caractère entier, fier… Bref : Breton… Sur *Le Pacte des loups*, Le Bihan pique une colère parce que sa caravane est plus petite que celle de Vincent Cassel. Oubliant au passage le dicton manouche : « Grosse caravane, petite antenne. »

Mesdames, merci encore de votre fidélité. Si vous souhaitez le portable de Le Bihan, écrivez-nous. Celui qui, en septembre 1999, déclarait dans *ELLE* : « Certains couchent pour réussir, j'ai réussi pour coucher ! » est à prêt à se faire éplucher. Pour une fois, soyez « économe ». À plus tard !

HENRI LECONTE

Mon chien vous adore, Henri ! Quand vous jouiez à Roland-Garros, on se baladait au bois de Boulogne, vous tapiez dans la balle, elle sortait du Central, il courait la chercher, il était comme un fou ! C'était un rituel, je lui disais : « Rex, cet après-midi, y a Riton qui joue ! » Il frétillait de la queue, il jappait ! Même quand vous jouiez à la télé, sur certains services, il partait à toute berzingue à l'autre bout du salon, il dérapait sur le parquet, il rapportait une pantoufle.

Aujourd'hui, il a 18 ans, il est en bout de course, il bouge plus… Il vous ressemble de plus en plus. Ça a été un beau champion, mon Rex, trophée Royal Canin, deux fois finaliste ! Y a un seul truc qui le fait réagir, c'est mon véto qui me l'a montré, il lui dit : « Rex, il est où Henri, il est où Henri ? » Et là, il a une oreille qui se soulève et les pattes qui bougent dans le vide, comme s'il voulait rattraper la ba-balle. Un chien que j'avais abonné à *Tennis Magazine* et qui buvait du Perrier. J'ai voulu vous l'amener, que vous lui fassiez une caresse, un autographe sur la truffe. J'ai peur qu'il vous reconnaisse pas, quand je lui ai montré la jaquette, il s'est mis à grogner ! Il a été adopté... Là-dessus, vous ressemblez au gars de la fourrière. Et puis, il vous en veut un peu, quand vous avez arrêté votre carrière en 1996, c'est là où il s'est bloqué du train... Comme vous ! Vos revers amoureux, vos dépressions... Il a tout suivi. Du coup, j'ai arrêté *Tennis Mag*, je l'ai abonné à *Voici*... Une rasade de whisky dans la gamelle et c'est l'engrenage... Vous connaissez ! Il vous en veut.

Bon, là, ça tombe bien, vous vous confessez, il y sera sensible : *Je voulais vous dire*, aux éditions Plon, on s'en serait douté. « Ensemble, nous avons fait un bon bout de chemin. » Surtout Rex, il a fait des kilomètres ! En plus, les balles, il voulait que je les renvoie dans le Central. Je sais pas si vous avez le souvenir, deux, trois balles baveuses ? C'était Rex ! On le voit, parfois, sur des images d'archives. Vous tapez une balle avant de servir, elle vous plaît pas, vous la balancez... C'était celle de Rex. Je continue ma lecture : « Je vous aimais, mais j'ai souvent été maladroit... » Si vous aviez été adroit, Rex, il ne vous aurait pas aimé ! « Le malentendu toucha des sommets le jour de ma défaite à Roland-Garros. » Rex, c'est son jour préféré, il n'a jamais ramassé autant de balles. Tous les 5 juin, depuis, on part s'allonger dans l'herbe, en pèlerinage. Je le porte... C'est fou comme il vous ressemble. L'année dernière, il s'est amouraché d'une petite épagneule d'un an et demi magnifique... Mais bon, il ne peut plus bouger les reins, il nique dans le vide, c'est pathétique ! Alors, je le couche dans l'herbe et là, en hommage, il entonne la chanson de Balavoine : « Je m'présente, je m'appelle Henri / Hou, hou, hou... » *(Hurler à la mort !)* Rex, Riton, il vous adorait et moi aussi !

YVES LECOQ

Aujourd'hui, nous recevons Yves Lecoquier Dubois de la Vigerie, dit Yves Lecoq. À l'époque, Yves Mapoule était pris par Mourousi. Châtelain, passionné d'antiquités, licencié en archéologie, imitateur de Jacques Chirac. Y a pas de secret : on étudie la préhistoire, les fossiles, les vieilles nippes et on finit par le président. Après l'ouïe, Chirac peut perdre la vue, l'odorat, se momifier comme son prédécesseur, Lecoq est prêt. Pour pouvoir imiter Chirac dans cinq ans, Yves répète tous les jours Jean-Paul II, un bon imitateur du pape peut aussi faire Philippe Bouvard en train de rire.

Grand professionnel, Lecoq travaille à l'américaine : avant d'imiter Tapie, il fraude le fisc. Pour incarner Stéphane Bern, il achète des châteaux et s'y promène en chaise à porteurs. Il habite le personnage. Cet été, sur la route, il écrase volontairement une mère canard et ses cinq petits. Le soir, il appelle Les Guignols : « Ça y est, leur dit-il, je sais imiter Fogiel ! » Le revers de cette méthode existe : Yves ne boit pas, jamais il ne s'écroule raide bourré dans les douves de son château. Pour cette raison, il est incapable d'imiter Régine. Avec un QI normal, des personnages comme Steevy, Bataille et Fontaine restent inaccessibles. Malgré ses limites, l'homme aux 120 voix reste un phénomène. À 6 ans, il imite parfaitement Gréco, Bécaud et Charles de Gaulle. Il perd ses dents de lait, physiquement, il pourrait imiter Joey Star… En 1969, de Gaulle meurt, Yves perd sa meilleure imitation. Inconsolable, il reste alité trois jours, son imitation du général mort est époustouflante. Lecoq aime ses clients : quand Clo-Clo disparaît, il reste trois jours dans sa baignoire. Mitterrand, Marchais, Bérégovoy… Certaines périodes furent très dures. À 6 000 euros la marionnette, Canal + aussi fait la gueule ! Seul dans ses châteaux, Yves vit dans une angoisse permanente : « Comment vont ses voix ? » Si l'une tombe malade, il perd la sienne. Cet été, au mois d'août, on le vit souvent devant l'Élysée, demander si le président s'était bien hydraté.

Sa grande angoisse reste PPDA. Une fois Les Guignols terminés, Yves se précipite à TF1, prendre des nouvelles de l'original. Récemment, il a acheté 5 000 exemplaires de son dernier livre, pour que PPD garde la pêche ! L'œuvre pourrit dans une des pièces du château. Il y a aussi la pièce Johnny Hallyday : bourrée du dernier album, la pièce J.-P. Foucault, etc. La place manque, Yves achète des châteaux, jamais un sou devant lui : l'horreur ! Alors, le soir, tout seul dans la salle des gardes, il fait son imitation préférée : le chevalier Bayard. Elle ne fait rire que lui, mais au moins, celle-ci ne lui coûte rien !

LINDA LEMAY

Linda, on a souvent dit de vous que vous étiez une Céline Dion avec un cerveau et un sexe. En tout cas, vous nous avez réconciliés avec toutes ces voix québécoises, plus proches d'une alarme de voiture qu'autre chose. Dion, Boulay, St-Pier… Il était temps que vous arriviez !

Sur votre vie privée, motus. Vous êtes née à Port-Neuf au Québec, une famille à la Tchekhov : trois sœurs. Un père qui ne trompait pas votre mère, vous le dites : tous les soirs, il rentrait à cinq heures moins cinq. Il serait rentré à cinq heures, il aurait probablement tiré des dizaines de gonzesses. En France, vous vous êtes intégrée très vite grâce à la célèbre méthode : « Je couche avec un imitateur. » Savoir qui est qui en vingt galipettes. Le lundi soir, au lit, Laurent G.[1], pour ne pas le citer, vous faisait Julien Clerc, c'était le pied. Le mardi soir, Yannick Noah… Faut assurer physiquement, mais quand on le tient, c'est magnifique. Le mercredi soir : Fabrice Luchini… Plus cérébral *(Imitation Luchini)* :

1. Laurent Gerra.

« Linda Lemay, c'est vrai que c'est pas facile… La fille est une intello, en plus, elle est spirituelle. C'est rarissime. Est-ce qu'on se tire tout de suite sur le nœud, ou est-ce qu'on discute ? Si c'était Céline Dion, on ferait quelque chose de buccal, ça l'empêcherait de chanter, mais là, Linda Lemay, c'est énorme ! » Le jeudi soir, soirée Jean-Pierre Coffe. On bouffe bien, mais après, c'est la punition. Le vendredi soir, soirée Jean-Paul II, un amour tout en saccades, un côté montagnes russes très rigolo. Samedi soir, classique : Laurent est lui-même. Quand il jouit, on dirait Lara Fabian, mais c'est involontaire. Le dimanche soir, ceinture. Lolo est fatigué, il ne vous touche pas : soirée Stéphane Bern.

Sinon, Linda, j'ai parcouru les textes de vos chansons. Pour vous plaire, il faut aussi ronfler : « Est-ce que tu t'es fait greffer entre la gorge et le nez un broyeur à déchets ? / Bander mou comme un vers à pêche et être infidèle, si possible avec des professionnelles. » Moi, pour l'instant, je ronfle et j'imite un peu Luchini. Pour le reste, je vous promets de faire des efforts !

LIO

La bio de Lio est sortie. À son propos, vous dites : « Je ne veux pas qu'on assimile mon livre à ceux des people qui déballent leur vie. » Aucune chance, je vous rassure tout de suite ! Qu'est-ce que c'est que cette parano ? Vous, y a une tenue, un fond, c'est de la vraie littérature, presque classique. Un peu chiant même, j'aurais aimé que vous vous lâchiez plus !

Bon… Naissance au Portugal, vos parents se déchirent, vous fuyez en Belgique. Fuir son pays pour la Belgique, ça paraît impensable… Des Portugais l'ont fait ! Premier flirt à 13 ans, dans une cage d'escalier, juste un patin. Vous coucherez à 17… C'est hyper tard ! À 18 euros le bouquin, vous auriez pu coucher plus tôt ! Très vite, dites-vous, j'ai su que j'avais un clito, je me suis donné du plaisir avec… Et aucune photo du clito… Nulle part ! On aurait pu faire un petit marque-page avec, quelque chose. Vous nous alléchez et derrière, vous ne confirmez pas. Bon… Vous avez échappé à un plan à trois avec Chamfort et Gainsbourg. Enfin Gainsbourg, vu son état… il aurait tenu le Caméscope… Premier Olympia, vous étiez enceinte de cinq mois, on a crié au scandale ! Carlos aussi enchaîne les Olympia depuis vingt ans, sans jamais accoucher ! Non, c'est un vrai bouquin d'auteur… Quand vous dites : « Au lit, Michel Blanc est sexuellement intéressant », ça éclaire totalement sa carrière. On revoit ses films, on goûte ses répliques. « J'ai les dents qui poussent », par exemple, maintenant qu'on sait que Michel à un braquemart « ça-comme », ça prend une dimension incroyable ! Merci, Lio ! Là, Stéphane a des sueurs froides, il se dit : « Si jamais quelqu'un édite mes pannes sexuelles, je suis cuit ! "Pine de cochon d'Inde", faut surtout pas que ça sorte ! »

On reste sur sa faim, Lio ! Vous dites : « Chamfort est radin. » Par contre, est-ce qu'il transpire des pieds, on ne sait pas ! Ce sont des trucs, ça peut vous coûter le Goncourt ou le Femina ! Alors, un défaut quand même, je suis critique, je cherche la petite bête. Peut-être un peu trop intello à mon goût. Mais ça vaut le coup de faire un effort. On se force un peu la main, on se fait violence… Et après, on ira sur des choses plus pointues, comme l'autobiographie de Greg le Millionnaire, ou le très beau *Miette* de Loana. Quand elle raconte son suicide au liquide vaisselle. Pour moi, ce passage, avec le *Journal* de Jules Renard…, est l'un des grands moments de la littérature française. Merci, Lio, à bientôt !

LOANA

Loana, votre nom de famille, c'est Petrucciani, comme le pianiste. Sauf que vous, vos attributs sont très développés. Si vous étiez un tableau, vous seriez un Botéro. Petrucciani, lui, était plus proche d'une compression de César. Vous aimez les arts plastiques, vous vous êtes fait refaire les seins. 5 500 euros les deux ou 3 000 euros le sein. On conseille quand même de faire les deux. Attention, toutefois, à l'impôt gros sein qui pourrait venir remplir les caisses. L'impôt petite bite, vu qu'il frapperait une grosse partie du gouvernement, n'est pas d'actualité. Vos mensurations : 93, 60, 90, si vous voulez jouer au loto, c'est le moment. Numéro complémentaire : 140, c'est votre QI. Le plus haut du *Loft*… Y avait les candidats, les poules et vous. Le deuxième rescapé du *Loft,* c'est Steevy. Aujourd'hui chroniqueur littéraire chez Ruquier. Au train où vont les choses, demain il animera *Campus* !

Une enfance difficile : une tentative de suicide ratée au liquide vaisselle. Pour se supprimer au liquide vaisselle, faut boire beaucoup d'eau et courir. L'idée, c'est que ça mousse. Dès que la mousse sort de vos oreilles, c'est bon signe. Ce sont des petits trucs à savoir. Vous quittez l'école en seconde. Pour payer votre loyer, vous faites des strip-teases, 400 euros la nuit. Aujourd'hui, vos tarifs frôlent les 9 000 euros. Quand un sein passe à la télé, sa valeur est multipliée par dix. Sauf s'il appartient à Arlette Chabot. Et encore, je suis sûr que des boîtes de nuit tenteraient volontiers l'expérience.

Signalons que votre biographie s'est vendue à 100 000 exemplaires, à égalité avec celle de Bernadette Chirac. Bernadette qui pourrait prochainement montrer ses seins lors d'un spécial Halloween. Loana, on le sait moins, mais vous avez contribué à relancer la danse aquatique en France. Grâce à de très belles figures réalisées avec Jean-Édouard, dans le bassin de la Plaine-Saint-Denis. Huit millions de téléspectateurs, un record pour un sport qui, d'habitude, plafonne à 300 000. Merci et bravo !

SERGI LOPEZ

Sergi Lopez avec un « Z ». Avec un « T », ça fait Sergi Lopet et c'est plus le même film ! Je vais faire des jeux de mots hyper simples, Sergi. Je suis le *Berlitz* de l'humour. À la moindre difficulté, vous levez la main. Je reprends la vanne, on est là pour progresser. Votre français s'améliore. Je regarde encore vos films en DVD, avec les sous-titres en français pour comprendre ce que vous dites. Mais j'irai bientôt vous applaudir en salle. En tout cas, merci à nos amis malentendants qui, tous les jours, nous font découvrir de nouveaux acteurs !

Sergi, vous êtes né en Catalogne en 1965. Père électricien chez Pirelli, fabricant de pneus… Un métier qui gonfle rapidement. Mère vendeuse de tissus au magasin Ricard. Chez Ricard, les tissus sont moins chers, mais coupés de travers. Ça, c'est une vanne *Berlitz* deuxième année, on monte en puissance. Cancre notoire, aucune passion : petit, vous vous pétez l'orteil gauche en allant à la plage. Ado, vous n'avez aucune ambition, heureusement qu'on a cette histoire d'orteil à se mettre sous la langue… Vanne pour contorsionniste ! J'aurais pu, dites-vous, devenir livreur de Butagaz, un métier physique, ça ne m'aurait pas déplu. « Vous changez ma bouteille, Mr Lopez ? Mme Lopez va bien ? Et les petits Lopez ? Vous avez vu, le Barça a marqué hier ? But de Lopez, un lope, un lope magnifique, il a lopé Ramirez ! Elle est bien votre salopette, Mr Lopez, vous l'avez commandée dans le Catalogne de La Redoute ? » Cette vanne-là, même chez *Berlitz*, ils ne la prennent pas. Livreur de Butagaz, c'est bien. En plus, si vous boitez à gauche, vous portez à droite… Ça vous permet de marcher normalement. Faudrait peut-être souffler l'idée à Serge Lama ? Chanter avec une bouteille de gaz sur l'épaule, chorégraphie tchétchène. *Berlitz*, dernière année. Vous êtes fin prêt pour un poste de chroniqueur à Canal.

FABRICE LUCHINI

La vie d'un surdoué de la parlotte n'est pas toujours rigolote. Bruno Mazure m'a écrit cette rime et je l'en remercie ! À l'âge de 10 mois, alors qu'un enfant normal commence à peine à gazouiller, Luchini récite des pans entiers de *Oui-Oui et le Gendarme (Imitation Fabrice Luchini)* : « Oui-Oui allume le feu dans la cheminée et les flammes illuminent la maison champignon, c'est extraordinaire cette maison champignon, tout le génie de Blyton consiste à nous faire croire qu'une maison champignon existe ! Imaginez que le champignon soit vénéneux, Oui-Oui le bouffe, crève, c'est toute une génération d'enfants traumatisés, des exclus, c'est énorme ! » Coups de pied, morsures de ses camarades de crèche, Luchini agace ! D'abord émerveillé par les prouesses du petit Fafa, les parents Luchini déchantent : l'enfant déclame du matin au soir ! On lui achète des tétines, Mme Luchini porte des boules Quies : en vain ! À 5 ans, Fabrice accroche dans sa chambre son premier poster de Bernard Pivot.

Inapte au système scolaire, Luchini quitte l'école pour devenir garçon coiffeur dans un salon du 16e. Il manie le ciseau comme il parle, toutes les clientes sortent coiffées à la Anne Roumanoff. Débuts au cinéma en 1970, Luchini croise Labro, le film est décoiffant, c'est le mot, puisque très vite, Fabrice retourne à son salon. Période de vaches maigres, alternance de panouilles et de petits boulots, Fabrice ne peut s'empêcher de tchatcher. Livreur de pizzas, il crée un nouveau concept : la « Pizza 2 jours ». Arrivé le vendredi soir chez vous, Fabrice n'en repart que le lundi matin. Tous les boulots où il faut être concis lui sont interdits. Présentateur météo : Luchini, sorte de Gillot-Pétré sous Prozac, prend l'antenne à 20 h 50 et ne la rend qu'à 23 heures. Dépanneur pour les ascenseurs Otis. Coincé au 6e, un type réclame de l'aide, Luchini répond. S'ensuit l'intégrale de Céline, Nietzcshe et Flaubert. Le type meurt sept jours plus tard, totalement déshydraté ! Quand il cognait contre la paroi, Fabrice croyait à un rappel.

1972, date clé dans la carrière de Fabrice, c'est la rencontre avec Rhomer. Quand un cinglé rencontre un autre cinglé, qu'est-ce qu'ils se racontent ? Cinq films ! Fabrice devient l'acteur français le plus disert. Nous manque, aujourd'hui, le Fabrice écrivain. Quand on vous entend parler, on n'a qu'une envie, c'est de vous lire. À quand une autobiographie ? J'ai les premières lignes à vous proposer, elles sont de vous : « De 14 à 18 ans, j'ai passé tellement de temps à me tirer sur la tige, qu'on m'a envoyé en sanatorium ! Je n'avais que huit de tension. » Je voulais ajouter quelque chose sur Stéphane Bern. *(Imitation Fabrice Luchini)* : « Quand on pense, au départ, que vous avez eu le physique que vous avez eu, le fait d'être associé à des émissions ahurissantes telle *Sagas*, sorte de Frédéric Mitterrandienne bizarre : “Bonsoir, ce soir, retrouvez Stéphane Bern !”, je me suis dit : cette société est assez riche, elle offre à Stéphane Bern une deuxième chance sur Canal +… Avec cette coiffure totalement insensée, à croire que c’est moi qui vous ai peigné, ce costume d’un autre âge, est-ce que c’est un double rideau, d’où ça vient, on ne sait pas ? En tout cas, accrochez-vous, c’est un espoir pour tous les désespérés, on peut y croire quand tout est perdu, la preuve… Je suis très content d’être venu, merci ! »

BENOÎT MAGIMEL

Magimel ne dit rien, Magimel le secret, le taciturne. Magimel : cauchemar des journalistes ! Tout ça, c'est de la foutaise ! Passionnante, oui, passionnante vie de Benoît Magimel, né à Paris le 11 mai 1974. Un mois plus tôt, Georges Pompidou mourait à son domicile, au 24, quai de Béthune. Je vous donne l'heure, ce serait dommage de ne pas se faire totalement plaisir, il était 21 heures. « À chaque fois qu'on me serre la main, disait-il, j'ai l'impression qu'on me tâte le pouls. » Rocco Siffredi dira sensiblement la même phrase. Mais revenons à ce passionnant mois de mai, où Benoît Maurice Raoul François Magimel voit le jour. Je vous ai rajouté trois prénoms, ça me fait une ligne de moins à écrire. Passionnant mois de mai, où les jours s'allongent : « Comme on voit sur la branche au mois de mai la rose, en sa belle jeunesse, en sa première fleur, rendre le ciel jaloux de sa vive couleur, quand l'aube de ses pleurs au point du jour l'arrose. » Et dire qu'il y a des gens qui ne savent pas quoi écrire sur Benoît Magimel ! Dire que certains auraient préféré Jean Reno ! Teint en blond pour raisons professionnelles, le bel Andalou n'a pas pu venir… Difficile de défendre un film d'action… quand on ressemble à Michou. Chabrol lui a dit : « Vous ressemblez à John Wayne. » Chabrol : ancien cinéaste, aujourd'hui chroniqueur chez Fogiel. Une canicule qui ne cesse de faire des victimes. Mais revenons à ce passionnant mois de mai 1974, où Benoît arrive, normalement, par la tête : physique irréprochable. Enfance heureuse : mère infirmière, père employé de banque. L'une pique les clients, l'autre les ponctionne.

Premier film en 1988, passionnante année 1988 : *Maguy* est à la télé, *Joe le Taxi* sur les ondes, Piccard est médaillé d'or. Skieur reconverti dans les surgelés. C'est pratique, une *Chronique du XXe siècle* quand l'invité vous inspire ! Si Magimel n'a pas de vie propre, c'est qu'il incarne ses personnages. Après *La vie est un long fleuve tranquille*, très tranquille – entre deux ricochets, faites un papier drôle sur Magimel –, il rate sa scolarité et devient punk. Pour jouer un mineur polonais, il s'installe en Lorraine… À l'hôtel Mercure, tous les soirs, il descend à la cave et attend le coup de grisou. École Pacino, De Niro, Jean Reno… Jean Reno, blond platine qui, après les *Rivières pourpres 2*, prépare *La Cage aux folles 4*. Pour jouer Musset, Magimel lit toute son œuvre et emménage avec George Sand, *alias* Juliette Binoche. Magimel… Mage, e-mail-moi une idée sur Benoît ! Magi Magi et vos idées ont du génie. Magi Magi et mon papier est fini. Voilà, j'ai essayé de trouver une conclusion aussi con que le début, c'est chose faite.

NOËL MAMERE

Noël, je suis ravi de vous rencontrer, vous et moi, on est du même moule : on parle, on s'emporte, on dit des conneries… Et le lendemain, on s'en aperçoit ! Sagittaire tous les deux, chez nous, offrir est une tradition, la saloperie est emballée, enrubannée : « Tiens, prends ton paquet, c'est cadeau ! » Avant toute chose, tapez un gros bécot à Dominique Voynet de ma part. Elle et moi, ça a été une vraie fusion, un peu comme la mouette avec le mazout. La mouette, c'est elle… Enfin, une bécasse qu'aurait frayé avec une dinde. Même le chasseur qui sommeille la laisserait s'envoler.

Né un 25 décembre, vous êtes baptisé « Noël », idée follement originale de vos parents. Signalons l'histoire de cet enfant prénommé « Défunt », mort-né un 2 novembre ! Imaginez les cadeaux : fête, anniversaire et décès ! Trois couronnes le même jour… Heureusement, ses parents étaient fleuristes ! Les vôtres étaient chausseurs à Libourne, vous chaussez tous les invendus : sandales l'hiver, bottes fourrées l'été. Conciliant, Noël trouve toujours chaussure à son pied. Une habitude qu'il gardera en politique, passant de Chaban à Lalonde pour aller chez

Tapie. On dit qu'il retourne sa veste, il répond : « Je change de pompes ! » Léger remords pour sa période Tapie, en même temps, un tapis, pour ce fils de chausseur, quel bonheur d'y décrotter ses semelles ! Adolescence tranquille, à 20 ans, Mamère fait pousser sa moustache… (La mienne aussi, mais elle en a 70) Il gratte la guitare et copine dans le show-biz. Antoine immortalise l'instant : « Ma mère m'a dit fais-toi couper les cheveux ! » Réformé pour pied creux, Noël compose avec… des chansons plates qu'il offre à Arielle Domsbale. Au niveau des dégâts dans la couche d'ozone, une vocalise poussée par l'actrice équivaut à trois aérosols ! Plume d'exception, Mamère devient journaliste au *13 Heures*. Mamère, Mazure… tous ces grands de la littérature passés par le même chemin ! En 1986, l'idole des mamies, Mamère… quitte le JT pour la politique. Bien sûr, de temps en temps, il revient dans la petite lucarne, le grand dadais, mais toujours dans la partie bêtisier du JT, la gaffe du jour… Dès qu'il parle, on chuchote : « Oh, c'est un ancien de la télé, imaginez Arthur, président de la République ! » Le principal, c'est qu'il soit écolo… Lui, l'ancien prix de camaraderie… Chez les Verts, il doit être comme un poisson dans l'eau ! Un poisson mort, ventre à l'air parce que l'eau de la centrale est trop chaude. On adore les Verts, leur lutte… Surtout quand nos enfants sont hospitalisés, à deux semaines, pour cause de brionchiolite… Là, c'est vrai que le fauteuil de madame untel, on s'en bat un peu les noix ! Mon Dieu, pardon, cher Noël… C'est le syndrome du Sagittaire, je vous avais prévenu… Mes paroles ont dépassé ma pensée ! Demain, je vais le regretter, mais bien sûr, ce sera trop tard.

FREDERIC MICHALAC

Troisième rugbyman de la saison. J'ai épuisé toutes mes blagues ! Bon, allons-y, Michalac… Michalac, on dirait une marque de chocolat. Naissance : octobre 1982, mariage prévu cet été… On s'en fout. Poids : 80 kilos. Galthié en faisait 79. On recherche un rugbyman de 81 kilos pour une émission en juin, nous écrire. Poste : demi d'ouverture, ouverture complète, fermé le dimanche… On s'en tape ! Nombre de sélections : 22. La prochaine fois, ça fera 23. Numéro de maillot : 10, c'est vous qui tirez les penaltys… *(Rire con)* Si vous avez plus drôle… nous écrire ! Actualité : sortie du livre *Les Dieux du stade. (Montrer le livre)* On se rince l'œil ! Alors, à propos de votre photo dans le calendrier 2003, vous dites : « On a beaucoup jasé sur sa symbolique homosexuelle, c'est une photo avec un ami d'enfance, c'est normal de le tenir comme ça. » Rassurez-vous, Crunch… Michalac pardon. On a tous joué à touche-pipi avec un ami d'enfance, tous ! Sans éprouver après le besoin d'en faire un calendrier, mais on l'a fait ! C'est du passé, Fred en plus, vous vous pacsez cet été, terminé ! Bon, Lindt… Palmarès : « Trophée du meilleur sportif toulousain remis par des journalistes de la ville rose *(Ton très efféminé)* : "Tiens, c'est ta coupe !" » C'est facile, ce genre de plaisanterie, je suis d'accord avec vous. Là, je lis : « J'adore la chanson *Tous soudés*, elle me rappelle l'esprit du rugby. » Sans commentaire. Tous les sports c'est pareil, Côte d'Or ! La natation synchronisée : vous avez cinq filles dans l'eau qui surnagent, tout d'un coup quatre disparaissent dans les profondeurs. Et vous en avez une qui reste comme ça, en surface, l'air ravie. À votre avis, en dessous, qu'est-ce qui se passe ? Vous avez raison, Noir Dessert, de vous énerver ! Y a des trucs très virils dans votre CV : père maçon. La casquette, la boîte à outils, le marteau… C'est les Village People. Adolescence : Michalac brille partout, Taekwondo le lundi, judo le mardi, rugby le mercredi, foot le vendredi. Qu'est-ce que c'est que ça ? Macramé le lundi, broderie le mardi, cerceau, corde à sauter, coloriage… Qui c'est qu'a mis le CV de Bern sur mon bureau ? Quoi d'autre ? « A défilé pour Christian Lacroix, porte des diamants aux oreilles, un tatouage tribal sur la hanche. » Ça, c'est top viril. Par contre, si vous faites le contraire : tatouages aux oreilles, diamants sur les hanches. C'est l'école Orlando, on défile en fourreau : « Ça brille, ça pétille, ça scintille ma brindille ! » C'est un papier sur le rugby, je dis ça pour ceux qui le prennent en cours. Alors attention, là, ça ne rigole plus : Fabien Galthié vous accuse d'être une *fashion victim*. C'est dans *Le Figaro*. Vous répondez… C'est hyper violent, si y a des enfants, des personnes sensibles *(Ton très efféminé)* : « Il dit ça parce qu'il est jaloux, lui, il a une coupe de cheveux du troisième âge ! » Et toc ! Est-ce qu'il y a eu un coup de peigne dans les vestiaires, c'est pas dit.

En tout cas, il est bon de rappeler que ces hommes sont des tueurs, ils font un métier de tueur et, à tout moment, ils peuvent redevenir des bêtes sauvages. Merci !

MICKEY 3D

Mickey 3D, bonjour. Stéphane Guillon… Sans D ! Aujourd'hui, je viens pousser un coup de gueule : pendant des années, on s'était habitués à écouter de la merde. D'abord, avec les Boys Band : les 2Be3, Alliage et compagnie. Des chorégraphies nulles, des paroles à la hauteur… ce qui est assez rare. Généralement, y a toujours un truc qu'est mieux et là, non ! Ensuite, on a eu la *Star Ac'*, *Pop Star*, on s'y était fait ! OK, ma fille aime Nolwenn, mon fils Obispo. Je l'accepte… Natacha St-Pier se tape Garou : très bien ! S'ils font un enfant, on imagine les goûts musicaux du petit. Peut-être naîtra-t-il sourd, la nature est parfois clémente. Dès les premières vocalises des parents, le fœtus, de lui-même, bloque le développement de ses tympans. *(Porter les mains au niveau des images)* On était peinard, on écoutait de la merde, on en achetait aux enfants : « Tiens, c'est le cartable de la *Star Ac'*, je t'accompagne à l'école, mais tu ne dis pas que je suis ton père, OK ? » On s'endormait devant *Chanson n° 1*, une main dans le calbute, l'autre sur la télécommande, la position du mélomane : classe ! On était heureux.

Et voilà qu'une bande de bouseux stéphanois, les Mickey 3D, *live* à Saint-Étienne, album enregistré à Écotay-l'Olme (Une minute d'arrêt, l'Olme !) débarquent ! À un moment, j'ai eu un espoir, je me suis dit : c'est certainement la nouvelle émission de TF1, *La Ferme Célébrités*, Jean-Luc Lahaye fait la barrière, les 3D : un cœur de dindons… Eh bah, pas du tout, c'est un vrai disque, avec des textes à l'intérieur ! Sujet, verbe, complément. Y a un sens, une poésie… Les gars, quand ils ont enregistré, ils se sont dit : « Eux, on va vraiment les faire chier ! »

Maintenant… Faut se réhabituer à écouter, merci ! L'album n'est pas tombé dans les mains des enfants, c'est heureux ! Ma gamine, grâce à la pollution, elle fait des otites à répétition, maintenant, elle porte des Yo-Yo, elle chope un mot sur trois… Laurie, elle adore ! Si c'est Mickey 3D, elle va comprendre qu'elle est sourde ! Déjà, la semaine dernière, on a eu une alerte : César, mon grand, me dit : « C'est qui Brel, papa ? », il s'est pris une torgnole, je pense qu'il a compris ! Le pire avec les « Mickey font chier ! », c'est que ma femme veut racheter une chaîne. Ça fait dix ans qu'on écoute la musique à la télé… Et là, Madame veut acheter une chaîne ! Un CD enregistré à Saint-Étienne, aucune chaîne moderne n'acceptera de le lire. Bon, je vais amener les gosses au Mc Do. Y en a un en bordure du périphérique. Si jamais la musique devient bonne, qu'ils continuent à manger et à respirer de la merde ! Qu'on n'ait pas tout réussi, c'est ça qu'est important. Salut, Mickey 3D. Ils sont où les deux autres, les 2D, ils sont pas venus ? *(Rire idiot qui s'arrête brutalement)* C'est pas grave !

EDDY MITCHELL

Est-ce que votre femme a retrouvé son chat ? J'ai entendu un truc à la radio : « C'est la mère Mitchell qu'a perdu son chat ! » Je me suis inquiété pour vous. Eddy, dans le magazine *VSD*, vous déclarez : « Mon arme favorite, c'est l'humour noir ! » On va être copains tous les deux ! En tout cas, de mon côté, pas de « lèche-bottes blues », n'ayez crainte ! Votre vrai nom, c'est Claude Moine, pseudo : Eddy Mitchell. Porter un nom américain a été à la mode au siècle dernier. Ringo, Mike Brant, Johnny… La liste des victimes est longue. Attention, les rappeurs font la même boulette. Imaginez le Doc à l'hospice : « Allez, Mr Gynéco, on finit sa purée ! » Heureusement, vous, on peut vous appeler Schmoll… Pour manger sa purée, c'est mieux. En plus, souvent, les infirmières, les noms, elles les écorchent : « Brigitte, t'as une friandise pour Duchmol ? C'est la première fois qu'il mange sa purée sans chanter *Be bop a lula* ! » Ma mère, elle, vous appelle Synthol, dès qu'elle va mal, elle met votre musique. Toujours été fan, même en 1980, quand votre choucroute était plus grosse que votre tête. On pensait que c'était la télé, papa tripotait le contraste.

Alors, vous êtes notre deuxième rockeur de la saison. Le premier, c'était Dick Rivers. Physiquement, sa banane n'a pas bougé… Le reste n'étant pas tenu par de la gomina, vous imaginez le tableau ! Eddy, enfance heureuse, pas trop schmoll, père fou de cinéma : en Belgique, pour voir un film interdit aux enfants, il vous fait passer sous l'imper d'un ami. Le mien m'a toujours dit de ne pas traîner sous l'imper de ses potes… Scolarité nulle, débuts musicaux à 14 ans. À 18, Barclay, sous contrat avec une marque de chaussettes, vous baptise les Chaussettes noires. Vous auriez pu vous appeler les « Slips kangourous », avec une poche devant pour ranger son instrument… À quoi tient une légende ? Sur votre vie privée : motus, un grand-père chauffeur de bus, basta ! Deux mariages au compteur, seulement ! Pitoyable pour une star du rock. Léger problème de boisson, trois fois rien, vous avez publié un livre de cocktails… Faut déjà être à jeun pour l'écrire. Quand vous buvez un scotch, vous balancez les glaçons par la fenêtre, sans vous soucier des passants. Pour se prendre un glaçon d'Eddy sur la tronche, certains fans feraient des kilomètres. Johnny fait bien pipi par sa fenêtre. Problème de lunettes : elles sont terribles, mais quand tu les trouves pas, t'es emmerdé ! Jojo habite en pavillon, les chiens sont prévenus. Eddy, c'est aussi un look intemporel. Vous êtes aux santiags ce qu'Antoine est aux chemises hawaïennes… Quand vous allez au musée Grévin, le conservateur déclenche l'alarme : « Remettez la statue de Mr Mitchell en place, s'il vous plait ! » Eddy, c'est aussi *La Dernière Séance*, vous avez bouleversé mon adolescence et je vous en remercie. Le coup des deux gonzesses qu'on emmène au ciné sous prétexte de voir le film… et qu'on tripote dans l'obscurité… Je vous en serai éternellement reconnaissant. Rock'n roll attitude. Merci !

JEAN - PIERRE MOCKY

Papier joué à la manière de Mocky quand il tourne…

Bon, allez, on tourne, les enfants, c'est une émission de merde, on va pas y passer la journée, on torche le papier et on rentre ! Bon, c'est qui l'invité aujourd'hui ? Mocky ! Il est où son CV au con ? Eh bah, files-le-moi, qu'est-ce que tu branles ? On perd du temps là, les enfants, on TOURNE ! Le ravi de la crèche, il est là ? Bern ! Tintin au pays des têtes couronnées ! Est-ce qu'on peut me répondre, bordel ? Eh bah, s'il est là, on tourne ! Ah, je l'avais pas vu le transfuge de *Sagas*, il a le charisme d'une huître, il viendrait pas, personne le noterait ! Elle est où mon assistante, celle qui me suce ? Elle est en RTT ? On prend pas de RTT quand on me suce, c'est quoi cette histoire ! Allez, on tourne ! Le costume de Bern, c'est immonde… Ah ! C'est un prêt… Si c'est un prêt, c'est magnifique, ça coûte rien, c'est somptueux ! Allez, on TOURNE ! Il vient pourquoi le polack, Mokiejewski[1], c'est son vrai nom, il vient pourquoi ? Il sort

1. Mokiejewski, vrai nom de J.-P Mocky.

ses films en DVD. Attends, ça fait trois entrées en salle, il les sort en DVD… Qu'est-ce qu'il nous emmerde ! À la Fnac, ils vont te foutre ça dans une poubelle, dans 15 jours, tu les as gratos !

Bon, Mocky… Le cinéma, sa carrière, tout ça on s'en branle. « Son père inventa une foreuse baptisée Mocky. » Quand on sait qu'on vous attribue 600 maîtresses… Toutes séduites avec le même foret ! Vous méritez une statue au BHV. « Après Moby Dick : Mocky nique ! » C'est qui qu'a écrit cette merde ? Si c'est Guillon… faut qu'il aille travailler au Théâtre des Deux Ânes, les jeux de mots à deux balles, ils en sont friands ! On va pas récupérer tous les tocards du café-théâtre, y a déjà les sketchs plateau, ça suffit ! Allez, on y va ! « 44 films réalisés, 600 maîtresses, soit 14 par film. On dit Mocky couche avec ses actrices, c'est pas tout à fait vrai, il les trompe aussi ! » C'est pas mal ça, c'est mieux… Je veux du cul, tout ce qu'est cul, faut le mettre au Stabilo ! Je vous ai apporté des œufs durs pour ce soir, c'est un par personne, on crève pas le budget, il me faut de l'argent pour mes putes. On tourne où, là ? Boulogne ! Y a des putes ? Faut m'en trouver s'il y en a, allez, on TOURNE ! « Mocky : une sexualité démarrée très tôt : petit, vous dormez avec un ourson vivant. » Le grand fantasme de J.-J. Annaud. « L'ourson grandit, on les sépare ! Mocky noie son chagrin dans les études et devient le plus jeune bachelier de France… » Qu'est-ce qu'on s'en branle ! « Puis maquereau sur la Croisette. Vous rabattez des filles pour les touristes. Sur la même plage, Pasqua vend des esquimaux. Pour une pipe que vous monnayez, Charles doit fourguer dix cônes. Écœuré, il délaisse la crème glacée, ne garde que le bâton et devient 1er flic de France ! » C'est bien ça, y a du cul ! Mocky rencontre

Visconti, 1ère phrase : « Il n'est pas question de m'enculer, je n'aime pas ça ! » Bah, voilà, ça, c'est classe… Il est bien ce Mocky finalement, il est sympa. Tu me fais penser, je vais partager ma pute avec lui. Bon, allez, papier terminé, j'ai fait mon temps… Je vais chercher mon chèque. Canal, ils sont pleins de thunes ces enculés, faut les saigner. Allez, on coupe !

PIERRE MONDY

Il y a des nouvelles qui réjouissent, d'autres qui attristent… Pierre Mondy arrête la série *Cordier, juge et flic…* Excusez-moi. Un temps, on a pensé prolonger l'aventure, ça se serait appelé « Cordier, juge et… rien ». Très con, mais bon, c'est sur TF1, ça pouvait marcher ! Des flics de 79 ans, après la canicule de cet été… « Stop », a crié Mougeotte !

Pour cette raison, *Navarro* vient d'être arrêté. Ses chemises étaient tachées, dès qu'il tirait, même à blanc, y avait des blessés. Et puis sa fille qui continue à l'appeler « Dada » alors qu'elle commence elle aussi à boiter, ça devenait grotesque. Les tournages viraient au cauchemar. 9 heures : aller chercher Mr Hanin à sa maison de retraite. Il nous accueille en pyjama, l'infirmière se fâche pour qu'il s'habille. Aujourd'hui, il veut faire tourner Ginette, 87 ans, qui a connu Arletty. 10 heures : grâce à une boîte de pâtes de fruits, Hanin renonce à Ginette. Départ pour le studio. « Sans dentier, glisse-t-il à l'assistant, la bouche de Ginette, c'est un régal ! » La journée va être rude ! 10 h 10 : Hanin veut qu'on s'arrête à l'Élysée saluer Mitterrand. Nous sommes en 2003…

Alzheimer ! On lui passe son scénario : « *Navarro* ! Quel titre original, s'exclame Hanin. Certainement un premier film. Qui fait la mise en scène ? » Aujourd'hui, tournage du 250e épisode. Navarro en a marre ! Il n'est pas le seul ! Arrivée sur le tournage et présentation des comédiens… Comme tous les jours ! « Qui sont ces ringards, j'avais demandé Ventura et Paul Meurisse ! Ah ! Signoret, comment vas-tu ? » En vérité, c'est Catherine Allégret, sa fille, qui joue la confidente. Elle a l'habitude, elle lui dit que « Montand va passer » et le complimente sur ses mules. Du coup, Hanin commence à la chauffer. Un malade d'Alzheimer qui prend du Viagra, c'est extrêmement dangereux. Il en prend, oublie qu'il en a pris et en reprend ! Des érections « Rocco-siffrédiennes » et l'artère finit par lâcher ! À cet instant, Mougeotte débarque : « Il faut arrêter les vieux flics à la télé, c'est insupportable ! / Et Pierre Mondy, patron ? / Il est plus frais, mais pas beaucoup plus ! Hier, il est arrivé en Damart en plein mois d'août. Deux heures après, il faisait une phlébite, il a fallu l'évacuer ! Il est colérique, acariâtre, comme il ne peut plus mâcher, sur le tournage, tout le monde est à la purée. Et à 17 heures, la journée s'arrête : Monsieur refuse de louper Julien Lepers. Et puis son humour *7e Compagnie*, salut Bougeotte, comment ça va Bougeotte, j'en peux plus ! Je vais arrêter *Julie Lescaut.* / Mais, elle est jeune, patron ! / Elle est jeune mais qu'est-ce qu'elle est con ! »

Voilà, Pierre… Vous êtes sympathique, drôle, aimé et respecté de vos pairs, une carrière bien remplie… Moi, qui suis forcé de dire du mal… avec vous, comment voulez-vous que je bosse ?

BERNARD MONTIEL

Je suis content de vous croiser, Bernard ! En 1996, quand on a eu mon petit Oscar avec ma femme, on a envoyé plusieurs cassettes à *Vidéo Gag* qui sont restées sans réponse. Notamment la séquence où on balance le landau d'Oscar dans l'escalier. On avait répété à vide, on s'était dit : « Si le petit se tue en répét'… on n'aura plus que notre Caméscope pour pleurer. » Et aucune réponse ! C'est une chute de six étages. Y a le côté comique que vous réclamez… Oscar est éjecté du landau, rebondit sur la rampe… *(Rire nerveux aussitôt réprimé)* Excusez-moi, je revois les images… Quel dommage, d'ailleurs, que vous ne présentiez plus l'émission, une peau de banane sur l'écran, ça manque. Sachant qu'on avait envoyé une enveloppe timbrée pour la réponse… À TF1, ils sont assez radins, c'est l'incompréhension. Je voulais également dire que les deux autres prénoms d'Oscar, c'est Rémy et Julienne, en hommage au cascadeur. On pensait que ça vous amuserait. Aujourd'hui, Oscar a des séquelles. À 7 ans, il est en première année de maternelle. La compensation, c'était qu'il ait une cassette de *Vidéo Gag*… Il la réclame d'ailleurs avec son langage à lui… *(Geste)* On a pensé le proposer à l'Eurovision

Junior sur des textes très simples… Son psychomotricien nous conseille des chansons de Lorie. Lui, avec la chanson : « J'ai besoin d'amour, des bisous, des câlins ! » Il rééduque des gens qui se sont pris un pare-brise. Le truc est tellement insupportable qu'ils progressent très vite ! Cette semaine, on a eu une réponse positive de France 2… pour le Téléthon. Avoir visé *Vidéo Gag* et se retrouver au Téléthon, pour des parents qui aiment leur enfant, c'est terrible.

Cher Bernard, vous avez raison de dire que la télé est pourrie. On va acheter votre bouquin. On attendra peut-être la deuxième semaine de parution… Qu'il soit à 10 balles au marché du coin.

JEAN-MARC MORANDINI

Morandini, je ne sais pas si vous vous en rendez compte, mais vous m'avez autant agacé que Bern à ses débuts. Vous êtes né à Marseille en 1965. Père corse, mère sarde. Les trois filles qui ont couché avec vous hors mariage ont été butées à la chevrotine. Ancien de TF1, vous sortez un livre : *Le Bal des faux-culs* aux éditions de l'Archipel. C'est assez drôle, mais quand vous survolez la tour de TF1, vue d'en haut, on dirait un archipel de faux-culs. La télé et vous, une vraie passion ! Petit, vous adoriez *Casimir*. Lui aussi viré comme un malpropre ! Dépressif, le créateur du monstre gentil ne quitte plus son costume et parle à sa femme en conséquence : « Bonjour, j'ai envie de te prendre en levrette, chérie ! » Elle vient de se barrer ! Casimir… Sous les prothèses et les renforts, il y avait un être humain. Lolo Ferrari, aussi !

Bac en poche, la chance vous sourit, vous entrez chez Mac Do. Servir de la merde aux gens au quotidien, quelle meilleure école pour faire de la télé ? Les pellicules tombent dans le sandwich, on suce ses doigts plein de mayo, on remet le chapeau et on sert : « Ne zappez plus, vous êtes sur TF1 ! » En 1986, maîtrise de journalisme et débuts explosifs sur FR3 Toulouse. Mai 1988, vous emménagez dans un 11 mètres carrés, à deux pas de La Cinq, sous la houlette d'un zéro pointé : Jean-Claude Bourret (présentateur préféré de Régine). Grand reporter, vous êtes place Tian'anmen quand les chars arrivent. Patrick Bourra, lui, était sous le char quand il est arrivé. En 1991, La Cinq s'arrête. TF1 vous propose *Tout est possible*. Dix jours de montage par émission. Au final, un produit totalement édulcoré. Chacune de mes blagues, dites-vous, est écartée. C'est terrible, si ça se trouve, Bataille et Fontaine sont eux aussi très drôles et on ne le sait pas. Obispo a de bonnes chansons… et on ne les entend pas ! On vous impose des sujets débiles assortis à vos costumes, la mode Nagui bat son plein ! Vous proposez un reportage sur le Rwanda, on vous le coupe. Tout ce qui est tourné au Rwanda est coupé… Une spécialité locale !

En quelques mois, vous devenez l'animateur le plus méprisé du PAF. Un journaliste de *Libé* écrit : « Morandini a la sale gueule de ce qu'il fait à TF1. » En revanche, le journaliste de *Libé*, qui écrit toujours des choses de qualité, a la gueule qui va avec. Dans la rue, les gens se retournent : « Oh, regarde cette belle gueule de qualité, il est journaliste à *Libé* ! » Le divertissement populaire, un brin racoleur, vaut toujours dix fois plus que le mépris haineux d'une *intelligentsia* parisienne. Tiens, cette phrase est assez con pour être écrite par une belle gueule de qualité… À bientôt, Jean-Marc.

CLARA MORGANE

(ex-porno star)

Clara Morgane, vous êtes la première jeune comédienne que nous recevons en trois semaines d'émission. C'est mérité ! Et j'espère que ça incitera toutes les actrices qui nous regardent à venir se dévoiler sur ce plateau.

Votre invitation répond aussi à une demande des parents qui souhaiteraient savoir comment leur fille, à condition qu'elle soit majeure, peut devenir actrice. J'insiste sur l'importance du bac, ce sont des métiers artistiques, on ne sait jamais ! Peut-être qu'au bout de trois, quatre partenaires différents, la belle aura envie de reprendre ses études de langues ou de philosophie !

Alors, première chose très importante, prendre des cours de théâtre : la caméra, ça s'apprivoise ! Diction, articulation ! D'abord des phrases toutes simples : « babebibobu, cacecicocu ». On complique : « matama, meteme, mitimi ». Et quand on maîtrise bien l'exercice, tout doucement, on va faire des phrases : « Oui, oui, oui, oui, vas-y, c'est bon, mets-la-moi ! » Le « mets-la-moi » est difficile à dire… D'où l'importance du « matama, meteme, mitimi ». On peut faire, par la suite, l'exercice avec un crayon dans la bouche : « Dis-moi, gros, gras, grain d'orge. Quand te dégros gras grain d'orgerastu ? » On muscle les maxillaires ! Une fois la technique assimilée, c'est un peu rébarbatif, je vous l'accorde… On va se concentrer sur le jeu de l'acteur, la situation dramatique : « Qui suis-je, où suis-je, que vais-je faire ? » Qui suis-je ? Une fille. Où suis-je ? Dans une chambre. Que vais-je faire ? Me coucher ! Jouer la situation, c'est important. Parfois, on fait venir en France de très jeunes filles de l'Est à qui l'on dit : « C'est pour jouer Shakespeare ! » Et, arrivée sur le plateau, y a une petite déception. Le Roméo en question est assez entreprenant. Donc, je répète : « diction, articulation, situation, fellation, pénétration ». Tous les mots en « tion » sont primordiaux ! Toujours, je travaille les maxillaires…

Dernier point important : la culture ! Sortez, soyez curieux… Jouvet disait : « Il faut voir tous les acteurs, les bons comme les mauvais. » Il y a des petits cinémas de quartier, avec des tarifs très alléchants, c'est assez bien indiqué, y a des grands « X » sur les affiches ! Et là, posez-vous les vraies questions : « Est-ce que j'ai vraiment envie de faire ça ? Et cette scène, comment l'aurai-je tournée ? Et celle avec le chien, est-ce que ça m'aurait plu ? » Voilà, chère Clara, j'espère avoir suscité des vocations. Que les parents intéressés n'hésitent pas à nous contacter, nous ferons suivre !

NANA MOUSKOURI

Nana, vous avez dit : « J'arrêterai ma carrière après les JO d'Athènes. » J'ai beau chercher dans quelle discipline vous allez vous aligner, je ne trouve pas. J'imagine qu'avec vos lunettes, il ne s'agit pas de tir à l'arc, ou alors, il faut vider les gradins !

Plus sérieusement, vous êtes chanteuse, vous avez vendu 300 millions de disques à travers le monde, le tout avec une seule corde vocale. Si vous en aviez eu deux, vous en auriez vendu 600. Une seule corde vocale, mais en compensation, vous aviez 35 kilos en trop et un dixième… à chaque œil ! On imagine Nana Mouskouri auditionner à *Pop Star* : « Écoute, Nana, on adore tes kilos en trop, ton côté boulotte, c'est super. On adore tes lunettes de vue, tu ressembles au boa dans *Mowgli*. Seulement, on va pas te garder, parce que tu chantes trop bien ! T'as une super voix, c'est chiant. Merci ! »

Nana, une carrière internationale magnifique et au final, on ne retient que vos lunettes ! Faut dire qu'à l'époque, Afflelou n'existait pas. La petite lunette transparente qu'on plie et qu'on range, c'est encore un rêve… Mais de là à mettre deux pare-brise de voiture à la place ! On imagine Afflelou rééditer vos lunettes : « Il est con Afflelou, il est super con ! » Une carrière phénoménale, 300 disques d'or et toujours ce foutu problème de binocles ! Vous avez été chaussée dès l'âge de 12 ans, au moment de la puberté… Sacrée ceinture de chasteté ! Toutes les filles qui se font embêter par des garçons, achetez les mêmes aux Puces, succès garanti ! Est-ce que vous avez déjà essayé de mettre des moonboots avec ? Grosses lunettes, gros pieds, faire une sorte de rappel ? Ça ne vous a pas empêchée de connaître le succès. À 16 ans, vous êtes ovationnée sur un porte-avion US, par 3 000 Marines… Tous myopes. C'est le secret de leurs fameuses frappes chirurgicales ! Nana, grâce à votre myopie, vous êtes championne toutes catégories de gamelles sur scène. Un titre que vous remettrez en jeu, une dernière fois, cet été, aux JO d'Athènes. On sera là pour vous encourager. Merci.

GEORGES MOUSTAKI

On pensait avoir retrouvé le Père Noël, un Père Noël barbu, très laid… On l'a épouillé… On lui a inspecté les dents… Saddam, c'était son nom, se nourrissait de racines et se tapait ses rennes. C'était bien une ordure ! Et puis, il y a quelques jours, contrordre, le Père Noël est grec, comme les olives, il s'appelle Moustaki.

Père Noël, vous êtes né en Égypte en 1934… Exactement comme Orlando, le frère de Dalida, et pourtant, physiquement, vous êtes beaucoup plus frais… Comme quoi, les froids de Laponie conservent. Peu de gens le savent, Père Noël, mais en 1958, Édith Piaf vous a tâté les grelots. Vous êtes descendu par sa cheminée un 24 au soir… Un conduit très fréquenté, on y croisait Montand, Cerdan… Et la fusion eut lieu ! Vous lui avez offert deux tubes : le vôtre et une chanson : *Milord*. « Allez venez, Milord, patati, patata, crac boum hue… » Vous l'avez prise à même le sol, les pieds dans les chenets, vous vous êtes roulés dans la suie. Pour cette raison, Piaf, qui voyait souvent la vie en rose, ne s'habillait qu'en noir. Votre amie Barbara, même chose… *L'Aigle noir*, tout le monde sait qui c'est. Au départ, elle a cru à un nid de chouettes, la cheminée tirait mal… Elle a mis sa tête dans le conduit et là, la gueule de métèque, le pâtre grec lui a fait sa fête. Enfin, sa fêta, en grec, on dit la fêta. Père Noël, c'est facteur en mieux… Les soirs de fête, on se tape plus facilement ses clientes… Un coup dans le pif et elles vous croquent la bûche !

Après votre rencontre avec Édith Piaf, pendant dix ans, vous ne ferez plus rien : quelques concerts, vous jouez aux échecs et, surtout, vous devenez un as du ping-pong… Père Noël, un job super chiant ! En Laponie, les nuits durent 20 heures, jouer au ping-pong dans le noir, faut vraiment s'ennuyer ! Au niveau activités, quelques chiffres. Vous avez eu autant de maîtresses qu'Aznavour a composé de chansons : 800. Et inversement, vous avez composé autant de chansons qu'Aznavour a eu de maîtresses : 2 ! Père Noël, vous êtes une feignasse. Sauf que là, vous me faites mentir, vous débarquez avec un nouvel album. C'est le syndrome Salvador, les grabataires ont du succès. Signalons qu'en Laponie, la canicule excède rarement les neuf degrés. On risque donc de vous avoir longtemps sur le paletot.

KAREN MULDER

J'aime beaucoup votre disque, Karen. Le fait que vous fassiez 85-60-86 en mensurations, ça vous donne une voix extraordinaire. Carla Bruni, même chose : 84-60-82… Régine, j'aime moins : 110-90-334… Ce sont les mensurations de Carlos, j'aime moins.

Karen Mulder : éveil musical très précoce. À 2 ans, vos parents se rendent compte que vous chantez. Là, malheureusement, y a pas grand-chose à faire : Obispo, à 6 mois, ses parents savaient qu'il était foutu. Karen, vous avez toujours chanté : à 7 ans, vous vous réfugiez dans la musique. Mannequin, vous chantez en défilant. Pour les concerts, ce sera une aide formidable, arrivée en bout de scène… Aujourd'hui, vous savez qu'il faut tourner. Évitez de vous changer quinze fois pendant un morceau. La musique, une vraie passion : « Quand j'aime une chanson, je vais chez Virgin et je chante l'air au vendeur. » À ce moment-là, la direction du Virgin appelle les flics et on vous embarque. « Je chante tout le temps, même en mangeant. » Peut-être que pour l'enregistrement de cet album, vous auriez dû arrêter de manger. C'est surtout gênant sur le quatrième morceau, quand vous dégustez une bière-choucroute. On croirait entendre une grosse caisse. Du coup, vous êtes invitée aux Restos du Cœur. Vous y croisez Céline Dion qui vous donne des conseils… Pas de bol ! Il paraît qu'elle a acheté votre cassette, celle où vous livrez vos secrets de beauté. Elle l'a regardée en avance rapide ?

L'album est une réussite, un son très rock. Le fait de chanter en mangeant donne de l'énergie ! Un titre phare : *Sors de moi*. À son propos, vous dites : « C'est la métaphore d'une déception amoureuse. » Moi, c'est le contraire : quand ça sort de moi, c'est que je suis amoureux ! Un album salué par l'ensemble de la presse musicale, notamment l'excellent *ELLE (Montrer le magazine)* qui titre : « Le retour de Karen Mulder / Rock'n roll plénitude. » À noter, juste au-dessus, le groupe Cellulite que je ne connais pas. Un groupe qui, paraît-il, prend du volume en vieillissant. Il y a aussi les Culottes de cheval qui seront cet été en concert, elles font la tournée des plages. Tout cela, bien évidemment, est dans *ELLE*.

Ah, dernière chose, dans le magasine *Jalouse*, vous déclarez : « Stevie Wonder est un artiste qui a changé ma vision du monde. » C'est de l'humour noir ? Bon, un album très bien gaulé, sorti pour votre anniversaire le 1er juin dernier. C'était à nous de vous faire un cadeau… Au final, c'est vous qui nous en faites un. Il m'arrive de dire des gentillesses, Karen. Crise passagère, j'ai toutes les vacances pour me soigner. Merci !

NAGUI

Après Morandini, nous recevons Nagui pour notre rubrique « Nos chers disparus du PAF ». Prochain participant : Jacques Martin… Si les assurances le permettent. Il sera ventilé en permanence. Pour la conservation des tissus, la température du studio avoisinera zéro : doudoune obligatoire !

C'est désormais une habitude, Nagui revient régulièrement à l'antenne sur des phases de plus en plus courtes : une semaine, une heure, trente secondes, parfois entre deux images. « Tiens, Nagui ! Là, c'était Nagui ! / T'es sûr ? / Attends, un mec qui s'habille à la Halle aux vêtements : veste jaune, chemise rouge. Une blague, même chez Carambar, ils la refusent. C'est lui ! / Tu crois qu'il est dans le programme ? / Non, c'est trop court maintenant, ils l'annoncent plus ! C'est aux téléspectateurs de le choper. C'est un nouveau concept : "Qui a vu Nagui dans son poste ?" Faut donner l'heure de passage et la durée. Tu peux gagner un an à *Téléstar*. » Là, ça va être la pleine saison, l'été arrive, vers 2 heures du mat', quand l'écran est bien dégagé, t'as des Nagui qui passent. Ils s'en servent aussi comme mire quand les programmes sont finis. Nagui est plus populaire que la mire. Bon, y a de la concurrence ! Ils pensent à Christine Bravo. Pour l'instant, elle sort de la mire, faut qu'elle maigrisse. L'après Canal, c'est dur : Valérie Payet est au *Loto*. Nagui anime *Le Coffre*, il a longtemps été mis au placard, ça l'aère… C'est le nom de sa société : Air Production, comme un gaz… Pet Production, c'est moins classe. Bern est à l'abri à vie ! Quand t'as fait *Sagas*, tu peux que progresser, c'est une tactique ! Il a été refait complètement, c'est un énorme chantier. Faut qu'il soit prêt pour les JO d'Athènes, c'est lui qui présente. Ils cherchent la coiffe, ils sont pas sûrs. Y a le Stade olympique et lui, au niveau de la structure, ils se tâtent ! Enfin, Bern qui commente un 10 000 mètres, quoi qu'il arrive… Canal tient un succès. « Tiens, Nagui, là ! Oh, il reste… Prends ton chrono, il reste ! Dix secondes d'antenne, c'est un come-back, c'est un come-back ! Là, Jacques Martin ! Ah, non, c'est une momie, c'est Toutankhamon… C'est les bandelettes, ça m'a trompé ! » En même temps, quand on voit Danielle Gilbert dans *La Ferme Célébrités*, il vaut mieux arrêter à temps. Il paraît que même les vaches se sont plaintes. Elles refusent d'être filmées avec elle, elles demandent à être floutées. Un veau est flouté d'office, c'est le règlement. Dechavanne a une dérogation.

Trois 7 d'Or Nagui ! Une émission magnifique : *Taratata*. Il paraît que c'est son frère jumeau : un type classe, bien habillé et l'autre, régulièrement, il lui nique sa carrière. Alors, lequel reçoit-on ce soir, jouez avec nous ! Euh, je vais le refaire avec une cravate de merde, ça passera mieux. *(Mettre une cravate hideuse)* « Lequel reçoit-on ce soir ? Jouez avec nous ! » Ouais, c'est mieux ! Merci, Nagui !

ISABELLE NANTY

Isabelle, vous êtes une femme et vous êtes drôle… Ça existe ! Isabelle Marie-José Nanty, vous êtes originaire de la Meuse… Seul département français prononçable par une vache. Une vache qui rit en ce qui vous concerne. Née à Verdun dans une tranchée, vous y avez grandi. Pas plus d'un mètre cinquante-deux. Après, la tête dépasse, ça peut être dangereux.

Isabelle, dans le magazine *ELLE* de juin 2003, vous déclarez : « Au réveil, j'alterne douche chaude ou froide, bain chaud ou tiède. » Jamais de bain glacé, vous en avez suffisamment pris à Verdun quand l'eau de pluie transformait en baignoire votre tranchée natale. Toujours dans le *ELLE*… à la rubrique « Shopping de star », on apprend que Judith Godrèche aime les culottes à froufrous et les strings taille basse. Comment un string peut-il être taille basse ? Si on le met au genou, ce n'est plus un string, c'est une genouillère. Judith Godrèche fait-elle du roller ? Emmanuelle B. (actrice de renom, je tais son nom par discrétion) justifiait une séance de nu dans *ELLE* par le fait qu'ayant oublié son chouchou pour tenir ses cheveux, elle avait utilisé son string. Est-ce cela un string taille haute ? Vous, Isabelle, vous êtes une comédienne à culotte normale, ce qui, quelque part, vous pénalise. Un CV important, mais pas mirobolant, mirobolant ! Vous n'êtes pas dans la rubrique « Shopping de star ». Si on vous prête un string, vous en faites un rond de serviette. Des culottes Petit Bateau ou Princesse Tam-Tam, on ne sait toujours pas. Dites-le-nous, on goûterait mieux votre filmographie ! Toujours dans *ELLE*, nous arrivons au string le plus intello du cinéma français : Amira Casar. « A. A. », appelons-la comme une andouillette, elle le mérite… « A. A. » déclare acheter ses chapeaux exclusivement chez Yamamoto. Sans être désagréable, un chapeau acheté chez Yamamoto est un casque. Hormis vos culottes, Isabelle, onze mois sur douze, vous êtes affublée d'une doudoune noire. En Antarctique, peu de gens le savent, vous êtes un sex-symbol. En même temps, cette doudoune, tout le monde peut se l'offrir et c'est peut-être pour ça qu'on vous aime ! La photo du vêtement est dans *ELLE*, clin d'œil malicieux ou claque à la bêtise de vos camarades, on ne sait pas ? Qui se souciera de savoir où Amira, à l'âge de 70 ans, achète ses culottes ? « J'achète mes culottes confort chez mon pharmacien. La triple épaisseur coton me protège des fuites ! » S'il est aujourd'hui possible de gommer une patte-d'oie, remonter une bouche, liposucer un goitre. Il est en revanche impossible d'acquérir de l'esprit. Comme disait Guitry à propos de sa compagne : « Son sommeil est, de loin, ce qu'elle a de plus profond. »

Bref, à l'âge où la carrière de vos consœurs s'étiole : 40 ans, la vôtre prend toute sa dimension et ce n'est que justice. À très vite, Isabelle.

LES NULS

Après la venue de Philippe Gildas en septembre dernier, la maison de retraite de Canal + nous envoie Les Nuls. Alors, quelques protestations de notre jeune public : « Les Nuls, c'est qui ? » C'est vrai que cette semaine, on a reçu deux personnes extrêmement modernes : Orlando et Serge Lama. Le contraste est rude. Je précise que Canal + est une grande famille qui a toujours aidé ses anciens. Drucker, en son temps, avait reçu les Compagnons de la Chanson. Ça ne donne pas des émissions folichonnes… mais eux étaient fous de joie… La plupart, d'ailleurs, sont morts dans les jours qui ont suivi. Il faut savoir que pour Chantal, Dominique et Alain, venir ici, c'est un événement : l'autocar est passé les chercher ce matin, ils étaient prêts depuis trois jours. Ce soir, y a un buffet dansant, après on les ramène, extinction des feux à 22 heures. Alors, aujourd'hui, ils viennent nous présenter une compil' de leurs meilleurs sketchs. Si vous avez un papy ou une mamie qui a connu cette époque, ça et des pâtes de fruits, c'est le cadeau idéal. Je vais parler en francs, ce sera plus facile. Sur les 120 que coûte ce DVD, 60 vont aux anciens de Canal, victimes de la canicule, « Canicule + ».

Bon, je vais dire un petit mot sur chacun pour rafraîchir les mémoires… Chantal, on vous doit beaucoup, c'est vous qui avez libéré Stéphane en lui apprenant que dans son ventre, il y avait des gaz et qu'avec, il pouvait faire des pets. Aujourd'hui, il en abuse un peu, comme un enfant découvrant, sur le tard, un jouet merveilleux.

Alain Chabat, un très beau parcours, plusieurs films à succès dont un, très chabadabada, avec Ophélie Winter. C'était dans *Voici*, pour ceux qui ont la chance d'aller chez le dentiste. « What are you doing this winter ? / I'm fucking Ophélie Hiver. »

Dominique, rien à dire, on ne touche pas au patron, j'ai démarré chez vous, sur la chaîne Comédie. On s'aimait bien quand je suis arrivé… vous êtes parti. C'était la chaîne « pipi caca », mais là, c'était volontaire. Sur les autres, y a de la merde, mais ils ne font pas exprès.

Le DVD s'appelle *L'Intégrule*, contraction d'« Intégrale » et de « Nul », excellent jeu de mots. Merci à Jean Roucas pour sa contribution. Alors pourquoi ne pas avoir privilégié le format VHS, plus accessible pour nos amis grabataires, nombreux encore à confondre lecteur DVD et grille-pain ? Les Nuls, au revoir. J'ai maté votre intégrale, question drôlerie, en télé, depuis, on n'a pas fait mieux. C'est triste, mais c'est comme ça. Alors, pensez-y, pour une nouvelle hécatombe, cet hiver, offrez *L'Intégrule* à vos grands-parents. Avec vous, on pouvait mourir de rire.

ORLANDO

« Frère de Dalida », au départ, c'était pas un métier rigolo. On fait le ménage de la star, on porte les valises, on sort le chien et le soir c'est : « Orlando, ma fille, vous pouvez y aller ! » Et puis, le 3 mai 1987, votre sœur disparaît et là, votre carrière décolle ! Un espoir pour tous les frères et sœurs de stars qui nous écoutent : patientez, votre heure viendra. Je pense aux sœurs de Mimi Mathy. Vous ne pourrez peut-être pas récupérer sa garde-robe, mais y aura un petit pécule. Alors, le vrai nom de votre sœur, c'est Yolanda, surnommée « 4 yeux » par ses copines d'école grâce à ses lunettes épaisses comme des hublots d'avion. Plus tard, elle sera élue Miss Égypte, le jury aussi était myope. Là, je pense avoir résumé le mythe.

Aujourd'hui, Orlando, vous êtes le gardien du temple. Dalida est une affaire florissante : quinze orchidées par jour sont déposées sur sa tombe. Si vous passez place Clichy, allez vous servir, c'est moins cher que chez le fleuriste. Dalida, un filon exploité jusqu'à plus soif : ses tubes sont compilés, remixés, malaxés, ingurgités. Une vraie soupe. Bientôt, le message de son répondeur sort en *single* : « C'est Dalida, je ne suis plus là, tralala ! » Dalida, un merchandising impressionnant : il y a des timbres Dalida, des cartes téléphoniques, des cassettes et même du vin. Une vraie piquette ! La reine des tubes en cubiques, ça fait mal au « uc ». Il y a même une place Dalida. Comme il y a une centrale électrique Claude François ! Signalons également la parution d'un livre entièrement consacré à la diva, écrit par l'immense Henry-Jean Servat de l'académie de chez lui : « Elle a choisi de basculer dans l'au-delà, loin des tutus, des tulles et des tumultes. » Y avait aussi « turlutte » en « tu », ç'aurait été pas mal. Aujourd'hui, Orlando, vous vous lancez dans la contrefaçon, imitation de Dalida, fabriquée à Taïwan : Hélène Ségara. C'est comme les Barbie, y a toujours un nouveau modèle. L'aventure Dalida continue et on s'en réjouit. Ciao bambino.

MARIA PACÔME

J'ai une crise de Bernite qui est en train de dégénérer en Druckerite aiguë… J'aime tout le monde, je dis du bien des gens ! Vendredi dernier, ma femme m'a retrouvé en train d'écouter le dernier Nolwenn… Elle s'est inquiétée et quand je lui ai dit : « J'adore cette musique ! », elle m'a fait hospitaliser. J'ai été placé dans le service du professeur Renard, grand spécialiste de la langue de pute, c'est lui qui soigne Fogiel. Il m'a dit : « Dans votre cas, y a un remède : c'est le spectacle de Maria Pacôme ! Pendant 1 h 30, elle balance. Une vraie vipère ! Ça va vous redonner la "niaque" ! Ce soir, tout le spectacle. Après, on diminue les doses ! / C'est si méchant que ça ? / Quand une fille a les lèvres refaites, gonflées, elle lui conseille de mettre un slip ! / Amanda Lear devrait en mettre un, docteur ! » Même en pleine Druckerite, j'avais des relents de méchanceté, comme des renvois ! Deux heures après, je partais pour le théâtre.

Ce jour-là, tout Paris souffrait de Druckerite aiguë, on fêtait le nouvel an chinois ! La Chine et sa dictature, ses étudiants qu'on torture et qu'on tue… Tout ça, c'était oublié pour une gigantesque techno-parade en forme de dragon. Arrivé au théâtre, j'ai filé de la thune aux ouvreuses, décidément, j'allais très mal. Lever de rideau, Maria Pacôme arrive, elle dit que jouer l'emmerde, que ce soir y aura pas de pièce. Elle débine son décor, l'équipe et la mise en scène. À la place, 1 h 30 de saloperies balancées à la mitraillette : bonheur total ! Ses parents, elles les préfèrent morts que vivants… Au moins, là, ils l'écoutent ! Elle les réincarne en bovins. Bien sûr, y a des moments très durs, comme la critique de Patrick Bruel et son tube *Casser la voix* ! Certaines personnes sortent pour pleurer, ce fut mon cas ! J'appelle le professeur Renard : « Elle a dit du mal de Bruel, notre plus grand compositeur vivant, comment ose-t-elle ? / Stéphane, quels sont vos écrivains préférés ? / Pierre Bellemare et Paul-Loup Sulitzer. / Le comble de l'élégance vestimentaire ? / Stéphane Bern ! / Quel âge a Maria Pacôme ? / 26, 27, maxi ! / Vous êtes en pleine crise, retournez vous asseoir et tenez ! » Passé l'horreur de la critique de Bruel, elle nous raconte la mort de son frère, fusillé à 19 ans. Heureusement, y a des moments légers ! Fin du spectacle, standing-ovation, j'applaudis à tout rompre, je vais même la féliciter en loge. Un vrai fayot ! En deux secondes, Maria comprend mon désarroi, trouve les mots qu'il faut : « Ah, c'est vous le petit con de la télé ! » Petit, con et télé… Personne n'a jamais été aussi gentil avec moi ! « Je voulais pas la faire votre émission, vous êtes trop dur. Maintenant que vous êtes venu, je trouve ça fair-play, je viens ! » Fair-play, je vous embrasse. Qu'est-ce qu'elle peut être désagréable, la vieille, en deux secondes ! Ça y est, ça va mieux, ce spectacle m'a fait du bien !

PIERRE PALMADE

En 1988, Coluche et Le Luron n'étant plus là, notre amuseur public numéro un s'appelle Stéphane Collaro. La France rit. *(Rire convulsif à la Philippe Bouvard)* Jacques Martin nous enchante avec son *École des fans* : des mômes qui, à 3 ans, chantent comme des casseroles et qui, vingt ans plus tard, s'inscriront à la *Star Ac'* : génération Castafiore. Dans son *Bébête Show*, l'immense Jean Roucas imite Mitterrand comme mon beau-frère quand il est bourré. Pourquoi, pourquoi, dans ces conditions de rire exceptionnelles, chercher un nouveau comique ?

L'oiseau rare s'appelle Pierre Palmade… Rare dans tous les sens : très fin, très grand, habillé en noir, ce qui l'allonge encore plus… (Les asperges sont vertes, c'est pas pour des prunes !) Pierre arrive de Bordeaux. En Union soviétique, le jeune Palmade… Pierrof Palmadoff si vous préférez, aurait intégré la section basket. Nous sommes en France, Palmadoff fait rire ses camarades de classe, direction le café-théâtre. Sur sa carte d'identité, à la mention « signes particuliers » : trois paragraphes. C'est une carte dépliante… Sa taille nous l'avons vue, sa coupe de cheveux offre à Pierre une quinzaine de centimètres supplémentaires. Pour le mesurer, le doucher avant. Prototype capillaire exceptionnel, jamais commercialisé à grande échelle : la prise au vent sur autoroute est trop grande. Aujourd'hui, les cheveux de Pierre sont en dépression. On ne peut absolument plus les toucher. Ils sont en jachère. On espère, dans une trentaine d'années, pouvoir de nouveau les peigner. Pour des raisons mystérieuses, Anne Roumanoff, coiffée normalement dans les années 1980, s'est fait en 2000 une coiffure à la Palmadoff. Assez sexy si l'on possède le menton des frères Bogdanov, ça compense la prise au vent.

Pierre : un look, mais aussi une plume. Certains comiques actuels n'ont ni l'un ni l'autre, mais passent dans *La Ferme Célébrités*. J'aime bien cette maxime. Palmade, des sketchs cultes comme celui du pétard, un classique qui vous a réclamé un gros effort d'imagination. Pierre, c'est une hygiène de vie. Vie d'ermite : couché à 21 heures, levé à 6 heures, vous écrivez jusqu'à 14, sieste, Scrabble, journal télé, une barquette de taboulé sous vide, extinction des feux. Malheureusement, vous avez un sosie, un type qui passe ses nuits au Banana Café et qui vous fait un tort considérable. Un mariage avec Véronique Sanson. Elle, c'est pire : couchée à 20 heures, levée à 5, elle écrit jusqu'au soir, pas de sieste. Trop semblables pour vous entendre. Ensemble, vous avez eu trois poissons rouges. Vous en avez la garde un week-end sur deux. Parfois, vous oubliez de changer l'eau. Comme ils ont une mémoire de deux secondes, ils meurent asphyxiés, mais heureux. Palmade, beaucoup de talent, mais une vie trop pépère. C'est le revers de la médaille. Merci.

PASSI

Cher Passi, allons tout de suite à l'essentiel… 1995 : sortie de votre chanson *Sacrifice de poulet*. Vous incitez les jeunes à brûler les commissariats. Tollé général, scandale, le courageux Jean-Louis Debré vous attaque. Où est le mal ? C'est une recette de poulet grillé, tout simplement. On l'embroche avec sa matraque et on tourne, faut qu'il soit saisi ! On fait ça en fin de journée, qu'il ait un peu macéré dans son jus, une échalote dans l'oignon et le tour est joué ! À la campagne, c'est meilleur… C'est du poulet fermier, toute la journée en plein air, il verbalise, il connaît l'habitant. On le sent d'ailleurs, quand vous leur pétez une articulation, ça résiste, c'est pas la même qualité ! On peut aussi faire l'os de vœux : chacun tire sur un bras, celui qui part avec le plus gros morceau a gagné ! « Qu'est-ce que t'as, toi ? / J'ai le revolver, le képi et l'insigne. / Ah, perdu ! » Le poulet de cité, il est agressif, ils sont cinq par volaillère, nourris au Mac Do… Bon, ils font de l'exercice, y a le petit rebeu du matin qu'on tabasse, celui de 9 h 15, juste après la bouteille de Ricard… Mais bon, comme ils sont cinq dessus, ça ne détend pas complètement… Au contraire, ça énerve ! Du coup, faut encore s'en faire deux, trois avant le Ricard de 11 heures. En bande toujours ! Seul, le poulet est trouillard : il se chie sur les plumes. Le renard de cité lui fait peur. S'il y va, il se prend un bidet sur la tête, une télé, tout ce qui passe ! Du coup, il picole, il fume : haschisch, héroïne, crack… Le poulet bouffe tout, les gens qui en ont le savent : t'as un poulet à la maison, plus de poubelles ! Mais bon, ce sont des saloperies, à 30 ans, ils ont tous le gésier pourri… Le poulet de cité dort mal, il est dépressif. Alors, une fois par an, il a droit à une bavure… Son treizième mois à lui, un petit plus ! Le scénario est super rodé. Un Arabe en Mercedes : suspect. Vous interpellez le coupable, le condamné refuse de s'arrêter, vous tirez. Le mort s'immobilise : légitime défense ! Et à ce moment-là, y a le petit coq qui débarque : Sarkozy, bip-bip ! Dès qu'il y a un problème, il arrive : bip-bip, hop, il repart, le problème reste ! Lui, il est imbouffable… Ouh la ! C'est un petit coq piqué au Prozac. Debout à cinq heures, il réveille tout le monde… Plus le temps de rien, même sa poule n'est plus couvée ! Il veut devenir coq en chef, prendre la place du vieux paon. Un vieux paon, sourd comme un pot, toute la journée, il fait le beau avec sa crête. Un bon véto, une piqûre : terminé !

Cher Passi, aujourd'hui, quand vous donnez une recette de cuisine, les ingrédients sont plus subtils, vous allongez les sauces… Ça cuit tout aussi bien, mais vous ne vous brûlez plus les doigts. Disons que… vous connaissez la musique !

VINCENT PEREZ

Vincent, vous avez déclaré : « Je suis l'acteur français qui manie l'épée le plus volontiers et le revendique. » Je ne veux pas être désagréable… mais l'acteur Rocco Siffredi a dit sensiblement la même chose.

PIERRE PERRET

Quand, dans les années 1960, je partais en colo avec l'odeur de gerbe au fond du car, les menaces de bites au cirage, les monos qui nous collaient des baffes et votre chanson dans les oreilles : « Merci maman, merci papa, tous les ans, je voudrais que ça recommence, youcaïdi, aïdi, aïda ! », je me mordais les joues pour ne pas pleurer, je savais qu'un jour, je vous retrouverais, Perret. C'est fait ! Après, il y eut *La Cage aux oiseaux*. « Ouvrez, ouvrez la cage aux oiseaux, les voir s'envoler, c'est beau ! » Je l'ai testée sur les perruches de ma tante, des volatiles extrêmement rares, la passion d'une vie. À l'époque, mon père portait un ceinturon de chez Ted Lapidus, le modèle avec la boucle en acier. Enfin, il y eut votre célèbre chanson *Le Zizi*. Arrivé à l'âge de m'en servir, j'ai dû mettre un petit chapeau. À aucun moment, cela n'est spécifié dans votre texte.

Une fois de plus, merci ! Pierre Perret, trente-cinq ans plus tard, vous continuez à me pourrir l'existence ! Tous les mois et demi, vous partez écrire dans une maison isolée, en pleine cambrousse, sans téléphone, cuisine à la braise. Douche ? On préfère ne pas savoir.

Votre seule distraction, le soir, avant d'aller mettre la viande dans le torchon, un coup de bigo à bobonne, passé d'une cabine, pour lui dire que tout va bien !

300 chansons en quarante ans de carrière, est-ce que vous êtes cinglé ? Alors que depuis des semaines, l'animateur Nikos nous prouve qu'on peut devenir chanteur uniquement sur le look : un pantalon qui laisse entrevoir la raie des fesses rattrape bien des fausses notes ! C'est sûr qu'avec votre bille de clown, votre pantalon en velours qui remonte jusqu'au nombril, je défie quiconque d'apercevoir votre caleçon en concert, vous n'avez aucune chance d'entrer à la *Star Ac'* ! Je passe rapidement sur votre pochette de disque avec la fleur, on dirait une pub pour un yaourt minceur ! Arrêtez de nous emmerder, Perret ! Laissez-nous profiter des joies de la *Star Ac'*. Faites une promo discrète, dites que vous n'écrivez pas vos textes, que vous chantez en play-back, troquez vos slips kangourou contre des strings et faites-les dépasser du bénard. J'emploie un mot d'argot pour vous faire plaisir. Soyez gentil, ne nous gâchez pas la fête !

FRANCIS PERRIN

F-Fran-Fran Francis Perrin, dans la première page de votre autobiographie, vous déclarez : « Je ne bégaie pas, mettons un terme à cette légende ! » Je suis déçu, j'avais plusieurs questions à vous poser, notamment sur votre sexualité… Il paraît qu'un bègue au pieu, c'est extraordinaire, il a un rythme à lui, tout en saccades ? Deux bègues ensemble, l'effet s'annule, c'est comme en électricité, faut toujours un mâle, une femelle… Stéphane Bern aurait fait un très mauvais conducteur. Perrin qui déclare : « Je ne suis pas bègue », c'est comme si Belmondo disait : « Je n'ai fait aucune cascade de ma vie. » C'est Loana jurant : « Ce sont mes vrais seins ! » Ne me cassez pas mon rêve, « France »… Souvent, les bègues vous appellent France, le « is » est trop loin. Je vous ai aimé, comme des milliers de Français, dans la pub « C-C-Citizen ! » Il paraît que les montres Lip vous avaient contacté, mais « Lip », même un bègue le dit du premier coup. C'est-à-dire qu'un bègue qui n'arrive pas à dire « Lip »… On ne va pas reparler de Loana !

En France, le bégaiement n'est toujours pas reconnu comme handicap, et pourtant… Des professions leur sont toujours interdites, j'en parlais la semaine dernière[1], le bègue ne peut pas être aiguilleur du ciel. En revanche, le bègue est très courtisé par la police : c'est le seul qui ait le droit de tirer sans faire de sommation ! Francis, vous êtes aujourd'hui un bègue défroqué. Vous parlez quasi normalement, de plus en plus lentement, et là, attention à ne pas trop ralentir le rythme, je ne vous citerai qu'un exemple : Doc Gynéco.

Toujours dans votre autobiographie, vous avez déclaré : « J'ai senti que j'étais doué pour le théâtre car j'étais premier en récitation. » On imagine très bien comment ça s'est passé :
« Perrin, au tableau, récitez-moi *L'Albatros* de Charles Baudelaire.
– Sou-Souvent, pour-pour s'amuser…
– Merci, Perrin, 20 !
– J'ai pas fini, monsieur !
– Si, vous avez fini, Perrin, 20 ! »

Cher « France », je m'aperçois que je n'ai parlé que de votre défaut d'élocution. J'ai omis tout le reste : l'acteur, l'auteur et le metteur en scène de talent. J'ai bégayé, moi aussi, à ma manière. Mais c'est français, cette foutue manie de classer les gens dans un seul registre. Vous n'êtes plus bègue, c'est-c'est-c'est entendu !

1. Voir Frédéric Beigbeder.

JACQUES PERRIN

Pour le 1er avril, nous recevons Jacques Perrin, qui est le grand déconneur du cinéma français. Véritable boute-en-train, dès qu'on veut mettre le feu sur un plateau, c'est Djamel ou Jacques Perrin !

Jacques, c'est le réalisateur du grand film comique *Le Peuple migrateur*. Je l'ai vu trois fois. Après, quand tu sors, pendant deux jours t'as la tête qui suit des vols de canards. *(Mettre la tête vers le ciel)* Heureusement, de temps en temps, t'as un canard qui se fait descendre, toute la salle pique du nez. T'en profites pour reprendre des pop-corn. Le pop-corn, sur ce film, ils ont arrêté très vite : les gens jetaient les graines aux oiseaux. En salle, y a eu des comportements bizarres. Certains arrivaient bottés, en tenue de camouflage, jumelles en main. Dans une salle Gaumont, une tenue de camouflage efficace, c'est assorti à la moquette : rouge avec des grands « G ».

C'était bien ce film… Faut aimer les oiseaux. À côté de moi, y avait un gars, il s'était trompé de salle, il venait voir le dernier Vandamme. Au bout d'un quart d'heure de canards, il commençait à s'agiter. À un moment, il s'est levé, il a dit : « Jean-Claude, il va arriver, il va tous les niquer les canards ! » Quand ils se sont fait descendre, il a hurlé : « Bravo, Jean-Claude ! » et il est sorti. C'était bien ce film, y avait des canards plus ou moins cabots. T'en as qui volaient en regardant la caméra, toujours l'espoir d'être repris sur un autre projet, un Disney, quelque chose. Même une panouille chez Maïté : canard laqué, aux amandes… L'important, c'est de bosser ! Parfois, t'avais vingt-cinq canards qu'allaient de droite à gauche et t'en avait un qu'allait dans l'autre sens… Parce que c'était pas son bon profil… Enfin, son bon bec. Excellent jeu de mots. (Pas de vacances de Pâques, on trime depuis septembre, va falloir s'habituer à une certaine médiocrité, je préfère être sincère)

C'était bien ce film… Bon, la musique était un peu… Les cordes plus le vol de canard, fallait pas enchaîner avec le *Titanic* ! Compositeur : Bruno Coulais… Bah, comme le *Titanic*. C'était bien ce film… Maintenant, quand on voit des oiseaux, on a une autre approche, une envie de pop-corn. Les oiseaux chient en vol. Tous les gens qu'ont adoré *Le Peuple migrateur* et qui se baladent nez au vent vous le confirmeront. *(Mimer quelqu'un qui se prend une crotte de pigeon dans l'œil. Ah ! Ce Perrin !)* Jacques, vous êtes un poète de l'image, j'ai essayé, avec cette fin, de vous rendre hommage. Consolez-vous, si les langues de pute migrent, je devrais bientôt prendre mon envol. À bientôt !

LOÏC PEYRON

Loïc Peyron, vous êtes marié, quatre enfants… Donc, vous êtes à voile… Vos skippeurs peuvent partir tranquilles. La plus belle réussite de la famille, c'est votre père : capitaine de pétrolier… Des bateaux magiques : *Amoco Cadiz*, *Prestige*, *Erika* : un parcours sans tache ! La course de pétroliers, c'est assez rigolo, le bateau est acheté au Panama, affrété en Russie et navigue sous pavillon turc. Ça se conduit bourré, c'est la fameuse route du rhum, l'idée étant de niquer le plus de parcs à huîtres possibles.

Vous, Loïc, votre spécialité, c'est le multicoque, aussi cher qu'un pétrolier mais moins grand. Course en solitaire… Quand on s'emmerde dans la coque de droite, on passe dans la coque de gauche. Le vilain canard de la famille, c'est votre frère, Stéphane, véliplanchiste… Pour un conducteur de pétrolier, avoir un fils amateur de planche à voile… La honte absolue ! Il y a une semaine, Loïc, vous étiez en transat… La course, pas la chaise longue… Je le précise pour tous les vieux qui nous regardent et qui naviguent couchés. Vous étiez en mer et malgré cela, on vous a programmé : un risque ! Si vous aviez coulé, l'émission sautait. Tout le monde se souvient des boîtes de sardines Tabarly. L'entreprise périclitait, il a poussé le professionnalisme jusqu'à les nourrir lui-même, c'est courageux ! La transat Jacques Vabre, c'est une course extrêmement bien organisée. Jacques renifle chaque marin au départ et sélectionne les meilleurs. Une course en double, moins glauque que la solitaire du *Figaro*… La sexualité du marin en mer, un vrai poème… Comme on dit dans le jargon : une main pour le bateau, l'autre pour le bonhomme. Et si ça devient une main pour le bonhomme, l'autre pour le magazine, c'est l'accident ! Colas, Vatine… la liste est longue. Certaines courses exigent du marin un comportement exemplaire, c'est le cas du trophée Oncle Ben's : « Il ne colle jamais ! » J'ai ramé sur votre papier, Loïc. Moi aussi j'écris en solitaire… En tout cas, j'ai été ravi de parler bateau avec vous, ça change. Bon vent.

BENOÎT POELVOORDE

Parfois, nous recevons des stars : paillettes, limousine, attaché de presse. Et puis, parfois, nous recevons Benoît Poelvoorde : bière, bob Ricard et Marcel. Beauf et fier de l'être ! Benoît vit à Namur, chaperonné par bobonne et maman. Il est casanier ascendant maniaque : à la maison, on met les patins, chaque objet est à sa place, pas d'enfant, ça fait des saletés ! Sur les sièges de sa voiture, les plastiques de protection sont d'origine. « L'été, ça colle, dit-il, mais dans dix ans, j'aurai une voiture neuve ! » Dans la vie, ce stakhanoviste de la propreté, capable de se caresser face à un salon impeccablement rangé, aime les rôles de con : vendeur en porte-à-porte, cycliste, randonneur, il les veut tous ! Sa quête du Graal : le con intégral ! Et puis, un jour, alors qu'il choisit un chien chez Feu vert pour sa voiture… Ses cachets d'acteur célèbre lui autorisent ce genre de folie… Yann Moix appelle : « J'ai une idée dit-il ! / Elle est de qui ? / Elle est de moix ! Tu vas jouer un sosie de Claude Françoix ! » (Yann a un défaut d'élocution assez chiant !) Jouer un sosie pour Benoît, l'anti-star : une consécration ! Le film de Moix en boîte, nous invitons Benoît à *20 h 10* ! Hurlements de joix ! J'arrive ! Pour venir ici, Benoît a quitté Namur hier soir en train militaire, arrêt toutes les dix minutes. Il adore ça, ça lui rappelle l'internat : Kro, chansons paillardes et concours de pets. Un domaine où il excelle. D'après Lanvin : « Benoît a reçu une éducation qui l'autorise à lâcher une caisse en voiture tout en trouvant ça drôle ! » Merveilleux hommage d'un acteur à son camarade !

Arrivée à Paris 6 h 15. Trois quarts d'heure plus tard, Benoît est au studio. L'homme de ménage l'accueille. Gêne de l'acteur : « Tant d'honneurs, c'est trop, après, on prend la grosse tête ! » 10 heures : l'équipe arrive. Benoît, un appareil photo jetable en main, nous interpelle : « Où est-il ? Dix ans que je l'attends, c'est mon idole ! » Stupeur, face à nous, Poelvoorde est habillé en Stéphane Bern, un vrai sosie ! Chemise rose vichy, veste velours, style double rideau, coiffure : Charles Trenet qu'a fait de la moto. Au final, Benoît mangera à la cantine du studio avec nous. Plus qu'une marque de simplicité, un risque gratuit sanctionné par une gastro. Après, il a voulu s'asseoir dans le public. Il a fallu batailler pour le faire venir à table. En échange, Stéphane lui a signé un autographe et lui a filé un bout de mèche. Fin de l'histoire. Retour de Poelvoorde à Namur, ce soir, train Corail 823 en compartiment cette fois-ci. Seule exigence de Benoît : « Pour les concours de pets, c'est plus drôle qu'en wagon classique ! »

PATRICK POIVRE D'ARVOR

Patrick, on m'a souvent dit que je vous ressemblais physiquement. Est-ce une coïncidence ? Je n'ai jamais connu mon père et ma mère était une habituée du Paris-Venise sur lequel vous étiez contrôleur de nuit. Je suis peut-être votre Aurore Drossart à vous.

Cher géniteur, après toutes ces années perdues, laissez-moi vous donner de mes nouvelles : tous les soirs, j'officie à 20 h 40, pas question de vous piquer un téléspectateur, chez les d'Arvor, on sait se tenir. Bien sûr, je ne vérifie aucune de mes infos, je travaille à la papa. En ce qui concerne mes cheveux, je tiens évidemment de maman. Souvenez-vous… Une grande brune… Quand le Paris-Venise branlait, vous vous raccrochiez à ses mèches ! À l'époque, maman voyageait gratis, elle n'était pas seule. D'après la SNCF, un contrôleur queutard coûte un million par an au contribuable ! Pernod pourrait ouvrir son 13 heures avec un tel scoop ! Maman, bien sûr, a souffert de vos infidélités, vos lettres à Béatrice Dalle : « Passe par la sortie sud de la Samaritaine, le détecteur de métaux est cassé, ton PPD qui t'aime ! » Il y eut aussi votre livre, *Les Femmes de ma vie*, véritable anthologie de la bagatelle. Un ouvrage de 350 pages, maman a deux lignes, faites le compte ! Aujourd'hui, vous nous présentez la suite : *Coureurs des mers*... Mères de famille, bien entendu ! Patrick et son frère font la sortie des écoles. Jusqu'à maintenant, on pensait que pendant sa demi-heure de JT, PPD se tenait correctement... On avait tort. « Après le journal, dites-vous, je me sens comme un homme après l'amour. » Visiblement, l'homme-tronc ne l'est pas pour tout le monde. Chabat, qui présentait *Le Journal des Nuls* en haut de costume et en string, était un visionnaire.

À la maison, on vous adore, du lundi au vendredi, on ne rate aucune de vos prestations. Par contre, le vendredi, inutile de vous faire un dessin, maman refuse de regarder Claire Chazal. « Ton père est un séducteur, me dit-elle. Il tourne un film, ça s'appelle *Un homme, une femme*, il écrit pour une chanteuse, elle s'appelle Joan Baez *(Prononcer "Baise")*... / Et son émission *Vol de nuit*, maman ? / Oh, ça, c'est un clin d'œil à l'affaire Botton... »

Cher PPD, sept ans au *20 Heures* d'Antenne 2, seize à celui de TF1, vous avez épuisé trois présidents et une dizaine de Premiers ministres. Dans les maisons de retraite, vous êtes un repère précieux. Après vous, on prend ses cachets et on éteint la lumière. Pas question de vous virer. On se rappelle des émeutes lors de l'éviction de Jacques Martin... Les vieux ne savaient plus quand c'était dimanche ! Cher pa', je sais que vous êtes fier des horreurs que je débite, tous les soirs, à l'antenne. Bientôt, les gens vous diront : « Vous ressemblez à Stéphane Guillon ! » Et là, j'en suis sûr, votre bonheur sera complet ! À tchao, bonsoir.

MICHELINE PRESLE

Alors, oui, oui ! Y a un véritable enthousiasme autour de la venue de Micheline Presle. Je vous le confirme, on l'attendait depuis des mois… D'abord, y a eu la rumeur, viendra, viendra pas… Depuis septembre, on en parlait au bureau avec une effervescence extraordinaire, les pro-Micheline d'un côté, les anti de l'autre. Et puis, il y a quinze jours, le mardi 23 au matin, la nouvelle tombe : Micheline vient… D'abord, l'hébétude, la prudence… On s'est battus… Et puis, vers 13 h 30, confirmation : « Oui, Micheline sera là ! » Les premiers feux de Bengale s'allument, des scènes de liesse extraordinaires entre la photocopieuse et le fax, deux personnes sont écrasées sous un bureau, un Canal d'antan, un Canal rayonnant, le Canal qu'on aime…

Alors, bien sûr, il va falloir gérer l'après Micheline Presle. Y a eu un avant, y aura un après… On a une année à finir, serrons les dents. On n'aura pas une Micheline Presle, comme ça, à la commande, ce serait trop facile ! On ne dit pas : « Hé ! Ho ! Garçon, une Micheline ! » Non ! Micheline n'est pas une boisson ! Alors, beaucoup de questions, d'interrogations autour de la vie de

Micheline Presle… Dont le vrai nom était… Oui, je suis en mesure de vous le confirmer, ça va être l'hystérie… Ça y est ! On me le confirme, c'est Chassagne ! Chassagne ! Alors, deuxième scoop de la soirée, attention, ça va faire mal : Micheline Presle est née en août 1922 ! Certains avaient dit : août 1923, d'autres août 1924 ! *(Rire)* Il y a un vrai esprit de déconnade sur cette émission qui est éminemment sympathique. Malheureusement, je deviens plus grave… Où est née Micheline Presle ? Près de l'église des Bernardins. Oui, mais à quelle distance ? 20, 30, 50 mètres ? Est-ce que c'est dans l'église ? Ce matin encore au bureau, certains penchaient pour cette hypothèse. Une chose est sûre, il faudra répondre à cette question, on ne peut plus rester dans l'incertitude : où est née Micheline ? Alors, très vite, je sens l'enthousiasme monter, on arrive à la carrière de Micheline Presle…

Sans Corinne Luchaire, Micheline n'aurait pas rencontré Raymond Rouleau… Elle aurait rencontré Popard. Popard qui était cul et chemise avec Fernand Gravey et Micheline Lafaurie. Abel Gance n'était pas d'accord, Stéphane, je vous remercie d'intervenir ! Gance avait dit : « Je ferai *Paradis perdus* si Gravey est de la partie ! » Ne l'oublions pas ! L'abonné de Canal doit connaître la vérité ! Je ne veux pas, moi, je veux pas qu'on dise : « Vous avez éludé la question ! » Je ne laisserai pas faire, allons au fond des choses, soyons précis sur les dates… Je suis un Michelinien convaincu, mon père était Michelinien, mon grand-père était Michelinien-preslien, ce qui est plus grave, et dans la famille, c'est une émission qui nous tient à cœur !

DANIEL PREVOST

Daniel Prévost. En mars dernier, vous avez publié votre dernier ouvrage : *Pensées*. C'est un livre que j'ai adoré, car moi aussi, j'en ai… des pensées. La dernière remonte à ce matin. 7 heures : je me lève. Première pensée : prendre mon café. (Je fais toujours la même, ou aller faire pipi… C'est une des deux) Deuxième pensée : écrire un papier sur Daniel Prévost. Troisième pensée : et si, à la place, j'allais me recoucher ? Quelle bonne idée ! Après une grasse matinée de deux bonnes minutes, appelée « grasse matinée de l'angoissé », je me relève. « Sur toi, je remonte le drap, j'ai peur que tu aies froid, comme d'habitude. » Ça fera toujours une ligne de moins à écrire. Comment être aussi drôle que Daniel Prévost ? Rien de plus facile… Je vais vomir dans la baignoire. Quatrième pensée : ça va mieux ! Ne pas aller à l'émission, j'appelle mon médecin, je raccroche quand il décroche. Cinquième pensée : je suis une merde. (Ça, c'est ma pensée favorite. C'est une pensée récurrente qui m'a déjà fait perdre 39 ans et demi, sur bientôt 40, c'est pas mal) Sixième pensée : écrire un sketch autour de la banane, fruit emblématique de Daniel Prévost. La banane en forme de ceinture, de coiffure… Lui dire que sa carrière ressemble à ce fruit oblong : vert à ses débuts, mûr par la suite, blette aujourd'hui et qu'il a intérêt à le faire flamber fissa s'il veut continuer à nous divertir ! Conclure par : « Alors, Daniel, toujours la banane ? » Septième pensée : rappeler mon médecin, cette fois-ci, j'y vais. En route, je fais plusieurs fois ma pensée favorite : je suis une merde ! Huitième pensée : reprendre confiance, mon médecin m'a souvent sauvé le coup, notamment sur des papiers très durs, comme Zizi Jeanmaire et Pierre Bellemare. « Prévost, me dit-il, décidément, vous n'avez que des vieux ! Avec tous les actes de décès que j'ai signés cet été, je pensais que vous seriez peinard ! » Je m'imagine dire une telle phrase à l'antenne. Pas question d'attaquer Prévost sur son âge. Il est drôle mais maladivement susceptible. Une vraie banane : dès qu'on l'épluche, il est à poil, n'importe qui lui ferait son affaire.

Retour à la maison et à ma pensée favorite : je suis une m… Et si, tout simplement, je disais à Daniel Prévost qu'il était magnifique dans le film d'Éric Le Roch *Le Soleil au-dessus des nuages*. C'est pas drôle, mais ça fera toujours plaisir. Pourquoi ce film n'a pas croulé sous les récompenses ? Les critiques sont des idiots. Neuvième et dernière pensée… positive cette fois-ci : je vais mieux !

PRISCILLA

Priscilla, je me suis longtemps demandé s'il fallait être méchant avec une enfant de 14 ans. Les miens ont 5 et 7, j'ai deux goûters d'anniversaire à venir… Si je vous pourris, des insultes style « t'as les pieds qui sentent le camembert » vont pleuvoir. Faut-il être méchant avec Priscilla ? J'ai écouté l'album : la réponse est oui ! À l'instant même, ma fille raye mon nom de son carnet Barbie ! Je lui ai prêté votre disque, elle adore. En même temps, elle aime les dessins animés japonais, elle trempe ses Vache Qui Rit dans le ketchup, elle trouve que Bern est aussi beau que Ken… Les enfants ont mauvais goût, faut que ça passe. Par exemple *(Montrer la pochette du disque)*, ce petit ensemble rose à lacets, sorte de body pour caniche, elle le veut ! Le halo de lumière dans les cheveux : pareil ! « Papa, je veux un halo comme Priscilla pour aller à l'école ! / Pas de problème, ma fille, on va louer un gars avec un projecteur, il va te suivre ! » L'autre jour, la petite greluche… Elle perd ses dents en ce moment, c'est une horreur ! : « Papa, papa, grâce à Priscilla, je découvre la poésie, écoute : "Des regards un peu lourds, des mots un peu balourds, mais toujours pas d'amour, sourire de vautour, dis, tu viens faire un tour." » Remets du Nutella sur tes frites, ma fille, c'est meilleur ! Priscilla, j'ai lu votre CV, je vais me fâcher avec mes enfants, ce sera fait. Plus tard, quand ils reverront l'émission, quand ils auront un goût très sûr, quand ils aimeront Lorie : « Moi, j'ai besoin d'amour, des bisous, des câlins, j'en veux tous les jours, c'est comme ça ! », peut-être, me pardonneront-ils ! Vous avez été découverte par Bataille et Fontaine. À l'époque, y avait pas encore le rideau, on ne pouvait pas dire : « Non, finalement, Priscilla, j'en veux pas ! » Votre surnom c'est « Prissou », je le dis souvent à mon chien : « Viens, on va aller faire un petit prissou ! » Là, ma fille est en train de faire son sac : deux horribles colliers de perles, un miroir Disney, un doudou accroché à un foulard qu'elle suce. « Comment as-tu pu, papa ? "Prissou", c'est super joli, c'est un mélange de soupe et de Prisunic ! »

Je continue votre bio. Taille : 1,45 m. À 14 ans, la croissance n'est pas terminée, vous pouvez encore espérer un ou deux centimètres. 1,47 m, 1,50 m avec des talons, ça fera une copine à Mimi Mathy aux Restos du Cœur ! Ma fille est en train de quitter l'immeuble, son sac Barbie Lac des Cygnes sur le dos. Père : agent hospitalier à Nice. Moyenne d'âge par habitant : 90 ans, il ne doit pas chômer. Une sœur chanteuse, l'autre préparatrice en pharmacie… Faudrait qu'elle file des somnifères aux deux autres ! Maintenant que ma fille est partie, je me lâche ! Bon, vous avez un joli filet de voix, là-dessus, je donne raison aux enfants. Mais bon, dans les deux ans, vous allez muer. Si vous vous mettez à chanter comme

Garou, les bodys à lacets : terminé ! Priscilla, à l'école, vos petits camarades jaloux vous mettent des coups de cartable sur la tête. Disons que je suis l'un d'eux. Le pire, la raclure du fond de la classe !

YVES RENIER

Yves, vous avez été *Commissaire Moulin* de 1976 à 1981. De 1981 à 1989, vous vous en sortez, vous réussissez à ne plus l'être. Et en 1989 : rechute ! Comment ce genre de drame survient ? On va essayer de comprendre.

Vous étiez un acteur heureux, rôle principal dans *Belphégor* et, à l'âge de 33 ans, un mardi à 13 h 42, on vous propose *Commissaire Moulin*. En 1976, trois catastrophes majeures : le prix des frites augmente en Belgique, Chirac est élu président du RPR, Rénier accepte *Commissaire Moulin. (Faire le moulin avec la main)* Pour nos amis malentendants, je traduis le titre. Sachez que Francis Huster et Charles Berling attendront 2002 pour tourner *Jean Moulin*, un parent éloigné. Malheureusement, la série marche, elle est diffusée en août 1976, en pleine canicule. Que s'est-il passé ? Probablement des vieux alités, impuissants, condamnés à regarder ce que les infirmières ont bien voulu leur mettre. En 1981, après dix-neuf épisodes… Un homme, d'ailleurs, est mort en les regardant à la suite, un pari idiot avec un copain… On peut également se suicider au *Navarro* : sept épisodes, au *Une femme d'honneur* : 3… Plus c'est con, plus vous pouvez diminuer les doses. Vous arrêtez la série, direction les États-Unis. On se dit : « Il est sauvé ! » On craint, à un moment, que vous vous fassiez engager sur *Dallas*. Moulin avec ses costumes pattes d'eph' est aussi élégant que Bobby et J.R. réunis. Bobby qui s'était tapé Mireille Mathieu : un goût très sûr. Et puis, en 1989 : reprise de *Commissaire Moulin. (Faire le moulin avec la main)* La télé bouge : *Dallas* est remplacé par *Dynastie*. Michel Drucker remplace Michel Drucker qui, plus tard, sera remplacé par… Michel Drucker ! Comme dans toute rechute, les symptômes s'aggravent. Un *Commissaire Moulin* rajeuni : jean moule-boules, baskets et blouson. Résultat mitigé, imaginez qu'on ait mis à *Navarro* un pantalon taille basse et un piercing dans le nez.

Ah ! Un texto arrive… On me demande si Roger Hanin peut reprendre *Navarroi*. Mathématiquement oui, je serais plus pour un *Starsky et Hutch* à la française avec Robert Hossein comme partenaire. Ne faites pas le combat de trop, Yves ! Dans *Téléstar*, vous déclarez : « J'arrêterai *Moulin* quand je ne pourrai plus faire de la moto. » Merveilleux *Téléstar*, toujours à la pointe de l'info. Qui répond précisément aux questions qu'on se pose dans une journée : « Tiens, quand est-ce que Rénier arrête *Moulin* ? » Tenez votre promesse, Yves, vous avez dit « moto », pas véhicule à deux roues. Un *Moulin* en fauteuil roulant, qui ferait vroum-vroum avec la bouche parce que intellectuellement tout n'est plus irrigué, même en quatrième partie de soirée, j'y crois moyen. Bonne route, commissaire. Merci.

CLAUDE RICH

Claude, jeune, vous étiez employé à la Société Générale. Vous auriez pu être banquier, et… malheureusement, vous êtes acteur ! À cause d'une connerie, en plus, vous réussissez le Conservatoire. La connerie qu'on fait môme et toute sa vie, on la paye ! Adieu la Générale… Enfin… des générales… vous en ferez, mais au théâtre. Claude Rich banquier : « Rich plume les pauvres. » Un beau bureau, un fauteuil en cuir, des promotions régulières. « Claude, vous ne prenez plus une demi-armoire métallique pour vos affaires, vous prenez une armoire entière. / Merci chef ! / De rien, mon petit, ça me fait plaisir. » Vous étiez au guichet, tranquille, et vous vous êtes mis à imiter Bourvil, un pari à la con avec un copain. Au lieu d'attendre le client, de recompter sa liasse, on imite Bourvil ! Après, on croit qu'on est acteur, qu'on a du talent… J'espère que la nuit, vous rêvez que vous remplissez des remises de chèques, j'espère que vous vous en mordez les doigts ! Acteur… Des horaires impossibles, des partenaires à l'haleine de bouc. On soupe après la pièce, on grossit, des tournages de nuit. À 73 ans, vous travaillez encore. Vous pourriez être à la retraite depuis treize ans. Certainement la banque a sa propre maison de repos avec ses activités. Vendredi 12 : partie de pétanque avec les anciens du Crédit Lyonnais. Samedi 13 : partie de Monopoly. Mr Rich, qui a été le plus méritant ce mois-ci, il a fait son lit tous les jours, a fini sa purée de chou-fleur en premier, gagne le droit de tenir la banque ! Il pourra, s'il le souhaite, remettre sa blouse grise de service. » Depuis, vous affichez un sourire béat, des yeux pétillants, Claude Rich, heureux 24 heures sur 24. Je souris, je masque ma déception. Ça ne trompe personne ! Banquier, vous vous seriez régalé : compte bloqué, CB découpée, chéquier déchiré. Le tout avec votre petite voix pointue, votre sourire de sadique, votre articulation bien léchée : « Mais si, Melle Jeanne, je peux vous accorder votre prêt. Faut juste être gentille avec moi. Passez sous mon bureau, tâtez mes bourses, elles sont fluctuantes. » Les gens vous auraient détesté : « Salaud de Rich ! »

Aujourd'hui, on vous adore, bien fait pour votre gueule : « Rich ceci, Rich cela. Oh, Claude, quel acteur ! » Accolades, décorations : César d'honneur en 2002. Deux ans après, vous n'êtes toujours pas mort. Quand on vous donne un prix, respectez les clauses du contrat ! On vous a appris quoi à la banque ? J'aurais aimé vous parler PEL, PEP, Codevi… Je vois des noms sur votre CV : Jean Renoir, René Clair, Terzieff. Il imite qui, lui, Terzieff ? Fernand Raynaud ? Soirée gâchée, désolé. Demain, nous recevons un huissier de justice qui a choisi le rêve, la fantaisie, faire chier l'autre. Bref, la vie, la vraie !

ELISABETH RICHARD

Alors, aujourd'hui, nous vous proposons une émission au rabais, en soldes… Ça arrive ! On n'a pas pu avoir la Reine, la vraie… On convoque la copie. Copie grossière, ça se voit tout de suite, l'original est quand même beaucoup plus délabré, une haleine de bouc, un dentier, des bas plissés… En vérité, ce sont ses varices… Des détails qui n'abusent pas un spécialiste en Élisabeth II.

Ce soir, pour Stéphane, c'est la fin d'une carrière. Après avoir reçu le sosie d'Élisabeth, plus jamais il ne pourra commenter l'enterrement de la vraie. On entend les réflexions d'ici : « Si ça se trouve, ils enterrent le sosie, c'est encore une plaisanterie de Canal ! » Sosie est une maladie qui se dépiste *(À Bern)* : si votre enfant sourit bêtement et orne son sexe de fleurs de lys, consultez très vite ! Sosie de Stéphane Guillon : dès la première échographie, si le fœtus vous fait ça… *(Bras d'honneur)* pratiquez l'IVG, les médecins connaissent l'émission, c'est accordé d'office. Un sosie se loue, journée, demi-journée. Là, on l'a pris à l'heure : c'est plus économique ! Après, on lui fait boire un coup…

Oui, faut le rendre avec le plein. Ça dépend des formules : sosie de Régine, par exemple, à la loc, c'est très avantageux, mais après… Lise Taylor, pareil ! Mais bon, pour les gosses, si tu veux leur faire un Halloween de rêve, c'est ce qu'il faut louer ! Y a aussi une question de mode : sosie de Clo-Clo, en ce moment, c'est très en vogue. Que des gars qui travaillaient sur des lignes à haute tension et qu'ont eu la révélation. Sosie de Michael Jackson… pour un goûter d'anniversaire avec des petits… c'est mal vu. Sosie de Ben Laden, pour prendre l'avion, c'est délicat.

Le sosie vieillit avec son modèle, l'accompagne. Élisabeth Richard, c'est votre cas. La Reine boite, vous boitez. Votre fils a été prié de se mettre au polo, comme le Prince Charles. Après, il a été prié de se taper son majordome… Il a un peu renâclé. Vos petits-fils fument du cannabis, se déguisent en SS. Votre belle-fille fait régulièrement des pointes de vitesse sous le pont de l'Alma… Sans succès. Là aussi, une fille moche qui ne pouvait pas être sosie de Lady Diana à la grande époque peut devenir sosie de Lady Di « après son accident ». Humour british, j'espère que votre majesté apprécie, je me suis donné du mal. *Isn't it ?* Elle ne comprend pas… C'est pas grave, on n'a pas pris l'option. Allez, *so long !*

PIERRE RICHARD

Je suis désolé, mais je pensais qu'on recevait Pierre Mondy aujourd'hui, je me suis trompé de semaine… Je suis distrait moi aussi. Je vais improviser quelque chose…

J'adore Jean Richard, je trouve que c'est un homme de cirque formidable… PIERRE RICHARD, pardon ! C'est vrai que l'autre nous a quittés… Immense comédien, ne disait-on pas, dans les cours de théâtre : « Tu joues la comédie comme Jean Richard. » Ce qui voulait dire : « Va reprendre ton chèque à l'accueil, ce métier n'est pas pour toi ! » Pierre Richard… Pierre… Votre film culte c'est *Le Grand Bleu*… *Le Grand Blond*, pardon ! *Le Grand Blond* en est à sa trente-septième rediffusion. Pour les gens étourdis, c'est pratique : quand il passe à la télé, on sait qu'on est au mois d'août. *La Grande Vadrouille*, c'est le 25 décembre, *Fanfan la Tulipe*, le jour de l'an. Dans les maisons de retraite, ce sont des repères hyper précieux. Quand Drucker apparaît, vous en avez toujours un ou deux qui se lèvent en criant : « Ouais, c'est dimanche ! » L'éviction de Jacques Martin sur cette tranche a été un drame. Pendant des semaines, les vieux sont passés du samedi au lundi sans comprendre. Vous, Pierre Richard, le personnel soignant vous adore ! Comme vous ne faites plus de gros succès depuis 1986… pour les vieux, qui n'ont pas eu de visite depuis cette date : c'est très rassurant ! « Mais si, Mme Berthier, votre fille est venue hier ! Y avait le nouveau film de Pierre Richard à la télé : *Les Fugitifs* ! » Ah ! Cette canicule qui n'a pas été assez forte !

Qu'est-ce que je pourrais dire sur vous Pierre ? (C'est difficile d'improviser…) Vous avez été kinésithérapeute. Quand on sait que si on se trompe d'une vertèbre c'est la chaise roulante à vie… On frissonne. On imagine la France entière se gondoler devant sa télé et, à côté de cela, une centaine de tétraplégiques faisant profondément la gueule devant *Le Grand Blond*. Vous vivez sur une péniche, vous vous en êtes aperçu, très récemment, quand vous avez décidé d'aller voir vos voisins du dessous. Sinon, vous faites du vin, en décembre dernier, vous avez fait venir des étudiants pour les vendanges. Cher Pierre Richard, depuis 1986, même si vous avez fait de très belles choses… vous vous faites rare. Si c'est une distraction, ce serait la première qui ne me ferait pas rire. À une époque où tout est calibré, codifié… De la taille de la baguette au poids du saucisson… L'art de la distraction n'a jamais été aussi nécessaire. Alors, revenez vite !

DICK RIVERS

Aussi bizarre que cela puisse paraître, prendre un pseudo américain a été, un jour, à la mode ! Dick Rivers, Johnny Hallyday, Eddy Mitchell, Steven Beurne. Dick, en anglais, ça veut dire « bite », c'est pas pour ça que vous l'avez choisi. Ça vient du film *Loving You* dans lequel Elvis Presley interprétait le rôle de Dick… Un personnage con comme une « dick ». Ultime précision sur votre pseudo, en banlieue, on vous surnomme « Dick ta mère » ! Fin de la parenthèse. Je préfère faire un papier très rock. Dès le départ, ça donne le tempo, après on est tranquille !

Dick, votre vie bascule à 12 ans, grâce à un copain qui vous fait écouter *Heartbreak Hotel*, méga tube d'Elvis. Une révélation ! Ça ne marche pas à tous les coups. Hier soir, j'ai fait écouter à ma gamine *Les Comptines de Steevy* : crise de tachycardie, fièvre, tremblements… On a appelé SOS Médecins : oreille interne détruite ! Alors, précisons que votre amour du King a ses limites. Vous êtes fan d'Elvis, première période. Regard ténébreux, voix de velours, déhanchement de folie. L'Elvis deuxième période, seconde main si vous préférez, déguisé en sapin de Noël et gonflé à l'hélium, vous êtes moins fan : bouffi par l'alcool, sorte de Régine à rouflaquettes, Elvis est mort en poussant sur ses toilettes. (Historique !) Le King agonisant sur le trône, quoi de plus normal ? Malgré cette fin assez trash, vous lui restez fidèle et, en 2000, dans l'excellent *Téléstar*, vous déclarez : « Elvis est toujours vivant ! » Vous avez raison, récemment, j'ai assisté à une réunion Tupperware en compagnie d'une poignée d'Américaines liftées et Elvis est arrivé au dessert. Il a demandé de vos nouvelles : « Comment va ma bonne vieille Buick ? » Dick, je lui ai répondu, il vous confond avec une bagnole ! Il était très étonné que Johnny ait survécu à la canicule, pareil pour Eddy Mitchell, il m'a demandé : « Est-ce qu'il bouge toujours aussi mal ? » Une vraie langue de pute ce Presley. À ce propos, il s'appelle Albert Dupont maintenant. Il a francisé son nom. Aux États-Unis, c'est très en vogue. En 2050, ça risque de faire ringue, mais d'ici là…

Dick, vous êtes resté fidèle à vos rêves de jeunesse, c'est l'essentiel. Vous le dites : « Je m'habille comme les héros de mon enfance. » Nous, on a le même problème ici, avec Stéphane, qui vient souvent habillé en Diane de France. Merci, cher Dick, pour votre fair-play, vous avez été très rock, comme d'habitude. *So long !*

EVE RUGGIERI

Chère Ève, à 13 ans, alors que mes camarades s'ouvraient à la sexualité en feuilletant *Newlook*, j'écoutais le son de votre voix, planqué sous mes draps. Seule l'antenne du poste et la mienne dépassaient. Je m'initiais à la modulation de fréquence : courte, saccadée, en puissance... Jamais je n'ai aimé autant la radio ! Aujourd'hui, je connais la vie de Jeanne d'Arc et de Jackie Kennedy sur le bout des doigts. Avec, parfois, quelques confusions : que fabriquait Jeanne d'Arc, à Dallas, en 1963, à quatre pattes sur le capot présidentiel ? Inévitable quand on apprend l'histoire bercé par votre voix. Ceux qui l'ont apprise avec Alain Decaux sont beaucoup plus précis. Reste les incultes, persuadés qu'Alain est le créateur des célèbres sanisettes.

Ève Ruggieri, un parcours terriblement sexy. Née à Limoges en 1939, à 16 ans, vous collectionnez les faïences... Oh, que c'est bon ! Premier prix au conservatoire de Nice, vous entamez des études de dentisterie : deux blanches, une noire... Vous connaissez la musique. Être anesthésié, dévitalisé, obstrué par vos soins, quel bonheur ! Ouvrez la bouche, c'est Ève qui vous parle.

Si je vous fais mal, levez la main… La main, j'ai dit ! Pour être caressé par votre bistouri, j'en aurais bouffé des sucreries. Ce vers m'a été écrit par Bruno Mazure, candidat à l'Académie française. Après la consécration d'Évelyne Thomas en Marianne, n'hésitez plus, quittez le territoire ! Ève, un parcours brûlant comme la braise : en 1978, vous présentez *Les Parenthèses roses*, en 1979 *Ève raconte*, un changement de pile inopiné sous les draps me fit gauler par ma mère. La consécration arrive en 1981. Pour beaucoup, c'est la Mitterrandie, pour moi c'est *Musiques au cœur*, une heure du mat' sur France 2. Un concept simple : un orchestre avec une grosse diva font tapisserie. En avant-scène, Ève, sanglée dans un tailleur sexy. On coupe le son, place au fantasme : Ève raconte la vie du marquis de Sade ! Audience : deux millions d'obsédés sexuels noctambules. Pour les impuissants, TF1 diffuse un reportage sur la pêche à la mouche.

Chers auditeurs, c'est tout pour aujourd'hui. Demain, je vous parlerai d'Ève, côté privé. Celle qui possède un château dans le Gers, à Condom (« préservatif » en anglais). Tous les étés, Ève et seize de ses hôtes se retrouvent dans cette forteresse du plaisir. Un récit qui, je l'espère, vous fera voyager. Tous à vos postes et pensez à changer les piles.

HENRI SALVADOR

Je ne serai pas méchant avec vous, Henri, depuis la canicule, le bipède octogénaire est protégé. Emmener sa grand-mère au Mont-Saint-Michel quand la marée monte, l'écraser par inadvertance sur une aire d'autoroute : c'est fini ! On vous demande de patienter jusqu'à l'été prochain, des pointes à 45° sont attendues. Cet hiver, ne chauffez pas l'appart' de mamie, le choc thermique n'en sera que plus efficace !

Je ne serai pas méchant, j'ai rencontré mon maître : Salvador ! Ça swingue, mais ça balance aussi ! Morceaux choisis. À propos de Juliette Gréco : « Jamais été mon pote, cette gonzesse ! » À propos de Johnny : « Je déteste le rock, du mauvais jazz ! » Dans *France-Soir* : « Les politiques, je m'en tape ! » On approuve. « Les intermittents, je m'en tape ! » On approuve moins, c'est eux qui nous éclairent et nous sonorisent. Ce que je vais faire, Henri, je vais donner les dates de vos prochains concerts. Comme ça, s'ils veulent bousiller votre tour de chant, ils pourront : c'est au Palais des Congrès, du 6 au 15 février 2004. Quel est le secret de votre langue de vipère, Henri ? Vous mélangez DHEA et Viagra ?

En tout cas, niquer, chanter et dire des saloperies, ça conserve ! Ces deux dernières années, vous avez obtenu trois Victoires de la Musique et vous êtes entré au musée Grévin… en même temps que Lorie. Les chanteurs Kleenex, ils adorent… Comme les carrières ne durent pas, après, ils récupèrent la cire ! Dernièrement, avec les 2B3, ils ont fait Jenifer.

Vous noterez, Henri, que je tape sur tout le monde sauf sur vous. Protection des octogénaires oblige ! Vous êtes entré dans le *Larousse*, vous avez été fait chevalier de l'ordre du Mérite : un total de six récompenses en deux ans. Rien à voir avec le talent, c'est comme la carte Vermeil, c'est automatique. L'octogénaire est récompensé à condition qu'il casse sa pipe dans l'année qui suit. Et là, Henri, on vous avait demandé, cet été, de ne pas mettre la clim' dans votre villa : contrat non respecté ! Vous chantez de mieux en mieux, vous vendez de plus en plus… À quand un *Star Ac'* spécial grabataires, animé par Pascal Sevran ? Rose viendra chanter avec sa sonde urinaire.

Dernière chose, Riton, mon boulot étant de balancer des horreurs sur l'invité, est-ce que quand j'ai un petit coup de mou, vous pourriez venir me remplacer ? Je suis fan !

SANSEVERINO

Alors, à la question qui est Sanseverino ? 90 % d'entre vous ont répondu : « Une eau pétillante ! » C'est San Pelegrino. Album léger, rafraîchissant, mais ça s'arrête là ! Pour une fois qu'on a un vrai chanteur, vous le confondez avec une eau gazeuse, c'est rageant ! Faut dire qu'après Priscilla, Jonatan et Jean-Édouard : Sanseverino… La transition est rude ! Au fast-food depuis des mois et, tout d'un coup, de la grande cuisine, quatorze morceaux mitonnés aux petits oignons, c'est limite gerbant ! Cette année, on ne s'est pas épargnés. Musique : Steevy et Deviers-Joncourt. Littérature : Loana et Greg le Millionnaire. On peut passer des disques aux bouquins sans tressauter. Résultat : encéphalogramme plat, une éponge entre les deux oreilles, même *L'Équipe*, t'as du mal à lire les gros titres ! Comment se faire un week-end pourri ? Une nuit dans un F1, emporter le dernier Cerrada et le bouquin de Loana. Pour le dîner, commander une pizza aux fruits de mer, demander au livreur qu'il fasse trois tours de périph' avec ! (Quand la pizza est froide, la boîte est encore chaude) Pour l'amour : se masturber sur la chaîne XXL qu'on réclame en version allemande. Arroser le tout d'une 33 Export tiède, s'endormir bourré, habillé, la tête dans le carton à pizza. Ronfler en rotant régulièrement sa bière. Je sais pas si vous avez remarqué, mais au restau, quand vous demandez une San Pelegrino, ils n'ont que de la Badoit et inversement : « Une Badoit, s'il vous plaît ! / Ah, monsieur, nous n'avons que de la San Pelegrino. » Coca et Pepsi, c'est la même chose ! Tout le papier est de cette qualité, cherchez pas une amélioration. Parfois y a un début consternant comme : « Bonjour, on vous confond avec une eau gazeuse ! » Et puis après, ça s'améliore. Là, non. Un disque de cette qualité c'est la mort clinique du chroniqueur, le fan de Mireille Mathieu qui est à ma droite peut difficilement s'en rendre compte. D'ailleurs, au passage, je remercie tous les gens qui font de la merde… grâce à qui je vis grassement depuis septembre ! (La canicule et les catastrophes aériennes, je ne sais pas qui il faut remercier.) En même temps, est-ce que ça vaut le coup de se surpasser quand tout le monde vous confond avec une eau gazeuse ? L'autre jour, chez Auchan, je demande le dernier Sanseverino. Ils me disent : « Le dernier ! On vient d'en remettre trois palettes en rayon ! Vous voulez quoi, un pack ? / C'est un album que j'aime bien, je vais peut-être pas en prendre six ! / À l'unité, c'est plus cher, il me dit. » Sanseverino, il ne s'emmerde pas ! Par contre, le dernier Cerrada, on le trouve ! En tête de gondole, on dirait des Kleenex. Ça finira au même endroit ! Alors, vous allez me dire que j'ai pas parlé du produit. Je vais regarder l'étiquette *(Sortir une bouteille d'eau gazeuse)* : « Issu d'un terroir brut, naturellement pétillant, Sanseverino est source de plaisir au quotidien. Sa pureté, la finesse de son goût font de ce disque l'accompagnement idéal de vos repas. » J'invente rien ! Bon, je vais me coucher, boire, éliminer. Ce papier, ça m'a tué. Merci !

PATRICK SEBASTIEN

Artiste extrêmement précoce, dès sa naissance, le petit Patrick imite à merveille un prématuré voisin atteint de strabisme. Les conséquences sont lourdes, son père refuse de le reconnaître. Bâtard dans les années 1950, à Brive-la-Gaillarde, comment mieux démarrer sa vie ? Patrick est élevé par sa mère, Dédée, qui travaille dans une usine de fruits. Conserver les fruits trop mûrs, un art extrêmement important pour durer en télévision. Sébastien, on croit souvent qu'il est trop maquillé… En vérité, il est embaumé. Son maquilleur, c'est un Russe, Mr Pépioff. C'est lui qui est chargé de surveiller la dépouille de Lénine.

À 12 ans, Patrick Boutot, c'est son vrai nom, imite à merveille Adamo. Maman Dédée s'inquiète pour sa sexualité future et l'inscrit à l'école de rugby de Brive. En pleine mêlée, Patou chante à ses camarades : « Laisse mes mains sur tes hanches ! » Dans le rugby des années 1970, ça coince ! Nous sommes loin des calendriers de joueurs actuels. Tafioles imberbes et épilées masquant leurs parties à l'aide d'un ballon ovale. Père à 16 ans, le troisième ligne au plaquage un peu trop collant est viré de l'école pour paternité précoce ! Bachelier par correspondance, il est ensuite recalé d'un point au concours d'entrée dans la police. Dommage… Plus tard, vous écrirez le sketch *Casser du Noir*, tout le côté travaux pratiques, vous l'aviez parfaitement assimilé. En 1974, Patrick quitte sa Corrèze natale pour conquérir Paris. Vingt-cinq ans plus tôt, un autre Corrézien eut, malheureusement, la même idée. À son propos, vous dites : « J'aime l'homme : loyal, fidèle et droit. » Vous dites aussi : « Dans les pires moments de ma vie, je buvais un litre de whisky par jour. » Qu'est-ce qu'on peut dire comme conneries quand on est bourré ! Trente ans plus tard, Patrick accumule les succès. Les intellos se déchaînent : « Sébastien est un beauf, ses émissions sont vulgaires ! » C'est oublier l'homme privé, pudique et tout en finesse… Qui aime la bouffe, le cul et jouer au casino !

Il y a aussi le découvreur de talents : celui qui a eu le courage de programmer, pour la première fois à une heure de grande écoute, des sketchs de Stéphane Guillon. C'était dans sa période deux bouteilles de whisky par jour. Bien sûr, quand il vous invite, à la fin, il faut l'écouter chanter. On dit qu'on garde le meilleur pour la fin, chez Sébastien, c'est le contraire. Taper des mains sur *Le Petit Bonhomme en mousse* en ayant l'air de trouver ça bien, il faut être, déjà, un sacré comédien. Si, en plus, on fait lá gestuelle, on passe dans la catégorie Super fayot ! N'en déplaise aux intellos, *Le Plus Grand Cabaret du monde* bat régulièrement la *Star Ac'*, de vrais saltimbanques damnant le pion à des guignols, nous devons cela à Sébastien.

MATHILDE SEIGNER

« Maudite Mathilde », comme disait Brel ! « Et vous, mes mains, restez tranquilles. C'est un chien qui nous revient de la ville, Mathilde est revenue. » Il vous connaissait vachement bien ! Mathilde, je me suis fâché avec votre sœur en novembre, je ne serai jamais invité à dîner chez les Seigner, alors perdu pour perdu, j'y vais ! Dommage : grand admirateur de Gros Loulou, votre grand-père, Jacques Charon, Hirsh… Moi aussi, je suis un passéiste nostalgique. Imitateur à mes heures *(voix PPDA)* : « Mesdames et messieurs, bonsoir, ce soir, nous recevons Mathilde Seigner », grande gueule tous les deux, nous étions faits pour nous entendre !

Fan de la France des années 1970, Mathilde est née trop tard. Deux idoles : de Gaulle et Michel Sardou. En 1996, vous déclarez : « Le jour où il quitte Babette, il peut m'appeler. » Pas de chance. Quant à Yvonne, jamais le général ne l'aurait plaquée… Ni contre un arbre, ni tout court ! Nostalgie quand tu nous tiens ! Arriver à New York sur le paquebot *France* en chantant *La Maladie d'amour*, ça, ça l'aurait fait kiffer la Mathilde ! Se retrouver, dans un métro, collée à un rappeur qui écoute Nique ta Mère au Walkman… beaucoup moins ! Ah, les seventies ! Pompidou pour Mathilde : une icône ! Elle fume comme lui, porte des cols roulés, s'est mise à la cortisone ! Amoureuse de Sardou, Pierre Bachelet, Michèle Torr… C'en est un ! Pour eux, elle aurait tout fait : cardiologue chez Joe Dassin, psy chez Mike Brant, clodette chez Clo-clo. Amante s'il eût fallu : « Prends pas un bain, t'es pas une fiotte, prends une douche ! » Elle lui aurait sauvé la vie ! Amie de Johnny, capable de lui apporter une eau minérale sur son yacht, à trois heures du mat' sans rien craindre : « Jojo, tu prends ta Vittel et tu gardes tes mains dans tes fouilles ! La Mathilde, elle est revenue, si tu bouges, elle t'éclate la gueule ! / Quoi, ma gueule, qu'est-ce qu'elle a, ma gueule ? / Elle est défraîchie, va te coucher ! »

La France profonde, la tradition… Jean-Claude Brialy est son parrain. Excusez-moi, y a une faute de frappe… Fallait mettre sa marraine. Heureusement, Mathilde trouve son bonheur chez ses contemporains, des choses un peu désuètes, poussiéreuses : elle aime Sarkozy : « Je me sens plus en sécurité, bravo Sarko ! » Sarko et Hutch ! Faudrait qu'il roule en DS, ce serait mieux : « La France de la chienlit ! » Elle aime J.-P. Pernaud. Peut-être un costume plus sombre, une queue-de-pie ? Lara Fabian, sorte de Pierre Bachelet des années 2000… Une fois épilée, si ! Y a encore de belles antiquités, faut chiner !

En tout cas, Mathilde, vous ne pratiquez pas la langue de bois, et dans un métier où l'hypocrisie règne, c'est infiniment sympathique. Vous êtes en plus une bien belle actrice, double plaisir. Rabibochez-moi avec votre sœur, je viendrai pour le dessert. À bientôt !

ELIE SEIMOUN

Aujourd'hui, respect, nous recevons Élie Seimoun, ancien salarié de Dieudonné, exploité par l'ignoble M'Bala M'Bala et forcé, à 40 balais, de démarrer une carrière de chanteur de charme pour croûter ! Je prends 100 000 balles et je t'en laisse 3 000. Un sketch très rigolo à jouer quand vous prenez les 100 000, mais qui fait mal aux fesses quand vous prenez le reste ! Vous auriez pu vous laisser mourir, enchaîner les émissions style Mireille Dumas : « Je me suis fait enfler par mon partenaire », devenir le Paul-Loup Sulitzer de l'humour, lui s'est fait dégonfler par sa partenaire. Vous, vous avez choisi de vous battre !

Votre disque marche très fort, les gens l'achètent, beaucoup par solidarité, mais aussi pour son titre, très affriolant : *Chanson*. Petit regret, pourquoi ne pas avoir appelé le DVD de votre spectacle *Sketch* ? Aujourd'hui, vous nous présentez un nouvel exemplaire de vos petites annonces, avec comme partenaire Franck Dubosc que vous exploitez à votre tour. Schéma classique, les enfants battus deviennent bourreaux. Pourvu que Franck ne pousse jamais la chansonnette, on touche du bois ! Pour être très franc, Élie, rire de nouveau à vos pantalonnades… C'est difficile ! Dorénavant, Seimoun est synonyme de charme, de bossa nova, de swing… Votre musique est un élixir, depuis Barry White et les Bee-Gees, pour emballer une blonde à forte poitrine, on n'a pas fait mieux. Nous ne pourrons pas revenir en arrière, quand une fille débarque à la maison et qu'elle réclame, énamourée : « Tu as le dernier Seimoun ? » Difficile de lui coller votre personnage de bigleux. Imaginez Marc Lavoine avec des lunettes triple foyer, les dents pourries, le cheveu gominé, postillonnant sur l'objectif d'une caméra ! Déjà, quand votre disque est sorti, pour vous imposer, on a ramé : « Chérie, je te mets le dernier Seimoun ? / Écoute, que tu veuilles me sauter, passe… Mais qu'en plus, on se tape les petites annonces d'Élie, c'est au-dessus de mes forces ! / Il a fait un disque de bossa nova magnifique ! / Prends-moi pour une conne, salut ! » Plus sérieusement, Élie, ma fille de 5 ans est très émotive : dans sa chambre, votre poster trône entre David Charvet et Calogero. Il y a deux ans, quand elle a appris que Mario de la *Star Ac'* n'était qu'un voleur de voitures, elle a avalé entièrement son collier de perles Barbie. Si, par malheur, elle découvre que vous jouez le personnage d'un attaché de presse homosexuel dans le prochain *Jet Set*, elle risque de récidiver. C'est pourquoi, sa mère et moi, nous vous demandons de reprendre sur-le-champ votre métier de chanteur et de cesser pour toujours vos pantalonnades !

ROCCO SIFFREDI

Le 4 mai 1964, en Italie, naissance du petit Siffredi. Après avoir coupé le cordon ombilical de l'enfant, stupeur chez le chirurgien, un deuxième cordon apparaît. Alors qu'il s'apprête à cisailler l'intrus, Mme Siffredi s'écrie : « Arrêtez, c'est son sexe ! *Smetette, è il suo sesso !* » D'un certain point de vue, c'est un beau bébé : à lui seul, le sexe pèse un kilo trois… Deux kilos sept avec l'enfant. Trop juste pour survivre, le tout est placé en couveuse. (L'objet sera plusieurs fois déplacé dans la nuit, au petit matin, les infirmières sont rappelées à l'ordre !) Aucune panique chez les Siffredi : éleveurs de taureaux de père en fils, les mâles de la famille sont membrés comme leurs bêtes. Chez les Ferrari, dont l'emblème est un cheval cabré qui refuse la saillie, on en a une toute petite et on fabrique de grosses voitures… Vous connaissez l'adage ! Grâce à son long membre, les premières années de Rocco sont joyeuses, il s'en sert de lasso, de corde à sauter, parfois de doudou. Là, c'est plus délicat, on lui demande gentiment de sucer son pouce. Sa distraction préférée : regarder les taureaux du grand-père couvrir les vaches du voisin. Meuglements, tremblement des pattes arrière, elles deviennent folles. Puis c'est la traite et la fabrique du célèbre fromage « La Vache qui Jouit ». Le grand-père, une vitalité hors norme : vingt-trois petits-enfants ! Mort d'un coup de corne… « Lui qui avait tant donné ! », c'est son épitaphe. Cet homme fier qui, pour stimuler ses bêtes, les traitait parfois de « petite bite » eut le tort de leur montrer la sienne. Un taurillon, moins bien membré, se vexa. Dans des circonstances analogues, face à un cochon d'Inde, Stéphane Bern se fit mordre. À 10 ans, l'insouciance du petit Rocco touche à sa fin. Alors qu'il s'amuse à faire un scoubidou avec sa queue, une fille passe et c'est l'horreur. Loucher dès qu'on est en érection, difficile pour un jeune ado. Années d'errance, de vaches maigres…

Jusqu'au jour où l'industrie du X s'intéresse à lui : trois Hot d'Or, à égalité avec Laure Sainclair. En comparaison, Anne Sinclair n'a eu que deux 7 d'Or ! Sur la taille du joujou, les opinions divergent, 24 cm pour les uns, 26 pour les autres, 30, et même 33. On dirait une vieille actrice qui veut maquiller son âge ! 1 000 films porno, 4 000 partenaires et seulement deux enfants. J'en ai trois, faudra que je vous montre deux, trois choses. Y a un moment où il ne faut pas s'en aller ! Un bilan positif : un moulage de votre sexe a été édité, une poupée gonflable pour votre effigie. Il y a ceux qui achètent les deux et crèvent la poupée avec le moulage. Au niveau retours produit, beaucoup de mécontents. À bientôt 40 ans, Roc', le problème de la reconversion se pose : vos érections vont s'espacer, mollir puis disparaître. On imagine mal un Siffredi vieillissant, sans prostate, niquant à vide une partenaire qui regarde sa montre. Ne faites pas le combat de trop, rachetez plutôt des taureaux pour occuper vos vieux jours !

MC SOLAAR

Claude, vous êtes né à Dakar en 1969. Six mois plus tard, vous arrivez à Paris. Hors délais donc sur cette course mythique. Votre père est originaire de la tribu des M'Boum, guerriers ronds et costauds. À ne pas confondre avec les Dany Boon, grands chtimis à oreilles décollées qui parlent en étirant les syllabes : « Je vais bien, tu vas bien, je n'ai plus de chagrin ! » Enfance dans les quartiers bouillants de Villeneuve-Saint-Georges : une paire de baskets piquée en vingt-cinq ans ! Vacances en Corrèze, fief chiraquien, zone de non-droit où il n'est pas rare de se faire dépouiller d'une vache, le soir, après 22 heures. Cueillette de champignons, ballades et confitures… Tous les clichés du rap dur sont présents. Dans une campagne voisine, un certain Gynéco s'intéresse aussi à la verdure : cueillette de champignons hallucinogènes, mélanges et déconfiture. Plus loin, assis dans un carré d'orties, le petit Joey Star, passionné de vivisection, fait fumer un crapaud. Le monde du rap s'éveille !

À 12 ans, Claude visite Le Caire, pays de Clo-Clo et d'Orlando, Oh, que c'est beau ! Son amour de la rime naît sur place : « Je m'appelle Polo, je suis gros, Polo da Silva, je suis gras. » Son maître d'alors : Bruno Mazure. Dans le même temps, son frère Prosper l'initie au foot. « Persévère, lui dit Prosper, tu joues trop pépère ! » La rime gagne en intensité ! Claude est un sportif accompli : il est capable de courir le 60 mètres en sept secondes, qualité indispensable pour échapper à Ophélie Winter quand elle a envie de vous !

Revenu du Caire, Claude devient Solaar avec deux « a ». L'andouillette, c'est cinq. Pour vivre, il donne des cours de rap à Orly. À Orly, tout le monde peut rapper, sauf le personnel affrété aux pistes pour des raisons de sécurité. Premier tube en 1991 et Victoires de la Musique. Avec le succès, l'enfant de Villeneuve émigre dans un quartier encore plus chaud : le 16e. Fameux triangle de la mort entre Hédiard, Dior et Guerlain. Son image devient de plus en plus sulfureuse : l'Académie française le salue, à l'Assemblée, Toubon conseille aux députés d'acheter son album. En banlieue, les ventes explosent : « Putain, t'as vu, Toubon a conseillé d'acheter l'album, j'y cours ! »

Malheureusement, dans le même temps, en tabassant une hôtesse de l'air, Joey Star adoucit à jamais l'image du rap. Mort subite, son pitbull, bouffe un passant. Pour ne plus se faire traiter de tafiole, les rappeurs achètent des caniches. Alors, merci, merci, cher Claude, d'être venu en costume, armé d'un dico et d'un *Bescherelle*, préserver l'image du rappeur qu'on aime : celle d'un caïd analphabète et écervelé.

JOEY STAR

Joey, vous êtes, avec Loana, notre deuxième « Lofteur » de la semaine. On a partagé votre intimité dans le très beau *60 jours, 60 nuits*. Vous étiez associé à Francis Lalanne… Un choix pas très malin, malin : physiquement, vous vous ressemblez. Et puis, les textes de vos chansons sont sensiblement les mêmes. C'est marrant, mais y a plein de gens qui me font penser à vous… Doc Gynéco, qu'on a reçu il y a quinze jours… Peut-être un rap plus couillu que le vôtre, plus engagé. Le Doc, on sent qu'il ne faut pas trop l'emmerder. Alors que vous, on sait qu'on peut vous mettre une branlée. Physique de premier de la classe, toujours le doigt levé, une vraie tête de fayot. À ce propos, quand vous vous êtes fait casser la gueule par les deux hôtesses de l'air, les deux petites salopes d'Air France, j'étais très solidaire. Je sais qu'on vous a refait les dents de devant. Je voulais vous envoyer des pâtes de fruits… Ça, c'est un petit truc que je donne, mais les vieux rappeurs sont très friands de pâtes de fruits. Si vous voulez faire plaisir, n'hésitez pas.

Sinon tout va bien ? Vous faites toujours vos courses avec Béatrice Dalle ? Béatrice Dalle, en langage des sourds, ça se dit comme ça… *(Faire le geste de piquer quelque chose)* Chaque semaine, on apprendra un mot. Ne vous vexez pas, mais je vous préférais avec vos chicots en platine. D'abord, ça vous adoucissait le visage. Ensuite, pour faire vos courses avec Béatrice, c'était bougrement pratique. Vous sonniez sous un portique. Y avait qu'à ouvrir la bouche, le vigile vous laissait repartir. Pas besoin d'ouvrir son cabas. D'ailleurs, c'est un truc que j'ai jamais compris chez les rappeurs, cette mode du cabas, avec foulard Hermès et caniche sous le bras. C'est pas parce qu'on fait une musique pour l'Amicale des anciens de Verdun qu'il faut s'habiller en conséquence ! Et puis, le pantalon à moitié baissé… Ils ont les mêmes dans les maisons de retraite, mais c'est à cause des couches !

Vos prochains concerts, Joey Star, ont été annulés. La canicule a tué la plupart de vos fans. Quand Julien Lepers a un autocar de vieux en trop, il vous l'envoie. En tout cas, j'ai été ravi de vous rencontrer. On m'avait dit : « Tu verras, il est un peu agressif ! » Bien au contraire ! Je vous trouve même un peu mou de la glotte. Je sais qu'on vous a retiré la prostate récemment, mais quand même, essayez de réagir, vieux ! Du nerf !

PAUL-LOUP SULITZER

On m'a demandé, en coulisses, d'être gentil avec notre invité, vu ce qu'il a subi… Précaution inutile, j'adore Paul-Loup Sulitzer ! Vous êtes, avec Pierre Bellemare, mon écrivain préféré ! Tantôt c'est vous, tantôt c'est Bellemare… Comme vous avez à peu près les mêmes nègres, j'ai du mal à vous départager ! Parfois, je pense lire du Bellemare, je referme la jaquette, je m'aperçois que c'est vous ! L'autre jour, je lisais un passage sur les vertus du paillasson pieds-propres, je me disais : « Quelle plume ce Sulitzer ! » C'était du Bellemare. Je serai gentil, Paul-Loup. Je vous ai vu, agonisant chez Mireille Dumas, l'œil vitreux, le cigare en berne, baleine blessée, gémissant sur la grève ! Pour la première fois, Mimi Dumas, *alias* Mère Teresa des VIP, semblait désemparée. Derrière son regard caché par son éternelle choucroute, œuvre d'un salon de toilettage pour caniches, un cœur battait. Paul-Loup Sulitzer, SOS milliardaire en détresse, ratissé par son ex. Tout avait, pourtant, très bien commencé : marié par Chirac en 1993, vos témoins s'appellent Line Renaud et Johnny… Ça donne à la fête un petit côté Halloween, bal des vampires, c'est parfait ! Vous êtes en forme, amaigri, moins 26 kilos, vous publiez

Le Régime Sulitzer, puis *Le Tour de taille en 80 jours*. Si ce n'est pas vous qui écrivez, c'est vous qui trouvez les titres ! C'est votre période faste : amour, fric, appart' de 375 mètres carrés… Les toilettes sont à l'autre bout, heureusement que vous avez maigri ! Et puis, en 2000, tout s'écroule : divorce, garde à vue, mise en examen, coma diabétique. Aujourd'hui, vous survivez dans un loft de 140 mètres carrés, des images terribles aperçues dans *Sagas*. En même temps, vous avez repris du poids, c'est bien que les trajets soient plus courts. Votre nouvelle compagne s'appelle Eva, une ravissante Polonaise de 22 ans. Là aussi, les mauvaises langues se délient. Rappelons qu'en Pologne, les canons de beauté sont différents. Si, ici, on ne jure que par Brat Pitt et David Beckham, là-bas, les sex-symbol s'appellent Carlos, Bouvard et Demis Roussos.

Aujourd'hui, Paul-Loup, comme tous les pauvres, vous vendez un journal. Ça s'appelle *Savoir s'enrichir*, sorte de *Macadam*, mais dans la division au-dessus. Ça traite des problèmes du quotidien : « J'habitais un 375 mètres carrés, je me retrouve dans un 140, comment faire face ? » *Savoir s'enrichir*, rédacteur en chef : Paul-Loup Sulitzer. Quand on voit comment vous vous êtes fait plumer ces dix dernières années, ça donne vraiment envie de l'acheter !

FABRICE TIOZZO

Fabrice, je ne prendrai pas de gants avec vous ce soir : vous êtes très en forme en ce moment. Beau gabarit ! On est loin du ballon de baudruche qu'on a connu : Karl Lagerfeld avant régime. Certains vous confondaient, d'ailleurs. Tiozzo n'a ni lunettes, ni catogan, c'est un petit truc que je vous donne ! Donc, on va y aller, Fabrice, en souplesse, dès que je sens que vous êtes chaud, hop, j'appuie un peu les coups. C'est pas la peine de remiser derrière, mettez-vous dans les cordes, attendez que ça passe, dans deux minutes trente, je suis parti ! Après, si vous avez envie de vous défouler, y a les deux poids plume qui restent, les petites fiottes, vous pouvez y aller, c'est comme taper dans un sac, ça rebondit. Bern, c'est pas un casque de boxeur qu'il a sur la tête, ce sont ses cheveux. Allez, on y va, on bouge, on souffle… Remontez la mimine, Fabrice ! Baissez pas la garde avec moi, je suis un vicieux. Dès que je sens la faille chez l'invité, je bastonne. « Le Boucher de Bern », je suis connu dans le métier. J'ai boxé chez Fogiel : coups sous la ceinture, je te mords l'oreille, une vraie salope ! *(À la Gabin)* « Je vais te dire une chose, mon petit gars, des invités chez Bern, j'en ai bouffé : des grands, des petits, des qu'avaient la trouille, des qui fanfaronnaient ! On avait faim, on était payé à la ligne, pas de vacances à Pâques, fallait y aller, alors un boxeur en goguette, ça me fait pas peur ! » Excusez-moi, Fabrice, les restes d'un combat qu'a mal tourné, parfois j'imite Gabin sans m'en apercevoir ! J'en ai bouffé des invités, 130 combats depuis le début de l'année, 115 victoires avant la limite. Des combats d'anthologie : Joey Star, un protège-dents naturel… KO à la deuxième reprise. Dominique Voynet, victoire au poing. Une femme, c'est vrai, mais bon… un physique de boxeur ! Gynéco, *alias* Le Doc, combat très planant : était passé à l'infirmerie avant de venir. Et mon plus beau KO : Orlando ! Ici, dans cette arène, devant mon public ! Il a voulu boxer en peignoir, peignoir en satin avec marqué « Dalida Team » derrière. Une boxe très 1930, à coups de petits poings rageurs : « Je vais te massacrer ! » *(À la Belmondo)* « Je le laisse venir, deux, trois coups d'éventail, j'esquive, une feinte, uppercut du gauche, sa moumoute se décolle, c'était horrible ! » Bon, je vais vous massacrer, Tiozzo, une promesse est une promesse. Dommage ! On a pas mal de points communs : mariés, trois enfants, vos parents s'appellent Robert et Roberte, les miens Martin et Martine. On aurait pu être copains… Sachez qu'au départ, je ne le souhaitais pas et puis mon entraîneur physique m'y a poussé *(Désigner Bern)* : « Vas-y, c'est un gros plein de soupe, il nous fait un come-back, on dirait Line Renaud. » Il est d'une lâcheté rare, ne le frappez pas, rien que le vent de votre poing l'aplatirait comme une crêpe. Je vais vous massacrer, Tiozzo, petite précaution d'usage… *(Mettre un protège-dents)* D'habitude, on n'en met qu'un, deux c'est plus prudent. *(Parler avec les deux, la suite est incompréhensible)* Voilà des propos très durs, Fabrice, je vous avais prévenu, faut pas me chercher. À bientôt et bravo pour cette nouvelle couronne, super !

PHILIPPE TORRETON

Philippe Torreton, reçu au Conservatoire, prix Gérard Philipe, a tourné avec les plus grands : Tavernier, Assayas et même… Stéphane Guillon dans *La Neige et le Feu*, de Claude Pinoteau qui, souvenez-vous, nous appelait respectivement : Albert et Benoît… La canicule de 1976 avait laissé des traces. Torreton, CV irréprochable, artiste inattaquable et la certitude pour moi d'écrire une bonne vieille chronique de merde. Et puis, tout d'un coup, une petite lueur, page people : Philippe Torreton vit avec Claire Chazal. Ai-je bien lu ? Oui, alléluia, le dieu des chroniqueurs est avec moi, je m'engouffre ! Alors, vivre au quotidien avec une présentatrice du *20 Heures* ? Au départ, c'est très difficile, on a l'impression que la télé est sans arrêt allumée. Quand Claire chuchote, on a le réflexe tout bête *(Actionner une télécommande imaginaire)*, on monte le son. En cas de dispute, on zappe… Un bouton, une patte-d'oie, on tripote le contraste. Claire a mal à la tête, on appelle un dépanneur de chez Darty… Bref, c'est boulette sur boulette. La première fois que Claire est venue chez vous, vous étiez gauche : « Je t'ai installée dans le salon, sur la table basse. Je t'ai mis un napperon, si t'as froid, je t'en mets un deuxième. Tu veux une rose, dans un vase, à côté ? / Philippe, j'ai envie de venir dans ton lit. / Ah, non ! Je ne regarde pas la télé au pieu, après, je ne bouquine plus, je suis un ancien du Français tout de même ! » Après, il a fallu officialiser les choses, déclarer Claire aux impôts. Oui, je possède un téléviseur couleur, plasma, très sexy… C'est vrai qu'elle est jolie. Bon, faut la surveiller, si c'est pour se retrouver, dans dix ans, avec un vieux poste à galène, modèle 50, un tube comme ça : « T'as mis la télé en 16/9e ? / Non, ce sont les hanches de Maïté ! » Claire a eu du mal à s'acclimater elle aussi… Dès qu'elle arrivait chez vous : « Mesdames et messieurs, bonsoir, Philippe Torreton, bonsoir ! / Dis-moi "Bonsoir, Philippe", tout simplement ! / Cet enfant normand, d'origine modeste, père pompiste, a eu un destin hors du commun, tout de suite, nos images. / Claire, je te fais des œufs, t'en manges, t'en manges pas ? / Les œufs, 80 % des Français déclarent en manger deux fois par semaine. » Pas facile tous les jours, mais dans l'ensemble, ça se passe plutôt bien. Et puis, si vous voulez faire un petit écart, vous regardez dans *Télé 7 Jours (Mimer une conversation au téléphone)* : « Sophie, je peux te voir vendredi, samedi et dimanche, entre 20 heures et 20 h 30, s'il y a un attentat ou un crash, on peut pousser jusqu'à 21 heures. La Flash Airlines, on s'est éclatés… Eux aussi. Je t'embrasse, chérie ».

(Voix de PPDA) Voilà, ce papier est terminé. Philippe Torreton, j'ai le sentiment d'avoir parfaitement résumé votre carrière. Merci encore pour votre fidélité. Cette chronique est de plus en plus suivie et ça nous fait plaisir. Très bonne soirée à tous, merci !

CORINNE TOUZET

Une femme d'honneur, dix millions de téléspectateurs, quatre épisodes par an, un tous les trois mois. C'est le délai nécessaire pour récupérer entre deux. Principale vedette : Corinne Touzet, gendarmette la plus populaire de France, sex-symbol en milieu rural, « La Touzet » qu'on l'appelle. Dans certaines fermes, *Une femme d'honneur* est plus attendue qu'une série rose sur M6. Les soirs de diff', les chèvres, d'elles-mêmes, rentrent à l'étable, l'éleveur n'en couvrira aucune.

Moi aussi, vous m'avez fait rêver, Corinne. En 2001, au lendemain de l'épisode *À cœur perdu*, j'étais chaud bouillant, je n'avais qu'un but : me faire arrêter par une gendarmette. Fouille au corps, garde à vue : la totale ! Je prends ma voiture, direction la campagne. En érection depuis la veille au soir… Pour être plus à l'aise, je desserre ma ceinture. Légèrement bourré, je me trompe de manche dans le passage des vitesses. Trente minutes plus tard, un gendarme m'arrête. Je lui dis : « Bonjour, monsieur ! », il me répond : « C'est madame, brigadier Véronique, vos papiers ! » Maïté en uniforme, sexy comme une lanceuse de marteau : seul le levier de vitesse de mon véhicule pointe encore vers le haut. Poireau sur la joue et moustache brune : pour être à l'égal des garçons, elle n'a pas souhaité la raser. Elle me demande de souffler. Si les haleines de bouc sont condamnables, elle-même risque six mois fermes. C'est un cauchemar *Une femme d'honneur*, spéciale Halloween, je vais me réveiller. C'est peut-être une pub pour la sécurité routière : « Si vous conduisez bourré : le brigadier Véronique vous roule une pelle ! » Les déclarations de Touzet défilent dans ma tête : « Pour jouer mon personnage, j'ai fait retoucher mon uniforme, j'avais l'air d'un sac à patates. » Le sac à patates me fait face. « Enfant, a-t-elle dit, je me suis attachée à une petite trisomique. » Pas d'inquiétude, elle s'en est sortie : elle est gendarme. C'est grâce aux nombreuses cascades que Corinne a accepté la série. J'imagine les scènes d'action avec Véronique… Le soir, appeler un déménageur pour la coucher. « Ce n'est pas un piano, c'est ma femme… Le quart-de-queue, c'est moi, quand elle essaye de me toucher. » Le matin, la relever avec un treuil. Seul Rémy Julienne aurait pu coucher avec elle. Les gendarmes doivent s'en servir pour neutraliser les voies : « Véro, assieds-toi sur l'autoroute, faut stopper les poids lourds. » Soudain, une idée lumineuse traverse mon esprit : pour l'amadouer, dire à Véronique qu'elle ressemble à Corinne Touzet. C'est gagné ! Un sourire béat illumine sa face de raie, dévoilant deux malheureux chicots serrés l'un contre l'autre pour se tenir compagnie ! « Vous avez raison, me dit-elle, ce mois-ci, dans ma brigade, j'ai été élue femme d'honneur ! Allez, je vous laisse partir. » Je n'avais jamais été embrassé par une sangsue. Je remets ma ceinture, je m'éloigne, je suis sauvé ! La télé, parfois, ça a du bon.

LES VAMPS

Nicole et Dominique, en septembre 2002, vous avez participé à une campagne contre la maladie d'Alzheimer. Trois sketchs originaux diffusés en radio. En vérité, c'était les trois mêmes… Comme ça s'adresse aux malades, à chaque fois, ils se disent : « Oh, un nouveau sketch ! Les Vamps, c'est qui ? / Un duo comique des années 90. / Ah ! On est déjà en 90 ? / Oui, ça fait quatorze ans maintenant ! / Faut que j'aille voir les Twin Tower avant de mourir ! » Il paraît que les agences de voyages en profitent. Le nombre de petits vieux qui cherchent les tours à Manhattan… Des cars entiers ! Le « Alzheimer Tour », c'est marqué sur les portières. Aller et retour en Concorde… Enfin, ils payent le billet d'un supersonique… On les fait entrer dans un 747 : « Dis donc, c'est plus grand qu'on pensait ! » Alzheimer, c'est terrible. En ce moment, tous les vieux se ruent sur les couettes et les convecteurs électriques pour faire face à la canicule. L'été dernier, la plupart ont fini à 15 mètres de la maison de retraite, en doudoune et moon-boots… totalement déshydratés. Ils avaient déclenché leur bipeur avalanche. Certains furent sauvés par leur caniche : tu leur fais renifler un vieux châle et tu les lâches !

Alors, pour les malades d'Alzheimer, tous les trois ans, les Vamps font leurs adieux puis un come-back. Ça stimule les parties mortes. C'est la technique du *Parisien* qui titrait : « Aznavour, toujours là ! » Nous, on le sait, c'est pour les malades : « Qui est mort, qui ne l'est pas ? »

L'autre jour, devant L'Olympia, y avait deux cars pour Tino Rossi : l'hospice Beau Séjour, déjà venu pour Édith Piaf. Alors, Les Vamps font leur spectacle. Moyenne d'âge du public : 90 ans. À force de jouer les vieilles… Elles viennent ! C'est le phénomène Goya, mais dans l'autre sens. On fait de longs entractes, on change les couches, les techniques sont les mêmes ! En plus, depuis la pub Alzheimer, chaque institut envoie des patients ! À la fin du show, ils font la claque pour que ça commence ! Là, les organisateurs agitent les goûters pour les faire sortir puis opèrent la montée dans le bus avant qu'ils aient fini leur brioche. Sinon, avec Alzheimer, ils en redemandent… C'est sans fin !

SYLVIE VARTAN

Enfant, ma sœur lisait *Podium*. Je me souviens d'une photo de vous et de Johnny, cheveux au vent, placardée sur la porte de sa chambre. Celle de Clo-Clo trônait dans la salle de bains, geste ô combien prémonitoire ! J'avais balancé le cahier Mike Brant de ma sœur par la fenêtre… Je m'en veux encore ! Vers 12 ans, ma sœur collectionna les clichés de David Hamilton, puis les crèmes de beauté Yves Rocher au chèvrefeuille… Certainement une forme d'engrais, plus elle en mettait, plus son acné florissait. Sur son pick-up, votre disque : *J'ai un problème*. En réaction, mon frère de 3 semaines refusait de s'allaiter ! Aujourd'hui, ma sœur est guérie, mon frère a 30 ans et fête ses 25 kilos. Mais n'oublions pas les malades, ceux qui restent capables de lire 401 pages sur Sylvie Vartan et d'aimer ça ! Un tel pavé sur Hugo, Dumas ou Napoléon, ça se conçoit… Sur Sylvie, consultez au plus vite ! L'été arrive, me direz-vous, bouquin de plage, pratique pour caler sa tête ou faire des haltères. Attention au mal de dos, ça plus une glacière, c'est beaucoup. Mieux qu'un magazine ! 400 pages people, des révélations sur Johnny, David, Estelle. Un gros *Paris*

Match cartonné. On regrette l'absence de mots fléchés, en vacances, ça détend ! On commence à lire, les bras fatiguent, très vite on s'assoupit... *(Geste du livre qui tombe sur le visage)* Un format idéal pour ne pas bronzer du visage. 21,90 euros, c'est moins cher qu'une crème solaire. Si quelqu'un vous embête... *(Donner un coup)* Le dernier Vartan, très apprécié dans les commissariats. 10 heures : arrivée à la plage, installation du parasol entre l'ombre et la lumière, c'est marqué sur la jaquette. On gonfle les bracelets du petit... *(Souffler dans le bouquin)* « Papa, pourquoi tu souffles dans ton livre ? / Excuse-moi, je suis fatigué. » Et on commence son Vartan. 60 premières pages : enfance en Bulgarie. Si j'avais su, j'aurais acheté *L'Équipe* ! Une question obsédante, la seule qui m'intéresse, qu'est-ce qu'un yaourt au goût bulgare ? C'est marqué nulle part ! Pour une fois qu'on peut se cultiver à la plage ! Page 29, premier chagrin : Sylvie perd son lapin Pouhtcho. Fin de la page : Sylvie fait une fugue pour laver ses chaussettes dans une fontaine. Si je saute 100 pages, personne ne le verra. Page 150 : Sylvie rencontre Johnny... (Après le lapin Pouhtcho, le lapin couchetard) Page 191 : suicide de Johnny. « Chérie, t'as vu, en 1966, Johnny se suicide, tu crois qu'il va s'en tirer ? / Regarde plus loin ! / Page 350 : Johnny est au Stade de France. / Ouf, c'est bon, il s'en est sorti ! » C'est bien ce bouquin, ça se lit vite et y a du suspens. Je termine, page 401 : « Ce soir, je crois qu'il est temps de retourner chanter. » Pff ! Manquait plus que ça, va falloir acheter son disque ! On l'écoutera en vitesse rapide. J'ai appris des tas de trucs aujourd'hui. Beau bouquin, et puis ça fera un super marchepied pour la caravane. Elle est bien cette Sheila finalement, *L'École est finie*, tout ça, ç'a été des grands tubes ! Elle n'a plus ses couettes, c'est dommage, elle était bien avec ses couettes. Hé ! Les enfants ! *(Souffler dans le livre)* Reprenez votre brassard.

JACQUES VERGES

Vergès s'écrit avec un accent sur le « e » et heureusement, sinon ç'aurait fait Maître Verge, avocat au barreau, fumeur de cigares. Déjà, vous vivez à poil, volets clos, vous plaidez en robe, à l'écossaise, sans slip. Maître Kiejman, qui porte de grands modèles kangourou, c'est quand même plus rassurant. Une clientèle moins féminine du coup, on n'ira pas dans son cabinet se faire fouetter… Le petit Thaïlandais à binocles est là pour ça. Spécialités : fouet, massage et plaidoirie. Alors, j'ai une petite inquiétude vous concernant, Maître, je vous le dis… Le dictateur est en voie de disparition. Pol Pot et Mobutu sont morts, Kadhafi vieillit, Milo et Saddam sont en taule… Qu'allez-vous devenir ? « Gros salopard sanguinaire », un métier qui n'intéresse plus nos jeunes ! Jadis, on se transmettait la charge : « Grand-père était un enculé, père était un enculé, je serai un enculé ! » L'artisanat se perd. Torturer à la gégène, ça s'apprend : une électrode mal posée sur un testicule perd de sa puissance. Si le prisonnier a les pieds dans l'eau, c'est un plus ! Dans le temps, les dictateurs faisaient leurs études en France, à la Sorbonne… Ils rentraient chez eux, ils avaient un bagage. Bokassa, qui mangeait ses compatriotes, ne mettait jamais ses coudes sur la table ! On va arriver à des dictateurs amateurs, à qui on donnera une machette, ils ne sauront pas s'en servir ! Si le gars met trois semaines à couper un membre, Maître Vergès ne peut plaider ni l'accident ni l'étourderie. Heureusement, y a la Chine et ses dirigeants... Là, c'est du grand art : on vous tire une balle dans la nuque, la balle est facturée à la famille. Niveau service après-vente, c'est le top ! Seulement, avant qu'ils ne soient jugés, Maître Vergès peut courir.

Alors ce que je vous propose, Maître, mais il va falloir être costaud... Les Barbie, Carlos et compagnie, les petites bites, c'est fini ! C'est un poste d'avocat chez Julien Courbet. Vous remplacez Maître Bergès avec un « B », on vous met un œuf de pigeon sur le crâne et c'est parti ! Ça rassure, on se dit : « S'il arrive à plaider avec une verrue pareille, c'est qu'il est bon ! » Votre spécialité, les problèmes de voisinage : « X » s'est fait casser son nain de jardin par « Y ». Vous défendez « Y » ! Vous aurez l'association des nains de jardin sur le dos, Mimi Mathy... Faudra tenir ! C'est la solution ! Sinon, qu'est-ce qu'il va faire pépère ? Hein ? Qu'est-ce qu'il va faire, mon pépère ? Défendre du criminel de second choix, alors qu'il a été au top ? Tourner la page ! Vingt ans de criminels de guerre, vous faites du blaireau sur TF1... Après le pire dans la cruauté, le pire dans la connerie... Vous restez dans les extrêmes et ça, c'est formidable ! Et si vous acceptez... je demande votre acquittement, parole de procureur !

HERVE VILLARD

Hervé Villard, j'ai été conçu sur *Capri, c'est fini*. Résultat : je suis pas fini, fini… non plus ! Chez mon père, cette chanson déclenchait tout. Il a continué quand ma mère était enceinte. Je l'ai encore dans les oreilles. C'est le cas de le dire… Ma tête était mal placée, le sexe de papa heurtait mon tympan. *Capri, c'est fini*. Et boum, boum, un son de grosse caisse. C'était très curieux. D'un côté *Capri, c'est fini*, de l'autre ma mère qui criait : « Non, vas-y, continue ! » 1965, c'est les balbutiements de la stéréo. Au bout de neuf mois, je suis sorti… Enfin, sept mois et demi. *Capri, c'est fini*, y a un moment, faut vraiment que ça finisse. J'étais en couveuse, tranquille, et là, premier soir, la petite infirmière qui se fait tamponner par le brancardier. Il vient avec son mange-disque : Capri reprenait ! Globalement, mes parents vous sont restés fidèles.

Mon frère a été conçu sur *Tagada, tagada, voilà les Dalton*. Erreur de parcours. Très vite, ils sont revenus à vous. C'est dans les vieux pots qu'on fait les meilleures confitures. Ils ont niqué sur tous vos albums. Sauf le dernier… Bertolt Brecht, Louis Aragon, c'est pas très baisant. C'est dansant. L'autre jour, j'allais voir grand-mère à l'hospice, avec les fauteuils roulants, ils faisaient des figures. Fallait pas rouler sur le fil de la perf'. Enfin, *Capri* restera le tube de papa. Pendant des années, ç'a été tous les jours, puis une fois tous les deux jours… Une fois par mois. « Nous n'irons plus jamais où tu m'as dit je t'aime, nous n'irons plus jamais, ce soir c'est plus la peine. » La chanson prenait tout son sens. « Parfois, je voudrais bien te dire : recommençons. » Bah oui, mais bon… Il ne tenait plus la chanson entière, il faisait une strophe, une rime, trois mots… Puis il criait : « Au lit, je suis fini ! » Ma mère répondait : « Je connais la musique. » Extinction des feux. Et là, elle entonnait : « Pourquoi, pourquoi, pourquoi le silence ? » Ils sont mordus au Villard chez moi ! Mais là, avec l'arrivée du Viagra, à la maison, c'est reparti comme en 1965 ! L'autre jour, papa débarque : « Dis donc, il me dit, on a mis le disque de Villard… Celui qui t'arrache les oreilles… (Toujours le mot pour rire…) Il est rayé : avec le Viagra, on a niqué pendant quatre heures. J'ai fait un malaise, ta mère a appelé le Samu, c'était génial. Bon, finalement, à Capri, on y retourne toujours, salut fiston ! »

JACQUES WEBER

Mesdames, ne vous laissez plus séduire par Jacques Weber ! Ce poids lourd de la scène aux mensurations de pachyderme : 1,90 m pour 100 kilos, Karl Lagerfeld avant crevaison. Pointure : 46, capable de plonger à quinze mètres sans mettre de palmes. Ce monstre sacré, héros théâtral et cathodique n'est qu'une lopette ! Weber : prix d'excellence au Conservatoire, à égalité avec Sarah Bernhardt, a peur, depuis, de finir, comme elle, unijambiste. Compte ses doigts de pied au réveil pour se rassurer, en analyse depuis des années, Weber est un cas ! Ancien gros fumeur, quatre paquets par jour… Aujourd'hui, il se gave de corn flakes allégés. Vous avez opté pour un cancer de l'estomac, vous nous expliquerez pourquoi. Autres qualités weberiennes, elles sont nombreuses : vous ne supportez pas de dormir seul. Est-ce un vieux truc de Don Juan pour vous taper des gonzesses ? Même pas ! Père de famille, marié depuis vingt ans, vous roulez en Espace et vivez en banlieue. La tasse ! Les quelques spectatrices qui vous trouvaient encore sexy viennent de changer de chaîne. Autre phobie, je rappelle que vous avez interprété les plus grands héros du répertoire. Weber est hypocondriaque ! Par peur de la maladie, il force ses sœurs à devenir médecins, une pharmacie ambulante le suit 24 heures sur 24. Si, dans un hôtel, la télé est posée sur un bras articulé, il s'enfuit, ça lui rappelle l'hôpital. Les quelques vieilles qui ont survécu à la canicule et qui trouvent à notre invité un reste de sex-appeal peuvent, à leur tour, zapper ! En 1983, Weber se casse la voix en jouant *Cyrano*, on décèle « une phobie vocale ». J'évoquerais plutôt une forte dose de corn flakes arrosée de whisky. Ceux qui ont déjà débouché un évier me suivent. Weber picole. Lorsqu'il interprète *Le Limier*, il choisit un théâtre face à la maison du whisky ! Sa femme charge Patrick Bruel de planquer les bouteilles. Bruel : dernier caprice de notre invité ! Depuis que Weber s'est cassé la voix, il ne jure que par lui. Rien n'est jamais trop beau ! En poste à Nice, Weber exige un théâtre neuf avec une maison du pastis juste en face. Nice, 250 000 habitants, moyenne d'âge : 83 ans. Weber joue avec sa voix cassée, les vieux montent leur sonotone, tout le monde est content ! C'était ça ou les orques à Marineland.

Voilà ! J'espère avoir réussi à vous dégoûter de Jacques Weber. Ça n'a pas été facile ! Moi-même, sous son charme depuis des années… J'ai ramé !

LAMBERT WILSON

Je suis très déçu, Lambert… Très ! Les fils d'acteurs qu'on a reçus dernièrement : Guillaume Depardieu, Anthony Delon… au niveau des conneries qu'ils ont faites jeunes, c'est le top… Mais vous, quel fayot : cours de chant, équitation, théâtre. À votre naissance, Gérard Philipe offre un couffin en paille à vos parents… Un Zippo, un jerrican d'essence, je t'aurais allumé tout ça. Premier festival d'Avignon à 4 ans, sur les genoux de maman. À cet âge-là, le fils Depardieu sniffait ses premiers tubes de colle ! Père acteur, mère mannequin, tout pour être déséquilibré… Vous ne confirmez pas ! « À 8 ans, j'ai abandonné la musique car maman, en reculant en voiture, a écrasé mon saxo. » Ça, ce sont les drames de la vie de Lambert. Je peux comprendre : petit, je voulais ouvrir une galerie d'art avec ma sœur et sur une marche arrière, maman a écrasé ma sœur ! Vous aimez l'opéra, le jardinage, le thé sans théine, l'eau non polluée. « Je voudrais un thé sans théine avec de l'eau non polluée. / Pour le sucre, t'as une préférence ? Canne, betterave, roux, vanillé, cristallisé, aspartame, saccharine, sucrette… / Ou en pain, si tu veux, en pain dans la gueule ! » Sexualité :

vous êtes bibliophile. Tout ce qui est vieux papier… Vous aimez aussi tripoter des choses plus récentes, déflorer un livre avec un cutter. Tant que vous ne vous faites pas choper ! Jeune, lorsque vous annoncez à votre père votre souhait d'être acteur, il vous répond : « Tu n'as pas assez souffert ? » Quelqu'un qui aime le thé sans théine, qu'est-ce que tu veux lui répondre ? Lambert est insomniaque, angoissé, prend des somnifères pour dormir. Ah ! On rejoint Guillaume Depardieu. Lambert est chez lui, tout d'un coup : plus de thé sans théine. Il devient fou, ouvre les placards, les boîtes, se rue sur un sachet Lipton qu'il mâche nerveusement puis arrive en sueur chez Hédiard et supplie qu'on lui file sa dose. Si la vendeuse est chiante, elle peut refuser. Pour obtenir son infusion, Lambert se prostitue avec le chef magasinier qu'il connaît bien. Au final, vous êtes un torturé. Obnubilé par le temps qui passe. Chez Lambert, dans chaque pièce : une horloge. Quand ça sonne, ça doit être gai. Wilson est dans sa bibliothèque… Élémentaire, mon cher Wilson… En train de se taper une douceur sur une édition originale numérotée et là, ça carillonne dans tous les sens.

Lambert est un angoissé, le pire jamais reçu sur cette émission : « Une purée chez moi est un happening, j'en mets sur les murs, je me retrouve assis au milieu de la pièce, avec ma cuillère à la main complètement paniqué. » Je vous rappelle que Lambert est bibliophile, quand il cuisine, il est muni d'un livre de recettes. Deux questions : est-ce vraiment une cuillère qu'il a dans la main ? Est-ce vraiment de la purée sur les murs. Un invité extrêmement trash finalement… Wilson, y a toujours une deuxième lame !

ZAZIE

Exceptionnellement, ce soir, je ne parlerai pas d'Isabelle Truchis de Varenne, *alias* Zazie. On comprend qu'elle ait changé. « Truchis de Varenne... Je ne prends pas le disque, donnez-moi Clayderman, ça doit être moins chiant ! » Je ne parlerai pas de Zazie, une puberté supersonique : 17 cm par an ! Un physique de girafe, une poitrine à la Jane, des cheveux plus longs que ses fesses jusqu'au jour où elle fit flamber des bananes. Un accident classique chez les myopes qui cuisinent la tête dans la poêle. Je ne parlerai pas de Zazie, petite fille d'ostréiculteur, belle plante poussée trop vite, ancien portemanteau chez Saint Laurent, la voix de Saint-Moret, c'est elle. Ceux qui n'aiment pas sa musique, raccrochez-vous à ça ! Je ne parlerai pas de Zazie, car Zazie ne vient pas pour elle mais pour Solidarité, Enfant, Sida. Faire un papier humoristique là-dessus, quoi de plus facile ? Zazie est également engagée dans les Restos du Cœur et, surtout, elle compose des chansons pour Pascal Obispo. Un acte extrêmement courageux. Surtout qu'après, il les chante ! Zazie écrit aussi pour Florent Pagny et son association : « Aidez-moi à payer mes impôts ». Florent, obligé de vivre avec ce look ridicule pour échapper au fisc… Moi aussi, Zazie, je m'investis dans le caritatif, chaque mois, une partie de mon salaire à Canal va à la recherche… Pour la sinusite ! J'ai pris une maladie en proportion avec ma notoriété, tous les trucs importants étaient pris… Pas évident le caritatif. T'en fais pas, c'est pas bien, t'en fais trop, c'est suspect : « Tiens, on ne le voit plus que là, lui, il doit être malade. Ginette, viens voir, c'est le gars qu'était au Sida mardi, il est au Téléthon là, viens voir, il doit avoir quelque chose ! » C'est vrai que certains chanteurs se sont spécialisés, une note, ils te foutent le bourdon. Tous ces mômes dans leurs fauteuils, condamnés à les écouter… C'est pas parce que t'as plus de jambes que t'as plus d'oreilles ! Le caritatif, c'est très rigolo : sur la tournée des Enfoirés, Palmade et Bigard font des blagues, personne ne veut chanter avec Mimi Mathy, on tire à la courte-paille, Mimi fait la paille. Tout cela est très drôle ! Seulement, imaginez qu'un jour il n'y ait plus de pauvres… Les Enfoirés, c'est fini ! L'Abbé Pierre aussi, mais on s'en tape ! Même chose pour le Téléthon, si un jour, à l'Institut Pasteur, un imbécile trouve le vaccin… Gérard Holtz, c'est sa seule émission ! Le cancer : pareil ! Les bouteilles en verre qu'on jette dans les conteneurs, les enfants adorent. Le dimanche après-midi, ça évite de les emmener au manège ! Les pièces jaunes, même combat ! S'il n'y a plus d'enfants dans les hôpitaux, que deviennent Mme Chirac et David Douillet ? Les galipettes, dans des trains postaux, à la hussarde sur des sacs de pièces : terminé !

Voilà, j'espère que toutes ces horreurs vous ont fait peur, c'est une méthode de marketing britannique très efficace. Alors, achetez *Sol en Cirque* pour Zazie, et surtout pour les enfants !

KARL ZERO

Aujourd'hui, nous recevons l'unique survivant de la grande époque Canal… toujours en activité. Pièce de musée exceptionnelle. Ne pas toucher, aucun flash, son maquilleur, qui s'occupe aussi de la dépouille de Lénine, y tient ! Karl Zéro, à Canal depuis seize ans… Vous avez dû en niquer du monde pour garder la place. Tous les dimanches, depuis huit ans, avec *Le Vrai Journal*, vous avez su nous faire oublier Jacques Martin ! Moi, je suis fan de vous, Karl, inconditionnel, groupie, je vous aime… *(Envoyer un baiser)* J'aimais le Karl enfant, le Karl adolescent. Le Karl de touriste, le Karl à deux étages. Vous aimez les jeux de mots à deux balles, l'humour « Théâtre des Deux Ânes ».

Votre famille porte des pseudos irrésistibles : Basile de Koch, Frigide Barjot. Comme moi, vous vous battez pour qu'un best-of de Jean Roucas sorte en DVD, on va y arriver ! Je sens une déception poindre dans le regard du téléspectateur, vous vous dites : « Il l'aime, il va l'épargner. » Vous avez raison ! Pourquoi me farcir Mr Zéro ? On n'est pas bon quand on aime, on est con ! Je vous aime, Karlito… Je sais que, physiquement, je ne vous ressemblerai jamais : j'ai tous mes cheveux, dix aux deux yeux, des fesses encore dures, des érections normales et nombreuses ! Nous sommes si loin ! Toute ma famille vous kiffe : mon fils, pour Noël, me demandait une panoplie de Zéro ! On a été chez Optique 2000. Ma femme possédait une vieille étoffe, on lui a fait un gilet, le rêve n'a pas de prix ! Je vous aime ! En 190 papiers, c'est la première fois que je me retrouve dans la position du fan.

En même temps, j'ai tellement balancé de saloperies en neuf mois… Neuf mois, le temps d'une maternité : « Alien Guillon est heureux de vous faire part de sa naissance. » Je peux m'autoriser un papier lèche-cul, une chronique à la Geluck, sortez mes boîtes de cirage ! Il y a aussi le Karl Zéro acteur, interprète sublime… Le charisme d'une huître. Karl qui transperce l'écran. Quand il surgit, le spectateur a un mouvement de recul, il se tire. Un film sous la direction de BHL, comme par hasard… Les grands comédiens rencontrent les grands metteurs en scène. Et puis, enfin, aujourd'hui, le Karl Zéro chanteur… Une évidence ! Pourquoi avoir attendu si longtemps. Quand on vous voit, on a qu'une envie : swinguer ! Je n'aimais pas la musique avant de travailler sur cette émission, je l'avoue. Et puis la venue de Priscilla, Jonatan, DJ Édouard, Karl Zéro… Une compil' de rêve. Le goût s'affine, l'oreille se développe… Aujourd'hui, c'est décidé, j'achète une chaîne haute-fidélité. Il m'en faudra pour écouter tout cela. Je vous aime, Karl. Pardon à mes fans. Demain, c'est promis, je redeviens méchant !

ELSA ZYLBERSTEIN

J'ai pas réussi à écrire un papier sur vous Elsa… Vous êtes trop parfaite : bonne comédienne, jolie, CV irréprochable. Vous faites du sport, de la danse, vous ne fumez pas ! Comment voulez-vous que je bosse ? Vous pourriez être hystérique comme Adjani, cleptomane comme Béatrice Dalle, recousue comme Ophélie Winter…

Aucun défaut. Père physicien, mère esthéticienne chez Dior. Le contraire aurait été drôle : père esthéticien chez Dior. *(Très efféminé)* « Bonjour ! » Prix : actrice la plus romantique à Cabourg. Et Dieu sait si, à Cabourg, la concurrence est rude ! Quand t'y vas, t'as que des actrices romantiques partout ! Elles font la circulation, distribuent le courrier… Et c'est vous la plus romantique ! J'imagine que c'est un prix qui inclut la banlieue de Cabourg ! Vous aimez les arbres, la campagne. Quand Depardieu fait cuire des marrons, ça vous met en transe. Vous vivez avec un homme très beau, très drôle, ancien chroniqueur à Canal… *(Me désigner)* Le rêve ! Au niveau des défauts, vous dites : « Je n'aime pas l'implantation de mes cheveux. » Nous, on panique, on se dit : « Elle est chauve comme Barthez, pour une actrice, c'est tragique… » Non, non, non… C'est juste l'implantation qu'est pas top… Depuis, vous avez été chez le coiffeur, tout est rentré dans l'ordre. Au niveau des défauts physiques, vous dites aussi : « Je n'aime pas mon pull bleu. » Vous n'êtes pas obligée de le mettre. Enfant, vous étiez muette. Vos parents savaient qu'ils vous marieraient avec Antoine de Caunes ? Zéro défaut : stage à l'Actor's Studio, Cours Florent avec Huster… C'était le Huster de la grande époque, pas celui qui fait la pub pour La Poste. Je précise, sinon, on peut penser que c'est un défaut. Ah ! J'en ai trouvé un : à 18 ans, vous étiez fan de Bruel. Bah, ça se soigne ! Un espoir pour ceux qui le sont encore. Selon *Libération*, vous êtes une vraie pro : si vous avez une séance photo, la veille, vous êtes couchée à 8 heures. « Chérie, j'ai envie de toi ! / Impossible, demain j'ai un photomaton, je refais mon passeport. / Tu peux pas enlever les tranches de concombre que t'as sur le visage ? / Je m'hydrate ! Ne me force pas à parler, dans trois semaines, je suis au théâtre. » Il paraît que vous êtes un peu chiante, j'y crois pas une seconde. « Lorsqu'un boulot s'arrête, dites-vous, faut que je ferme tout, que je me reconstitue. » « Chérie, j'ai <u>encore</u> envie de toi ! / Impossible, là, j'ai joué six mois au théâtre, faut que je me reconstitue et après je démarre un film. Arrête de bouger, tu défais mon implantation, t'es pénible ! »

Bon, Elsa, je ne vous trouve que des qualités, désolé ! Du coup, j'ai écrit un papier de merde. C'est pas le premier, ce sera pas le dernier. Personnellement, j'ai beaucoup de défauts. À plus tard.

LES PORTRAITS
DE STEPHANE GUILLON

Cet ouvrage a été imprimé en France par
CPI Bussière
à Saint-Amand-Montrond (Cher)
en janvier 2010.
N° d'édition : 101874. - N° d'impression 91948.
Dépôt légal : février 2010.

Collection Points

DERNIERS TITRES PARUS

P2193. Café Lovely, *Rattawut Lapcharoensap*
P2194. Vous ne me connaissez pas, *Joyce Carol Oates*
P2195. La Fortune de l'homme et autres nouvelles, *Anne Brochet*
P2196. L'Été le plus chaud, *Zsuzsa Bánk*
P2197. Ce que je sais… Un magnifique désastre 1988-1995. Mémoires 2, *Charles Pasqua*
P2198. Ambre, vol. 1, *Kathleen Winsor*
P2199. Ambre, vol. 2, *Kathleen Winsor*
P2200. Mauvaises Nouvelles des étoiles, *Serge Gainsbourg*
P2201. Jour de souffrance, *Catherine Millet*
P2202. Le Marché des amants, *Christine Angot*
P2203. L'État des lieux, *Richard Ford*
P2204. Le Roi de Kahel, *Tierno Monénembo*
P2205. Fugitives, *Alice Munro*
P2206. La Beauté du monde, *Michel Le Bris*
P2207. La Traversée du Mozambique par temps calme *Patrice Pluyette*
P2208. Ailleurs, *Julia Leigh*
P2209. Un diamant brut, *Yvette Szczupak-Thomas*
P2210. Trans, *Pavel Hak*
P2211. Peut-être une histoire d'amour, *Martin Page*
P2212. Peuls, *Tierno Monénembo*
P2214. Le Cas Sonderberg, *Elie Wiesel*
P2215. Fureur assassine, *Jonathan Kellerman*
P2216. Misterioso, *Arne Dahl*
P2217. Shotgun Alley, *Andrew Klavan*
P2218. Déjanté, *Hugo Hamilton*
P2219. La Récup, *Jean-Bernard Pouy*
P2221. Les Accommodements raisonnables, *Jean-Paul Dubois*
P2222. Les Confessions de Max Tivoli, *Andrew Sean Greer*
P2223. Le pays qui vient de loin, *André Bucher*
P2224. Le Supplice du santal, *Mo Yan*
P2225. La Véranda, *Robert Alexis*
P2226. Je ne sais rien… mais je dirai (presque) tout *Yves Bertrand*
P2227. Un homme très recherché, *John le Carré*
P2228. Le Correspondant étranger, *Alan Furst*
P2229. Brandebourg, *Henry Porter*
P2230. J'ai vécu 1 000 ans, *Mariolina Venezia*
P2231. La Conquistadora, *Eduardo Manet*
P2232. La Sagesse des fous, *Einar Karason*

P2233. Un chasseur de lions, *Olivier Rolin*
P2234. Poésie des troubadours. Anthologie, *Henri Gougaud (dir.)*
P2235. Chacun vient avec son silence. Anthologie
Jean Cayrol
P2236. Badenheim 1939, *Aharon Appelfeld*
P2237. Le Goût sucré des pommes sauvages, *Wallace Stegner*
P2238. Un mot pour un autre, *Rémi Bertrand*
P2239. Le Bêtisier de la langue française, *Claude Gagnière*
P2240. Esclavage et Colonies, G. J. Danton et L. P. Dufay, L. Sédar Senghor, *C. Taubira*
P2241. Race et Nation, *M. L. King, E. Renan*
P2242. Face à la crise, *B. Obama, F. D. Roosevelt*
P2243. Face à la guerre, *W. Churchill, général de Gaulle*
P2244. La Non-Violence, *Mahatma Gandhi, Dalaï Lama*
P2245. La Peine de mort, *R. Badinter, M. Barrès*
P2246. Avortement et Contraception, *S. Veil, L. Neuwirth*
P2247. Les Casseurs et l'Insécurité
F. Mitterrand et M. Rocard, N. Sarkozy
P2248. La Mère de ma mère, *Vanessa Schneider*
P2249. De la vie dans son art, de l'art dans sa vie
Anny Duperey et Nina Vidrovitch
P2250. Desproges en petits morceaux. Les meilleures citations
Pierre Desproges
P2251. Dexter I, II, III, *Jeff Lindsay*
P2252. God's pocket, *Pete Dexter*
P2253. En effeuillant Baudelaire, *Ken Bruen*
P2254. Meurtres en bleu marine, *C.J. Box*
P2255. Le Dresseur d'insectes, *Arni Thorarinsson*
P2256. La Saison des massacres, *Giancarlo de Cataldo*
P2257. Évitez le divan
Petit guide à l'usage de ceux qui tiennent à leurs symptômes
Philippe Grimbert
P2258. La Chambre de Mariana, *Aharon Appelfeld*
P2259. La Montagne en sucre, *Wallace Stegner*
P2260. Un jour de colère, *Arturo Pérez-Reverte*
P2261. Le Roi transparent, *Rosa Montero*
P2262. Le Syndrome d'Ulysse, *Santiago Gamboa*
P2263. Catholique anonyme, *Thierry Bizot*
P2264. Le Jour et l'Heure, *Guy Bedos*
P2265. Le Parlement des fées
I. L'Orée des bois, *John Crowley*
P2266. Le Parlement des fées
II. L'Art de la mémoire, *John Crowley*
P2267. Best-of Sarko, *Plantu*
P2268. 99 Mots et Expressions à foutre à la poubelle
Jean-Loup Chiflet

P2269. Le Baleinié. Dictionnaire des tracas
Christine Murillo, Jean-Claude Leguay, Grégoire Œstermann
P2270. Couverture dangereuse, *Philippe Le Roy*
P2271. Quatre Jours avant Noël, *Donald Harstad*
P2272. Petite Bombe noire, *Christopher Brookmyre*
P2273. Journal d'une année noire, *J.M. Coetzee*
P2274. Faites vous-même votre malheur, *Paul Watzlawick*
P2275. Paysans, *Raymond Depardon*
P2276. Homicide special, *Miles Corwin*
P2277. Mort d'un Chinois à La Havane, *Leonardo Padura*
P2278. Le Radeau de pierre, *José Saramago*
P2279. Contre-jour, *Thomas Pynchon*
P2280. Trick Baby, *Iceberg Slim*
P2281. Perdre est une question de méthode, *Santiago Gamboa*
P2282. Le Rocher de Montmartre, *Joanne Harris*
P2283. L'Enfant du Jeudi noir, *Alejandro Jodorowsky*
P2284. Lui, *Patrick Besson*
P2285. Tarabas, *Joseph Roth*
P2286. Le Cycliste de San Cristobal, *Antonio Skármeta*
P2287. Récit des temps perdus, *Aris Fakinos*
P2288. L'Art délicat du deuil
Les nouvelles enquêtes du juge Ti (vol. 7)
Frédéric Lenormand
P2289. Ceux qu'on aime, *Steve Mosby*
P2290. Lemmer, l'invisible, *Deon Meyer*
P2291. Requiem pour une cité de verre, *Donna Leon*
P2292. La Fille du Samouraï, *Dominique Sylvain*
P2293. Le Bal des débris, *Thierry Jonquet*
P2294. Beltenebros, *Antonio Muñoz Molina*
P2295. Le Bison de la nuit, *Guillermo Arriaga*
P2296. Le Livre noir des serial killers, *Stéphane Bourgoin*
P2297. Une tombe accueillante, *Michael Koryta*
P2298. Roldán, ni mort ni vif, *Manuel Vásquez Montalbán*
P2299. Le Petit Frère, *Manuel Vásquez Montalbán*
P2300. Poussière d'os, *Simon Beckett*
P2301. Le Cerveau de Kennedy, *Henning Mankell*
P2302. Jusque-là… tout allait bien !, *Stéphane Guillon*
P2303. Une parfaite journée parfaite, *Martin Page*
P2304. Corps volatils, *Jakuta Alikavazovic*
P2305. De l'art de prendre la balle au bond
Précis de mécanique gestuelle et spirituelle
Denis Grozdanovitch
P2306. Regarde la vague, *François Emmanuel*
P2307. Des vents contraires, *Olivier Adam*
P2308. Le Septième Voile, *Juan Manuel de Prada*

P2309. Mots d'amour secrets.
100 lettres à décoder pour amants polissons
Jacques Perry-Salkow, Frédéric Schmitter
P2310. Carnets d'un vieil amoureux, *Marcel Mathiot*
P2311. L'Enfer de Matignon, *Raphaëlle Bacqué*
P2312. Un État dans l'État. Le contre-pouvoir maçonnique
Sophie Coignard
P2313. Les Femelles, *Joyce Carol Oates*
P2314. Ce que je suis en réalité demeure inconnu, *Virginia Woolf*
P2315. Luz ou le temps sauvage, *Elsa Osorio*
P2316. Le Voyage des grands hommes, *François Vallejo*
P2317. Black Bazar, *Alain Mabanckou*
P2318. Les Crapauds-brousse, *Tierno Monénembo*
P2319. L'Anté-peuple, *Sony Labou Tansi*
P2320. Anthologie de Poésie africaine,
Six poètes d'Afrique francophone, *Alain Mabanckou (dir.)*
P2321. La Malédiction du lamentin, *Moussa Konaté*
P2323. L'Histoire d'un mariage, *Andrew Sean Greer*
P2324. Gentlemen, *Klas Östergren*
P2325. La Belle aux oranges, *Jostein Gaarder*
P2326. Bienvenue à Egypt Farm, *Rachel Cusk*
P2327. Plage de Manacorra, 16 h 30, *Philippe Jaenada*
P2328. La Vie d'un homme inconnu, *Andreï Makine*
P2329. L'Invité, *Hwang Sok-yong*
P2330. Petit Abécédaire de culture générale
40 mots-clés passés au microscope, *Albert Jacquard*
P2331. La Grande Histoire des codes secrets, *Laurent Joffrin*
P2332. La Fin de la folie, *Jorge Volpi*
P2333. Le Transfuge, *Robert Littell*
P2334. J'ai entendu pleurer la forêt, *Françoise Perriot*
P2335. Nos grand-mères savaient
Petit dictionnaire des plantes qui guérissent, *Jean Palaiseul*
P2336. Journée d'un opritchnik, *Vladimir Sorokine*
P2337. Cette France qu'on oublie d'aimer, *Andreï Makine*
P2338. La Servante insoumise, *Jane Harris*
P2339. Le Vrai Canard, Karl Laske, *Laurent Valdiguié*
P2340. Vie de poète, *Robert Walser*
P2341. Sister Carrie, *Theodore Dreiser*
P2342. Le Fil du rasoir, *William Somerset Maugham*
P2343. Anthologie. Du rouge aux lèvres. Haïjin japonaises.
Haïkus de poétesses japonaises du Moyen Age à nos jours
P2344. Poèmes choisis, *Marceline Desbordes-Valmore*
P2345. « Je souffre trop, je t'aime trop », *Passions d'écrivains*
sous la direction de Patrick et Olivier Poivre d'Arvor
P2346. « Faut-il brûler ce livre ? », *Écrivains en procès*
sous la direction de Patrick et Olivier Poivre d'Arvor